大城貞俊
未発表作品集　第一巻

遠い空

インパクト出版会

目次

遠い空

序章

南国の強い日差しと風を受け、塀沿いに植えられた仏桑華の緑葉がきらきらと輝いている。何度も剪定を繰り返したのだろう。枝先にぎっしりと詰まった小さな丸い葉は、まるで魚の鱗のようだ。真夏の強い光のまぶしさに目を細めると、仏桑華の真紅の花がぼやけて鶏のとさかのように見えてくる。いくつもの鶏が身体を寄せ合ってうずくまり羽を震わせているようにも見える。

ゆっくりと辺りの風景に目を凝らす。すべてのものが蠢き息づいている。いくつもの魚が泳ぎ、何羽もの鶏が羽をばたつかせている。自然は、みな目前にあり震えながら生きている。そして……、やがて死ぬ。魚も死ぬ。鶏も死ぬ。樹も死ぬ。しかし、空や海や、風や太陽は死なない。この自然の中には、死ぬものと死なないものとが截然と分けられている。

人間は必ず死ぬ。自然界の中で死んでいくものの側に存在する。それなのに、なぜ、人間は生き続けようとするのだろうか。生の意味を問うことは、死んでいくものの側の特権なのだろうか。

正木《まさき》大介は生きている。確かに、生きている。だが、なんのために生きてきたのだろう。シベリアの遠い空の下で生き、満州で生き、東京で生き、沖之島で生き、沖縄で生きた。悲惨な戦禍を、万に一つの偶然で潜り抜け生還した。だが、なぜこれほどまでに今もなお辛い試練を受けねばならないのか。

運命の糸に導かれるようにキリスト教徒としての洗礼を受け、ミレーの「落ち穂拾い」のように清貧に生き、自らの力で貧しい島に教会を建てることを夢見て献身的に生きてきた。その夢がやっと実現したというのに、なぜ報われないのだろう。正木大介が過ごしてきた六十年余の人生とはいったい何だったのだろうか。この地点がゴールだとするなら、人生は余りにも悲し過ぎる……。

大田圭司《けいじ》は、義父正木大介のことを考えるといつも冷静でいられなくなる。人の世の哀しさに囚われて身動きができなくなる。病院の玄関のドアは、いまだ半開きになったままだが、妻の聖子《せいこ》も義母の光恵《みつえ》もまだ出てこない。圭司は、一足先に娘の亜希子と息子の悟の手を引いて病院を出てきた。玄関前で立ち止まったまま強い日差しと風を受けながら外の景色を眺めている。まぶしい仏桑華の花から、思わず目を逸らす。

医者は、ゆっくりと、しかし確実に圭司たちに告げた。

「アルツハイマー病は、現在の医学の力では治癒することが極めて困難な病気の一つです。膵臓に見られる癌細胞も進行しています。残念ですが、どうぞ……ご覚悟下さい。何度も申し上げましたが、このままでは、確実にお父様には死が訪れます……」

病室独有の饐《す》えた匂いが、院長室まで漂ってくるようだった。

圭司の脳裏に、先ほどまで居た病院で目にした様々な光景が思い浮かぶ。応接間のテーブルの前に座って身動きもせずに口を斜めに開いたまま目を充血させ虚空を睨《にら》んでいた老人。圭司たちの目前を何度も何度も熊のようにせわしく動き回っていた若い患者のそり上がった額と鋭い眼孔。「ていだ病院」は、那覇市から自動車で北に向かって一時間ほど走った中城村《なかぐすく》にある。多くは精神を病んだ患者や老人性痴呆症の患者たちが治療を受けている。

「お父様にとっても、また皆さんご家族にとっても、最もよい方法をお考えのうえ、ご返事下さい」

圭司の傍らで、義母の光恵は白いハンカチを出して涙をぬぐった。真っ白になった頭髪が痛々しい。頭皮がところどころ赤く剥き出しになっている。

圭司と妻の聖子と光恵の三人は、立ち上がって院長へお礼を述べた。それから聖子と光恵はもう一度大介に声をかけるために病室へ戻って行った。圭司は、二人の子どもの手を引いて一足先に病院を出て外の真夏の光を浴びている。

正木大介がアルツハイマー病を患ってから、もう三年余が経過した。あの大きく逞しかった義父の硬い手は、もうだれとも握手をしない。澄んだ瞳は、もう妻子を見分けることができない。聖子も圭司も、そして光恵さえも記憶に残っていないのだ。病は確実に進行している。やがて、ベッドから起き上がれなくなるだろう。圭司にも、大介の死は確実にやって来るように思われる。

義父は突然叫んだ。

「正木上等兵！　任務を遂行して、戻って参りました！」

この病院へ入院する前、だれかれとなく道行く人々へ大声で叫び、不動の姿勢をとって敬礼をしていた義父の硬直した姿勢を思い出す。

聖子を妻にしたいと申し出た時、「よろしく頼む」と、しっかりと握手をしてくれた大きな硬い手と、優しさに満ちあふれた微笑を思い出す。圭司は、初めて触れるその大きな手に、大介の過ごしてきた苦難な人生を感じて涙ぐんだものだ。何が義父を狂わせたのだろうか。積み重ねる歳月が人をあやめるのだろうか。

聖子と光恵がドアを開いてゆっくりと姿を現した。うつむきかげんの歩行は、心なしか元気がない。病院の玄関は、死者を葬る亀甲墓の出入口のような気がして不快な思いに襲われる。

圭司はその思いを振り払うように空を見上げた。聖子や光恵が話してくれた大介の逞しい姿を、大きな空に描いてみた。シベリヤの空の下で、大介は、やはり生の意味を問い、死と戦っていたのだろう。そんな姿が、一気に浮かび上がってきた……。

第一章

1

正木大介は、顔を上げて前方を見た。雪は、きらきらと輝いて美しい。先ほどまで叩きつけるように降っていた雪は、いつしかひらひらと桜の花びらのようにゆっくりと舞い落ちてくる。ダイヤモンドダストのようだ。目を凝らすと、白い小さなモンシロ蝶の大群が舞っているようにも見える。ふわふわと、空に吸い上げられるように下から上へ昇っていく蝶の群れのようにも見える。その白いカーテンの彼方には灰色の海が競り上がって見える。不思議だ。渚には、モンシロ蝶が集まって陽炎のように震えながら白く長い眉を作っている。

目がかすんでくる。身体が動かない。手足が動かない。頬に氷の冷たさを感ずるのは倒れているからなのだろうか。そう思って身体を動かそうとするが立ち上がれない。この異国の地シベリアで、いよいよ死ぬのかなと思う。フハイカ（綿外套）の上に冷たくまとい付いた雪片は幾重にも重なりあって溶ける様子もない。

気合いを込めて声を出し、自分を励まして身体を起こそうとするが、やはり駄目だ。身体が地面にこびり付いて離れない。もう一度頑張れば立ち上がれるかもしれない。が、そう思っても、だんだんとそうすることが面倒臭くなってくる。

疲れているな、と大介は思った。身体だけではない。心もだ。だんだんと限界にきている。

ザックザック、ザックザックと鼓膜を破らんばかりに聞こえていた仲間の隊列の足音が、だんだんと遠ざかっていく。雪を踏みしめる断続的な足音が、懐かしい故郷の海鳴りの音のようにも聞こえてくる。やがて、白い闇に吸い込まれるように音が消えた。

「ダワイ（急げ！）、ダワイ（急げ！）」

突然、ソ連兵の怒鳴り声が聞こえた。

傍らには、だれもいないはずだ。それなのに、どうして耳元で怒鳴り声が聞こえるのだろう。目を薄く開ける。遠くで仲間の隊列が白い芋虫のようにゆたりゆたりとうねりながら歩いていくのが見える。

「ダワイ、ダワイ」

答えを見つける間もなく、またもソ連兵の大きな声が聞こえる。雪が固くてチカチカと頬に痛い。雪の音が聞こえる。カラマツ林の中に降る雪の音が、ひゅるひゅる、ひゅるひゅると小さく聞こえてくる。枝を叩く雪の音なのだろうか。どこまでも、どこまでも、白い白い雪原。もう、助からないかもしれない……。

仲間の隊列が消えた方角から、だれかがやって来る。だれだろう。男の人だ。父さんだろうか。しかし、父さんは既に死んでいる。父さんには、会ったことさえない。ここは異国の地だ。

雪を踏みしめる足音が、だんだんと大きくなる。やはり、こちらに向かってくる。起きられない。顔がない。だれだ！　声が出ない。必死に叫び声をあげようとした途端、大きな人の影は、すーっと大介の身体を擦《す》り抜けた。

突然、大介の両脇に大男のソ連兵が近寄ってきた。大介を捕まえ、後ろ手に縛りあげる。引きずられるようにして死刑台のギロチンの前までやって来ると、肩を抑えられて首を突っ込まされた。大介には、なぜ殺されるのか分からない。なぜ、死ななければならないのか分からない。なぜだ。なぜなんだ。まだ死にたくはない。放せ！　放せ！　大介は、渾身の力を込めてもがき、足裏の指先で土を蹴った。

「大介、起きろ！」

「起きろ、大介。おい、大丈夫か」

身体を揺すって起こす者がいる。横谷《よこたに》だ。柔和な横谷の丸い顔が見える。横谷は、大介の下のベッドに寝ている。その横谷が立ち上がって大介の身体を揺すっている。すると……、夢なのか。雪原の光景も、ギロチンでの処刑も、すべて夢だったのか。大介は慌てて首を右手でさすり、身体を起こす。

「ダワイ、ダワイ」

夢ではない。宿舎内に、ソ連兵の大声が響き渡っている。朝食へ急《せ》き立てる声だ。この声に、悪夢が宿ったのか。

「どうしたのだ、大介……。大丈夫か。だいぶ、うなされていたぞ」

横谷の目が、微笑みながら大介を見ている。

横谷とは、共に何度も死地を潜《くぐ》り抜けてきた。一九四三（昭和十八）年、いよいよと思い、誘い合って軍隊に入隊した仲間の一人だ。山田も梶山も村井も一緒だった。山田の間借先で日本酒を飲みながら五人で一緒に決意した。あのころの東京が懐かしい……。

「お前が、うなされるなんて、よっぽど悪い夢でも見たんだな」

やはり、夢だったのだと思う。

大介は、大きな両手で頬をぱんぱん叩きながら横谷に礼を言う。

宿舎の入り口に、朝日を背にして仁王立ちになったソ連兵の姿が見える。

「大丈夫だ。横谷、有り難う」

「しっかりしろよ、大介。もうだれも助けてやれないぞ。こんな所ではな」

横谷は、微笑みながら下のベッドに座り靴を履く。

横谷の頭髪もだいぶ薄くなった。肩の肉も胸の肉も丸い頬の肉もかなり落ちている。ベッドの縁に腰掛けて防寒靴を履き始めた横谷を見下ろしながら大介はそう思った。この地で、やがて二年が終わるのだ。シベリア、チャイナゴルスカヤ、エーコフ捕虜収容所だ……。

大介は、腰を曲げて下のベッドを覗きこみ、それから急いで身を起こして辺りを見回した。蚕棚のような上下二段のベッドには、いつものように痩せた仲間たちの身体がそれこそ蚕のように身を横たえている。

寒気が宿舎内を襲っている。中央に置かれたペーチカの火は、すでに消えている。身を竦《すく》めて板壁の節穴から外を眺めると、ちらちらと雪が降っているのが見える。この変わらない風景の中で、今日も自分が生きていることが分かる。

大介は急いで身繕いを済ますと、横谷と一緒に食堂へ出かけた。一列に並んでパンとスープだけの朝食を受け取り、がつがつと食べる。それから、いつものように中庭へ行く。中庭では、間もなく整列の鐘が鳴り点呼が行われる。そして、今日一日の仕事が指示されるのだ……。

2

エーコフ捕虜収容所は、ちょうど西シベリアと東シベリアの間に挟まれるようにして流れているエニセイ川上流のアバカン地区にある。シベリア鉄道沿線の炭坑都市クラノスヤルスクの南方に位置している。エーコフのさらに南方には、アルタイ山脈が聳《そび》えてモンゴル人民共和国との国境をなしている。東方にはサヤン山脈が横たわり、そこを越えるとバイカル湖だ。

シベリアの気候は、地球上の低地では最も厳しい地帯の一つである。冬になると酷寒の地になり、北東部のベルホンヤンスクでは零下六九、八度、オイミャコンでは零下七〇度を記録したことがあるという。気候が厳しいので、シベリアの河川は一般に半年ぐらいは結氷し、東シベリアの大部分および西シベリアと極東の北部では永久凍土となる。アバカン地区でも、冬になると零下三〇度や四〇度を下回る日は頻繁にある。

収容所はラーゲリと呼ばれ、三メートルほどの高さの板塀で四方を囲われている。さらにこの板塀を中に挟んで一メートルほどの間隔で内と外から二重の鉄条網が張り巡らされ、四隅には威圧するように高い監視搭が建てられて肩にマンドリン銃を持ったソ連兵が四六時中、目を光らせている。

捕虜のバラック（居住棟）は中央に五棟建っている。それを取り囲むように所長室や事務室、診療所、作業室、そして炊事室や食堂などが割り当てられた小さなバラックがある。北東側の隅には、鉄条網で仕切られた営倉が一つある。西側の板塀の中央からやや東よりに出入口があり、門衛のソ連兵が常時詰所で立ち番をしている。その手前の土地は野菜畑になっている。

当初、三千人余もいた捕虜たちの数がだんだんと減っていくのが、大介たちにもすぐに分かった。厳しい寒さと飢えと労働の中で病に斃れ、生きる意欲を失った者から次々と死んでいくのだ。

大介たちが中国黒龍省のポゴトウ（博克図）にある捕虜収容所から列車に乗せられてこのシベリアの地に到着したのは、ポゴトウを出発してから二〇日ほど経った昭和二〇年十月末のことであった。

その年の八月に終戦を迎えていたが、国境の地に配備された大介たちの部隊は、ソ連軍に侵攻され捕虜になり、ポゴトウに集結させられ武装解除された。二か月ほどポゴトウで収容所生活を送った後、全員が列車に乗せられ、西に向かって二〇日ほど走った所で下車させられた。そこが、シベリア鉄道沿線の炭坑町クラスノヤルスクだった。

クラスノヤルスクには、各地から続々と捕虜たちが集結させられていた。それから約ひと月後、大介たちは、クラスノヤルスクの本隊と別れ、白樺やアカマツの林の中をまる一日南に向って歩き、夕暮れ時に着いたのが、このアバカン地区チャイナゴルスカヤのエーコフ捕虜収容所だった。

「全員、点呼！」

伍長の命令によって点呼が始まる。作業隊は、まず五棟ごとに五隊に分けられ、さらに各隊ごとに細分化されて仕事が言い渡される。それから各隊は一斉に門を出る。一隊は炭坑へ、一隊は農場へ、一隊は鉄道敷設へ、一隊は林の中へ、そして一隊は溝掘りだ。それがここしばらく続いている捕虜たちの仕事だ。大介の隊は、昨日と同じく水道管を埋めるための溝掘り作業に割り当てられた。

溝を掘るのは、冬になると寒気で水道管が破裂するので、それを防ぐためにできるだけ深く穴を掘って暖かい土の中に管を埋めるためだ。厳冬の季節が来る前までには完成せねばならないと、作業者個々人に厳しいノルマが課せられて作業が進められていた。

大介たちには、毎日の気温が零度を下回っていたので、既に寒気が来ているように思われたのだが、ソ連兵はそう思っていなかった。零下三〇度にならなければ作業も中止されなかった。窮屈な立棺のような溝の中で、大介たちは一日中黙って汗を流した。疲れてしゃがみたいと思うこともあったが、しゃがむスペースがなかった。立ちっぱなしでツルハシやスコップを握り続けると、二時間ほどで足腰が痛くなる。少し休むと、「ダワイ、ダワイ」と、ソ連兵の怒鳴り声が容赦なく頭上から襲いかかった。

3

大介が入隊したのは、一九四三（昭和十八）年の十月、ちょうど二十一歳を過ぎた年だった。大介はそのころ東京のM大学に入学して勉学に励んでいた。もっとも大学は逼迫してくる戦争を目前にして休校が続いていたので、当てのない空虚な努力が続けられていたと言ってもいい。そんな日々に、横谷正一、梶山俊郎、山田太郎、村井佑樹と出会ったのだ。

大介は、沖縄本島の南西の方角に浮かぶK島の出身だ。横谷と梶山が東京出身で、山田が福岡、村井が信州長野の出身だった。横谷と村井は大介と同じM大学で学んでいたが、梶山と山田は別の大学で学んでいた。

五人は、横谷を通して知り合った。横谷から高校を同じくした梶山を紹介され、梶山から同じ大学仲間の山田を紹介された。戦争の足音が聞こえる暗い時代の中で、五人は身を寄せ合い、互いに励まし合いながら静かに勉学にいそしみ、夢が成就される日を待っていた。

大介は、どうせK島を出るならと、沖縄本島の那覇ではなく東京を選んだ。母の強い勧めもあったが、将来は教師になるという小さな夢をも持ち始めていた。

五人はいつの間にかだれもが文学書や哲学書を読み、示し合わせたように村井や山田の部屋に集まり、それぞれの意見を述べ合う親しい仲間になっていた。

一九四三（昭和十八）年六月に、当時の東条内閣は「学徒戦時動員体制確立要綱」を閣議決定し、十月には「教育ニ関スル戦時非常措置方策」を決定して学徒動員を予告周知した。そして、その年の十月二十一日、出陣学徒壮行会が行われた。秋雨が降る神宮外苑で催された出陣学徒壮行会は、軍靴の音を響かせ行進する男子生徒、約2万5000人、それを拍手で見送る女学生や一般市民ら、約6万5000人の姿があった。戦局が悪化し、徴兵猶予を解かれた学徒たちが戦地に赴くことになったのである。

大介たち五人もその行進の中にいた。五人の学習会が、周りの住人たちから好奇な目で見られ始めたころ、五人のだれからともなく入隊の話が持ち上がった。ちょうどそのころ、軌を一にして学徒動員体制が確立され、出陣学徒の壮行会が行われたのである。もう、だれもためらわなかった。避けられない運命なのだと笑って互いの顔を見つめ、いよいよと心を決めて秋雨の中を行進したのだ。軍隊では上官から入隊の決意を賞賛されたが、だれもがそっと苦笑を浮かべた。

大介ら五人の学徒は、東京での慌ただしい二週間の軍事訓練を終了した後、皆一緒にソ満国境の前線地に送られることになった。一緒の前線への派遣を喜んだが、それも長くは続かなかった。品川駅に集合して鉄路九州博多へ向かい、船で釜山に上陸、再び汽車に乗り換え満州に向かった。孫呉という町に到着、第六六四部隊に入隊。到着した時には新しい年が開け一月の下旬になっていた。

到着後は休む間もなく、戦車への肉薄攻撃などさらに激しい軍事訓練が続けられた。戦況が逼迫していることは、大介にもひしひしと感じられた。数か月が過ぎると、兵士たちは間引かれるように次々とさらに逼迫した前線地に駆り出されていった。五人の仲間の皆が一緒の戦線に配置されていることは何かと心強かったが、そのことも長くは続かなかった。村井と梶山が南方のマレーシヤへ出発したのは春の初めであった。別れを惜しむ間もなかった。

一九四五（昭和二〇）年八月、ソ連軍はソ満国境全域から怒涛のような勢いで南下してきた。日本軍は必死の防戦を試みたが、ソ連軍の圧倒的な兵力の前に敗北を重ね後退を続けた。兵士のみでなく、日本の民間人の多くも大陸の荒野に投げ出されて大混乱に陥った。そのころ、大介たちは中国興安嶺《こうあんれい》の東側の山中に潜み、侵攻してくるソ連軍に必死の抵抗を試みていた。

八月十六日、上空をソ連機が飛び交い「日本は無条件降伏した、早く出てこい」という呼びかけが何度も行われた。大介たちの所属する中隊長は、近くに潜む他の隊と連絡を取り合い、日本はやはり負けたのだということを確認した後、部下を集めてこのことを涙声で告げた。それから皆で荷物をまとめ、指示された集結場所、ポゴトウに向かった。二昼夜、休むことなく行軍を続け、三日目の朝早くポゴトウの町に到着した。

ポゴトウでは、学校の校舎跡地が日本人捕虜収容所に利用されていた。収容所の周りを運動場ごと柵で囲い、大きく鉄条網を張り巡らしてマンドリン銃を構えたソ連兵が厳重に警備についていた。大介たちは、その柵の中に入れられ、銃を取り上げられ、左腕に赤い布を巻くことを指示された。また、走れば逃亡するものとみなして銃殺すると注意された。その時、大介たちは日本が敗れたことを実感した。

ポゴトウには、続々と各地から多くの捕虜たちが集められた。大介たちが到着してから約二か月が経過した十月の末ごろ、突然日本に帰れるかもしれないという話が収容所内に流れた。ただ、満州鉄道が混雑しているのでシベリア鉄道を利用してウラジオストック経由で日本に帰すということだった。皆、飛び上がって喜び、肩を叩き合って故郷のことなどを話し合った。ところが、列車は東へ進路を変えることなく西に向かったまま走り続けたのである。

4

シベリアの冬は、大介たちの想像を絶する厳しさだった。特に南国生まれの大介には、頭蓋骨の中の脳も縮むのではないかと思われるほどの寒さだった。

朝七時に作業場へ行くための点呼で中庭に並ぶと、皆の口の周りが白くなる。吐く息がたちまち凍りつくのだ。支給された綿入れの上着やズボンの上にさらにフハイカ（綿外套）を羽織っても、寒気が針のように身体を突き刺した。

鼻は露出しているため凍傷にかかりやすかった。凍傷にかかると血の気を失って白くなる。作業の間、お互いに鼻が白くなっていないかどうかを注意しあって、両手で顔を叩き鼻先をさすって血を通わせた。

山田は、八月の興安嶺の戦闘で死亡した。山田の死は、大介と横谷の目の前で起きた。三人の傍らに落ちた砲弾の破片で横谷が脚に被弾した。大介が横谷の所ににじり寄り、肩を抱いた直後だった。山田の姿が見えなくなったかと思うと、目前をするすると走り出して、進撃してくる戦車に向かって突撃していった。抱えた爆弾は爆発したが戦車は進撃し続け、山田の死体だけが残った。日本を離れて一年余の歳月が過ぎていた。

大介と横谷が、山田の死の無念さに我を忘れて悲鳴をあげながら銃を構えて飛び出そうとした瞬間、後ろから肩を捕まえられ押し倒された。満州孫呉で知り合った橋戸公一少尉だった。橋戸少尉が必死の形相で大介と横谷を制していた。


シベリアの冬は九月に訪れ、十月には凍土になる。十月の末からは気温も零度を下回り、寒気がもっとも厳しい二月には零下三〇度や四〇度になる。春は四月の初めに訪れ、七、八月の短い夏を終えると、季節は秋を飛び越えて一気にまた冬を迎える。

夏は三時ごろに日が昇り、夜は九時まで明るい白夜である。

冬は朝の九時を過ぎても薄暗く、午後の四時になると夕闇に包まれる。青空と太陽の見られる日は、ひと冬にそう多くはない。雪雲の重く垂れ込めた鬱陶《うっとう》しい日が何日も続く。

そんな中で、大介たちは来る日も来る日も働き続けた。一日八時間労働。食事は朝に黒パン一切れと野菜の切れ端が二、三片浮いたスープを摂る。昼食用にと黒パン一切れが配られることもあったが、手ぶらで現場に出掛け、昼食はない。多くは八時間休みなしで働き、帰ってきてまたパン一切れとスープを飲む。課されたノルマに間に合わせるために一日二十四時間を三交代で牛馬のように働き続けた。

二年目の冬を迎えると、ダモイ（帰国）の話はぷつりと途絶え、皆、希望を失い幽鬼のような形相になった。ダモイの噂は、あるいは捕虜たち自身が流して生きる意欲を喚起していたのかもしれない。しかし、もうだれも噂を信じる者はいなかった。皆、凍えるような寒さに打たれながら、生きる気力を失い、さらに栄養失調になり、発熱して毎日ばたばたと死んでいった。

大介も、ラーゲリ（収容所）に来てから体重が二〇キロ余も減った。頬が削げ、肋骨がはっきりと浮き上がって見える。多くの仲間たちの目は、ウツロになり、動作は緩慢になってちょっとした小石につまづいただけでもすぐに転倒した。わずかの黒パンを巡って、怒鳴りあったり掴み合いの喧嘩になったりした。大介も、黒パンを腹いっぱい食べる夢を夜ごと見続けるようになっていた。

ラーゲリでは、旧日本軍の秩序がいまだ続いていた。将校や古参の下士官の軍服の襟には、階級章がそのまま付けられ、捕虜同士でも相変わらず階級名で呼んでいた。将校の中には当番兵を置き、洗濯や食事運びなど身の周りの世話をさせる者もいた。作業から帰った後に、初年兵や補充兵だった者がその役目を負わされた。

夜になると、初年兵に気合いを入れるとしてビンタの音が聞こえることもあった。大介は自分がまだ満州の軍隊にいるのではないかと錯覚することもあった。その音の度に、山田が爆死した際の戦車のキャタピラの音や、悲惨な満州での戦い、住民への野蛮な友軍の行為などが思い出された。そして、自分もきっとこの地で死ぬことになるだろう、それが兵士としての運命なのだ、ダモイ（帰国）など許されるわけがないと、頽廃的な気分に何度も襲われた。

そんなラーゲリの雰囲気の中で、通訳の鈴木安治上等兵が首を括って死んだ。鈴木は、東京の大学のロシア語学科を卒業していて、当初から会話の能力を買われ、ソ連軍の所長と捕虜を代表する加藤信之大佐との橋渡し役を任せられていた。しかし、ノルマの負担が窮屈の余り、人々の不満は鈴木に向けられることが度々あった。ソ連軍が押しつける作業ノルマが厳し過ぎるのは、通訳が穏やか過ぎて捕虜側を代表する隊長の意見が取り入れられないからだというのである。

ある時、十数名の捕虜たちが鈴木を取り囲み、口汚く罵っていたことがある。大介もその円陣の傍らを通りかかって思わず聞き耳を立てた。

「お前は、ロシア側の肩を持ち過ぎるのではないか。何か賄賂でも貰っているのだろう」

仲間たちの不満に大介も傍らでうなずいた。実際そのような不満を、大介も持っていたのである。

鈴木は頬の落ちた色白の顔に眼鏡を光らせながら必死で答えていた。

「俺は精一杯、頑張っているよ。今の状況を考えると、これが精一杯なんだ」

「本当か？　嘘をつくなよ。お前がロシア語を学んだのは、ロシアが好きだからだろう」

「お前のせいで、同胞が苦しんでいるんだよ」

「恥を知れ！」

兵士の鉄拳が鈴木の脇腹に食い込む。

鈴木は、その後も、度々数名の捕虜たちに囲まれて小突かれ怒鳴られていた。また、鈴木が加藤大佐に呼び出されて怒鳴られたとも聞いた。鈴木は、このことを苦にして自殺を図ったのだと噂された。大介は、鈴木に対して抱いた自分の理不尽な恨みを恥じた。

しかし、数日後に耳に入ってきた鈴木の自殺の原因は、さらに大介を滅入らせた。真相は曖昧であったが、彼が倒錯的な性の行為に耐えられなくなって首を括ったというのである。相手はソ連軍の将校だとか、日本軍の将校の一人であるとか、また両方から強いられたことによって悩み首を括ったとか、いろいろな噂が入り交じって飛び交った。

大介は、噂の中で、鈴木の泣き出しそうな色白の顔と細い痩《や》せ身の身体を思い浮かべた。本当にもう自分たちは生きて日本に帰れないと思った。自分たちの罪を償うのは、この地で死ぬことだと思った。

大介の記憶に、その晩、東京で出会い、束の間の逢瀬を楽しんだ島田光恵の顔が浮かんだ。何度も思い出しては毛布に身を包んで泣き声を押し殺した。

鈴木が死んだあと、ノルマはますます厳しくなった。そして、彼ほどのロシア語の達人はもうこのラーゲリにはいなかった。彼を失って初めて彼の価値を知ることになったが、もう後の祭りである。自分たちの取った軽率な行動が、彼を追いつめる一因になったのではないかと、捕虜たちはますます暗い気分に陥っていた。もしかして、皆はその辛さを別の噂を流すことによって帳消しにしたかったのかもしれない。

大介は、そのころには鉄道敷設工事の小隊へ組み込まれていた。鉄道工事も、衰弱した身体にはやはりきつく辛かった。路盤をつくる土運びは、ターチカという手押しの一輪車に土を盛って運ぶのだが、把手も底板もすべて白樺の生木で作られた箱に鉄輪を取り付けただけであった。ターチカは、それ自体でもかなりの重量があった。押すと鉄輪が土にめりこんでしまうので、まず通路に丸太を敷きつめる作業から始める。ただでさえ重いターチカに土を盛ると、両手がもげてしまいそうになる。しかも一輪車のためバランスを取るのも一苦労だ。疲労と空腹と栄養失調のために何度も目まいがして転びそうになった。

春には、皆で作業現場に生えている野草を手あたり次第に摘んできては口に入れた。生臭くて食べられない野草は、水たまりの水を汲み、作業用のバケツでゆでて握り飯のように丸めて口の中に放り込んだ。緑の糞が出た。

ラーゲリに帰り、いつもどおりの黒パンとスープの夕食を終えると、各自はバラックの蚕棚へ潜り込み、死んだように眠った。そして、永久にそのまま目を覚まさない者もいた。死因の分からない変死体も出始めたが、いずれの死体も死因が解明されることもなく次々と葬むられていった。

5

聖子は、なぜ父の大介がアルツハイマー病に罹《かか》ったのか分からない。医師も分からないという。その原因は、現代の医学では解明できない部分が多いという。しかし、聖子は分かりたいと思う。なぜ、父がアルツハイマー病に冒《おか》されたのか。なにゆえに、アルツハイマー病に罹らねばならなかったのか。納得する理由が欲しい。そうでなければ、自分自身の存在さえ曖昧に思われるのだ。

父の病を見つめる母の光恵も、一気に老いたように思われる。父を信頼し、共に苦労を厭わずに生きてきた母は、今、何を頼りに生きているのだろうか。子どもの私たちを頼りにしてくれれば、これほど嬉しいことはない。しかし、父と共に生きてきた母の人生を知っている私たちにとって、このことを思い描くことは困難で、同時に悲しみが増す要因になった。

母は丸く小さくなった。亀のように首を竦《すく》め背中を丸めて歩く。腕が短くなった。脚が縮んだようにも思う。その醜い老いが耐えがたい。何に恥じることもない人生であったはずだ。父や母に何があったのだろう。二重苦になったこの不治の病を、なぜ父と母が背負わねばならないのか。無念の思いが聖子を苦しめる。母は、それ以上に悔しい思いを抱いているに違いない。そう考えると、なお悲しい。

母は、自分が賛美歌を歌い、手を合わせて祈ると、寝たきりの父も時々唱和してくれるという。

もちろん父は、自分で歌うことも祈ることもできないから、ただの気まぐれの復唱かもしれない。しかし、今の母には、このことが限りなく嬉しいのだ。父の枕元でカセットテープに吹き込んだ賛美歌を真剣に流し続けている。そんな母を止めることはできない。あるいは自分もまた、このように老いるのかもしれないと聖子は思う。

「アルツハイマー病は、場所や時間等記憶に著しい障害が起こる病気です。不安感、鬱状態、心気症、パラノイア（妄想）が、頻繁に起こります。計算もできなくなります。その原因も、いまだ明確には分かっておりません。いくつかの原因が考えられてはいます。たとえばその一つは老い、一つは遺伝子の異常、一つは環境に原因があります。糖尿病を患ったとか頭に外傷があるとか……。いずれにしろ脳が萎縮してしまうのです。治療もいろいろと研究されていますが、いまのところ決定的な治療方法は何もありません」

医師の言葉は、聖子にも理解できる。皆が患う可能性があるということだ。患えば治癒することが困難だということだ。

思えば、父が目の治療にと聖子を頼って沖縄本島に渡ってきた時、雨靴を履いてきたことがあった。雨も降っていないのになぜ雨靴なのか、不思議に思って尋ねたことがある。

「私は土いじりをするのが好きだから、畑仕事が一番楽しいんだ。だから雨靴なんだ」

父は平然と答えた。聖子は、的はずれな答えに首を傾《かし》げたが、父は自らに巣くった病に気づいていなかった。聖子もそれ以上問いただささなかった。あれが病の徴候だったのだろうか。

父は、今どのような記憶の中にいるのだろう。せめて記憶の中では安らぎがあって欲しいと思う。

母が、ラジカセのテープを裏返す。静かな室内に再び賛美歌が流れる。聖子は、母の背中を手で撫でながら父を見た。父は相変わらず、母の傍らで無表情のまま虚空を見つめている……。

6

「脱走者が出たぞ！」

「逃げたのは、三中隊の田中、楠見、仲村、伊藤の四人だ！」

脱走者の話題が、あっという間にラーゲリ内を津波のように駆け巡った。

二年目を終え、短い夏を迎えた八月の夜のことである。突然点呼の鐘がラーゲリのバラックに不気味に鳴り響いた。この鐘は、起床、点呼、作業などの合図に使われ、収容者の日常生活を規制する「地獄の鐘」とも呼ばれていた。だが、真夜中の鐘は異例だった。

監視兵が、中庭に整列させた全員を大声で怒鳴りつけ、何度も人員を数えさせた。明らかに、四人の姿が見えなくなっていた。四人は、大介たちの隊とは違うので詳しい事情は分からなかったが、大介は心の中で快哉を叫んだ。

しかし、すぐに脱走者のことが心配になった。この広大なシベリアで、どこへ行こうとしているのだろう。逃げとおせるとは思えなかったからだ。この短い夏の間に日本まで帰らなければ、たぶん凍《こご》え死んでしまうだろう。しかし、日本までは余りにも遠すぎる。長い冬を脱走者のままで生き続けるには、このシベリアは余りにも苛酷すぎるのだ……。

大介の予想よりも早く、四人は二日後に捕まった。それも捕まる際、あくまでも逃げ続けようとして抵抗した田中が、ソ連兵の撃った威嚇射撃の弾を受け死亡するという最悪の結果になった。残りの三人は一週間ほど営倉に入れられた後、ラーゲリを引き立てられるようにして出て行った。裁判を受けるということだったが、その後二度と三人の姿を見ることはなかった。

四人の脱走者の失敗は、ラーゲリ内にまた一段と暗い絶望的な気分を醸し出した。短い夏の季節はこの事件とともにあっという間に過ぎ去って厳しい冬が再び押し寄せてきた。

シベリアでは、冬になるとマロースという寒波がやって来る。フハイカ（綿外套）を着ても寒くて身体の芯まで凍ってしまう。石を叩いても木を打っても、キーンという乾いた金属音が耳にこびり付く。焚き火をしようとしても、火はなかなか燃えない。

大介たちにとって、シベリアで迎える三度目の冬だった。わずかに見えていた枯草も、地面に吸い込まれるようにして姿を消し、雪がその上を覆った。零下三〇度、四〇度の寒気の中で、果たして今度は苛酷な労働に耐えていけるだろうか。大きな不安が皆の胸奥に渦巻いていた。深い絶望に捕らわれ、同じ作業班にいてもよほどの必要がないかぎり、仲間同士で口を利くことも少なくなった。皆が笑いを忘れ、無表情な顔に変っていく。だんだんと生きる意欲を失った捕虜たちが、次々と赤痢、発疹チフス、マラリアなどを患って斃れていった。

大介の親しい友人や知人たちも次々と斃れた。満州の戦地で一緒に戦い、ポゴトウからこのラーゲリまで来た仲間たちの多くも三年めの冬の寒波の中で死んでいった。満州の戦いで直接の上官として大介らを指揮した木塚軍曹も死んだ。

大介の気分を徹底的に滅入らせたのは、東京から一緒に志願をしてここまで生きてきた横谷の死だった。横谷正一は発疹チフスを患い、痩《や》せて子どものように骨と皮だけの小さな身体になっていた。

大介は、病院棟に入院している横谷を見舞いに頻繁に出掛けた。横谷は高熱を出して苦しがり、頭髪はほとんど抜け落ちていた。中国興安嶺で被弾した脚の痛みをも盛んに訴えていた。

ある時、見舞に来ていた大介に向かって、横谷は自分を卑下するように自嘲気味に語り始めた。

「なあ大介、凧《たこ》の……、俺の凧の糸が、切れたんだよ」

大介は、横谷が何を言ったのかよく聞き取れなかった。同じ大学で学び、詩を読み、詩を書くのが大好きだった横谷は、時々脈絡もない言葉をつぶやいて皆を戸惑わせた。あの悪戯っぽい笑顔を思い出した。すぐに横谷の傍らに歩み寄って声をかけた。

「横谷、しっかりしろよ。お前がぼくの励まし役ではなかったか」

「有り難う。でも、もう駄目だ。切れちゃったんだよ。切れたらおしまいだ」

「切れた？　何が切れたんだ」

「凧《たこ》、凧の糸がさ……」

大介には、何のことだか分からない。その大介に向かって横谷が話し続ける。

「なあ、大介、昔、東京にいたころよく議論しただろう。村井の部屋でさ。人間はなぜ生き続けるのだろうかって。村井も南洋へ行っちまったし、山田も死んでしまったけどな。俺は、今やっとその理由が分かったんだ。お前は、人を生かし続けるのは未知への好奇心、未来への期待だと言ったが、今でも、そう思うか」

「いや……」

いや、あれは山田が言ったんだ、山田の部屋でだ、と言おうとして口をつぐんだ。記憶が曖昧だ。やはり自分だったかもしれない。生きることの意味を探せずに、みんなで入隊することを決めたような気がする。しかし、戦場は生きることの意味だけでなく、死ぬことの意味をも赤裸々に教えてくれるような気がする。生きることは無意味なことだ。死ぬことにも意味はない、と。

「俺はな、大介。こう思うんだ。人間は、皆それぞれに夢を持っている。お前が言っていたように、それを未来からの牽引力と呼んでもいい。すなわち、生きる力だ。それを、俺は俺なりに凧と呼ぶ」

横谷は、奇妙な笑顔を作って大介を見たが、大介は黙って聞いていた。

「大介……、人は皆、心の中でその凧を飛ばして生きているんだよ。もちろん、大きい凧もあれば小さい凧もある。飾りつけた凧もあれば、みすぼらしい凧もあるだろう。しかし、それぞれの生きる拠りどころだ。だが、糸が切れたら終わりなんだよ。飛ばすことができなくなったら駄目なんだ。俺は、いつのころからか凧を飛ばせなくなったんだ。凧を見失ったんだよ。よくは分からないけど、糸が切れたんだ。気がついたら凧が手元にないんだよ。引っ張ってくれていた糸の感触もない……」

大介に、横谷の誠実な思いが伝わってきた。でも、それを認めるわけにはいかない。大介は、精一杯の笑顔で横谷に答えた。

「また、頑張って作ればいいじゃないか」

「駄目だよ。人間は生まれるとき、その凧を一つずつ、ご先祖様から授かったんだ。命と同じさ。俺の糸は、プッツンだ。ひょっとして、糸が切れたのは、山田が死んだときかな。あるいは、このラーゲリに来てからかもしれない。しかし、もうどうでもいいことさ。今では、いいときに病気になったと思っているよ。俺の死にどきだ。そうでなければ……、俺は、俺は……」

「しっかりしろ、横谷。じきによくなるさ」

「もう駄目だ。自分には、よく分かるよ。でも、せめて故郷から御先祖様が迎えに来てくれないかなあ。ここで死ぬのは嫌だなあ。シベリアは寒いから、ご先祖様も来るのを嫌がるかなあ」

横谷の目から涙があふれている。

「凧、凧、上がれ。天まで上がれ……」

横谷が小さく口ずさんだ。大介も横谷の手を握り唱和する。

いつの間にか橋戸少尉が来て、大介の背後に立っている。橋戸は、満州孫呉で山田が戦車へ突撃して死亡したとき、自暴自棄になりかけた大介と横谷を必死に止めた上官だ。一緒に捕虜になり、このラーゲリに来てからも、何かと励ましてくれていた。たぶん、何度も横谷をも見舞っていたはずだ。

その橋戸も横谷の傍らに歩み寄り、横谷の手を握って励ました。

「横谷、生きて日本へ帰るぞ！　いいか、しっかりするんだ！」

横谷が力弱くうなずき、目に涙をにじませた。

しばらくして、横谷が落ち着いて静かになり寝息を立て始めた。大介と橋戸は一緒に病室を出た。病室を出ると大介の背後で橋戸がつぶやいた。

「なあ大介、俺たちは、神にさえ見捨てられたのかなあ……」

大介は、神という突然の言葉にうろたえた。むしろ違和感を覚えた。いや違う、神ではない。人間なんだ。人間に見捨てられたのだ。生き続けていくには、なんらかの人間の力が加わっているんだ。そんな気がする。それは、神よりも、もっともっと大きな力のようにも思われる。例えば歴史の力……。

いや、そう言っても、どこか違うような気がする。それぞれの心に宿る大きな人間の力だ。人間のすることは人間が作るのだ。幸せも不幸も、運命もだ。それを橋戸少尉は神と呼んでいるのだろうか。

大介は、出征前に光恵が授けてくれた聖書の言葉を思い出した。強く大介を励まし、時には大介を悩ましてきた言葉だ。

「わたしが、あなたを忘れることは、決してない」

しかし、神はすでに橋戸が言うように私たちを忘れているように思われる。このシベリアに神はいない。この世に神など存在しない。あの世にいる神など欲しくはない。光恵さえ、たぶんもう、ぼくのことは忘れているだろう。神を否定するのが戦場での日々だった。

大介は、疲労感を覚えた。考えがまとまらない。橋戸少尉にどのように返事をすればよいのか分からない。光恵は何のためにこの聖句を示したのだろう。その意味を尋ねればよかったのかもしれない……。

大介は橋戸少尉への返事を口ごもり、振り返ることなく凍った庭地へためらいの一歩を踏み出した。それから一週間後に横谷は死んだ。年が明け、もうすぐ春がやって来るという季節には珍しく激しい吹雪の日が続いた夜だった。

大介は、その夜、分隊長に申し出て横谷を葬るため翌朝の葬儀班に組み入れてもらった。吹雪と闘いながら遺体を埋葬するための穴を掘ると、土中は暖かく土からは湯気が立った。

大介は黙って穴を深く掘り続けた。この穴に、横谷を葬るのだ……。何度も何度も、熱い思いが込み上げてきた。遺体を埋めて立ち上がると、涙に濡れたまつげが凍ってチカチカと目を刺した。

昭和二十三年の春三月、突然、エーコフ捕虜収容所の日本人兵士たちに光明が射した。日本に帰れるという計画が告げられたのだ。クラスノヤルスクへ行き、そこで本隊と合流した後、日本へ帰るというのだ。

しかし、突然の話にだれもが半信半疑であった。やはり信じ難いことだった。が、それでも皆は、クラスノヤルスクの方はエーコフよりはましだろうという、それだけの気持ちで荷造りを始めた。もう感動も歓喜も喪われてしまっていた。あるいは、このことが実現されなかった時の落胆を考えると惨めであった。その時には、もう二度と自分たちは立ち直ることはできないだろうとだれもが思っていた。

クラスノヤルスクには、近郊のラーゲリから集められた捕虜たちがあふれていた。一千名ほどの単位で、次々と列車に乗せられて日本に送り出されてもいた。それを見た時、初めて大介は、ひょっとしたら本当に日本へ帰れるかもしれないという予感を抱いた。じわじわと喜びが沸き起こってきた。

四月の暮れ、大介たちを乗せた列車は、日本へ向けクラスノヤルスクを出発した。来た時とは逆に、バイカル湖を左側に見てチタを過ぎた。青緑色に映えるバイカル湖は、この世のものとは思えないほどに美しかった。五月初旬にはウラジオストックに到着。そして、すぐに隣にある港町ナホトカへ移動した。そこで一か月ほど滞在した後、日本への引き揚げ船に乗り込んだ。

大介は、タラップを踏んだ時、思わず足が震えた。シベリアの地で死んでいった仲間たちの顔が次々と浮かんできて、一緒に帰ることができなかった無念さに悲しみがあふれた。船の乗組員から拍手で迎えられた時、生きて日本へ帰れるんだという実感と大きな安堵感に包まれて初めて心が弛緩していくのを覚えた。

7

大介は、船上から身を乗り出し群青色の海を眺めていた。久しぶりに嗅ぐ海の匂いが心地よい。いまだに信じられない帰還だったが信じたかった。じっと遠くを見つめていると水平線が丸く膨らんで見える。やはり地球は丸いのだと、一人自分に納得させて目を細める。

眼下の白い波しぶきは、生き物のように暴れている。その縦横無尽な暴れようが実に爽快だ。しぶきの織り成す模様に、何か規則があるような気がして思わず目を凝らす。しかし、すぐに何にでも規則を見つけないと落ち着かない性格になったのだろうかと苦笑する。軍隊で、そしてエーコフの捕虜収容所で、規則に縛られて生きてきた数年間が、しぶきの織り成す模様のように入り乱れて激しく思い出されては流れ去る。

多くの仲間たちが、大介と同じように甲板に出て海を眺めている。大介と同じように船べりに寄りかかり白い波しぶきを眺めている。海の香りが、だれにも懐かしいのだ。だれもが痩せ細った身体になったが、今は絶望の底で呻吟していたころとは違う。希望に満ちあふれた輝かしい目とも言い難いが、皆の顔から時折笑顔がこぼれている。生きている自分を無理にでも信じたかった。

大介も数日間は船底で死んだように眠り続けていたが、今は海上の風を心地よく感じることができる。波しぶきが白いスクリーンになって、船べりにもたれた仲間たちの影を映している。

大介は、海の香を嗅ぎながら故郷沖縄県K島の鮮やかな紺碧の海を思い出した。小学生のころは、夏になると四六時中海に潜った。いつの間にか、大介は魚や貝を採るのが上手になり、仲間たちからも一目置かれるようになっていた。時にはその魚介類を村人たちに売って小遣い銭を得ることもあったが、多くは母親と二人だけの食卓を賑わすことに供されていた。だが、母親の志穂は、大介が頻繁に海に行くことを喜ばなかった。

「大介は、ウミンチュ（漁師）になるのかね。海にばっかり行かないで、しっかり勉強せんといかんよ」

志穂は、大介によく小言をいった。その母は、大介が十九歳の年に死んだ。

「やはり、故郷沖縄へは帰らないだろうなあ……」

大介は、他人ごとのように眼下の青い海に映っている自分の黒い影につぶやいた。

舞鶴港に着いたらどうしよう。先ほどからこのことが気になり、大介の頭を駆け巡っていた。死んだように生きてきたシベリアでの不安とは違い、今は生き続けることが可能になったが、新たに沸き起こってくる不安だった。そして今、だんだんと故郷沖縄へ帰ることはないだろうと思い始めていた。船上で聞く噂は、どれもこれも沖縄が玉砕したという噂だった。それに、母親は既に死んでいる。

大介の母親、正木志穂は、若いころから郷里の特産品である紬《つむぎ》の織り手であった。家が紬工房の近くにあり、そこで育ったせいか幼いころから紬に関心を持ち、見よう見まねでそれを始め、学校を卒業するとすぐにその工房で働くようになった。

ところが、やがて二十歳をも迎えようかという初夏に、志穂は父親がだれだか分からない男の子を生んだ。それが大介だった。志穂は家を追い出され、村人からは白い目で見られた。両親も志穂を残して間もなく死んだ。志穂と大介母子の辛い日々が始まった。

大介が少年のころまで、大介の父親は村のだれそれという噂が何度も立った。そして、噂が立つと、噂になった男や親族が志穂と大介が住んでいる小さな家に頻繁にやって来て、噂が消えるまでよってたかって志穂へ罵声を浴びせては帰っていった。そのようなことが、数年ごとに繰り返されて志穂と大介母子を襲った。

大介が中学校へ入学するころには、村の男たちに代って大介の父親は、ヤマトンチュという噂が流れた。志穂は、その時も何も言わなかった。ただ、ひたすら紬を織り続けた。志穂は、そのような噂がいつも絶えないほどに、島では飛び抜けた美人だった。

志穂は、いつも大介がヤマトに渡って大成することを夢見ていた。やはり、大介の父親はヤマトンチュで、東京に住んでいるのだろうかとさえ思われるほど熱心に大介を激励した。

大介が、志穂の願いどおり東京の大学への入学を決意し、村を離れたその年の夏に、志穂はあっけなく死んだ。「ハハ、キトク、スグカエレ」の電報を受け取って急いで帰郷した時には、志穂はもう死んでいた。病いということだったが、大介は腑に落ちなかった。母の死は、余りにも突然であり不自然だった。

しかし、大介は母の死を問いただすこともなく、七七忌が終わると村を出た。母の法事を行いながら、母のために何もしてやることができなかった自分が情なかった。母の長年月の苦労を代償にして自分が東京にいることに気付き愕然となった。そして、淡々と悔やみの言葉を述べる親族や村人たちの慇懃な態度に、わけもなく憎悪の心を燃えたぎらせた。

母は、一度だけ自分を強く抱き寄せたことがある、と大介は思っている。その感触を、大介はエーコフの捕虜収容所でも何度か思い出した。

大介が、十二、三歳のころだった。闇夜の中で息苦しさに目を覚ますと、添い寝をしている母の顔が大介の顔の横にあった。母の息遣いが聞こえる。母の柔らかい二つの乳房が、大介の身体にぴたりと押しつけられている。大介は緊張して固く目を閉じた。

母は、大介の頭を撫で、腕や手を撫で続けた。そして、何度か熱い息を吐きながら涙を流していた。大介は、息を殺してなすがままにしていた。それだけのことだった。あるいは夢かもしれなかった。夢であっても、それだけのことであっても、大介にとっては至福のような時間だった。

母はその日を境に大介をますます厳しく叱責するようになった。家を追い出すかのように、ひたすら大介に東京の大学へ行くことを勧めた。それが生きがいだとも言った。勉強に精を出さない大介の態度に業を煮やして怒鳴ることもあった。

「あんたは、この島で一生を終えてもいいの？　大きな街へ行って、自分の夢を叶えたいとは思わないの？」

母は、巡ってくる恒例の村行事から帰ってきた晩、大介に語るように言い聞かせたことがあった。

「あんたが、成功したら、お母ちゃんはそれでいいの。あんたはこの島を出て行きなさい。いいね、出ていくのよ」

母は、必死であった。その必死さが大介にも伝わった。大介は海に行くことをやめ、母に気に入られるように必死に勉強を始めた。

しかし、母は遂に大介の父親がだれであるかを言うこともなく死んだ。父親には、どこへ行けば会えるのか。「大きな街」へ行けば父親に会えるのか。大きな街は東京を指しているのだろうか。それも分からなかった。あるいは、その言葉もその夜の記憶も、夢のような出来事にも思われる心もとない記憶であった。

そんな母親が、幼いころによく歌って聞かせた童歌《わらべうた》が、今、引き揚げ船の上で、波風に乗って聞こえてくる。思い出せる。何年も歌うことのなかった歌なのにどうしたのだろう。大介は小さく口ずさんでみた。口ずさむと自然にメロディだけでなく歌詞もが思い出されてきた。

いったあアンマァー　まあかいが　（お前の母さんどこ行くの）

べーべーぬ草刈いが　（山羊の草刈りに）
べーべーぬまさ草や　（山羊の好きな草は）
畑ぬ若ミンナ　（畑の若草だよ）

いったあ主《スー》や　まあかいが　（お前の父さんどこ行くの）
海行ぢ魚《ユー》取いが　（海に行って魚取りに）
取ゆる魚子《ユーグァ》や　（取った魚は）
ミーバイにマクブタマン　（ミーバイにマクブタマン）

大介は、思わず天を仰いだ。歌の記憶は、母の記憶につながっていく。そして、母の記憶は、すべて悲しさだけにつながっていく。その悲しさを振り払いたかった。意識的にその童歌を軽快なメロディに替え、身体を揺すってリズミカルに歌った。が、悲しさは余計に増してくる。

眼下の海面では、相変わらず猛り狂った白い波紋が次々と描き出されては消えていく。泡立つ白い紋様の一つ一つは決して同じではない。それぞれが個の存在を主張しながらもすぐに消滅した。しかし、それでも紋様は生み出される。その切断のない連続性が不思議な感じがする。

霧雨のような波しぶきが、時々頬を心地よく撫でる。引き揚げ船は、黒い海を割って進んでいく。眼下の飛び散る波しぶきに小さな虹が架かっている。大介は、思わず身を乗り出してその虹を見た。

虹は、分度器の縁《ふち》に七色を塗り込めたように小さく弧を描いている。手で掬い取ることができるのではないかと思われるほどに可憐である。しかし、波しぶきの加減によって現われてはまた消える虹はいかにもはかない。その虹を引きずって船は走る。

太陽がまぶしい。こんなまぶしい太陽を仰ぐのは何年ぶりのことだろうか。この太陽が、シベリアの空にもあったのだろうか。大介にはとても信じられない。あるいは、太陽など見上げたことがなかったのかもしれない。太陽があることさえ、忘れてしまっていたのだ。太陽をまぶしげに見上げていたK島での幼少年期が、再び走馬灯のように頭の中を駆け巡る。

大介は東京でもそのような太陽を見上げた日々があったことを思い出した。あの人と一緒のときだ。あの人は、今どうしているのだろう。同じようにこの太陽を見上げているのだろうか。東京も戦争で大空襲を受けたと聞く。結核を患っていたあの人が療養していた病院も爆撃を受けたのだろうか。

島田光恵……。あの人の記憶がはっきりと輪郭をもって甦ってきた。エーコフの捕虜収容所でも、母親と同じように何度も記憶に甦ってきた人だ。ただ母親が確実に死んでこの世に存在しないのに比して、光恵はこの世に存在している。いや存在しているかもしれない。戦争があったのではっきりとは断言できないが、引き揚げ船は、確実に日本へ向かって進んでいる。光恵が生きているかもしれない東京を訪ねることができるのだ。大介の前に横たわっているその可能性に向かって船は進んでいるようにも思われた。

「わたしが、あなたを忘れることは、決してない……」

光恵が指し示した聖書の一句が再び思い出される。「わたし」とは神ではなく、光恵自身のことをも暗示したのだろうか……。「わたし」とは、だれだろう。「わたし」が忘れないことによって、神も「わたし」を忘れないのだろうか。光恵も、また、「わたし」なのか。

東京へ行こう。光恵に会いに行こう。故郷には肉親がいるわけでもない。会いたい人がいるわけでもない。すでに天涯の孤児なのだ。

大介は決心した。そして、もう一度その聖句をつぶやいて、光恵のことを思い出した。「わたし」は、「わたし」なんだと大介は自らに言い聞かせていた。

8

光恵は、病室でぼけたように座っている大介を見ると涙が流れてくる。大介の前では、涙を流すまいと努力しているが、あるいはその努力も大介にとっては無意味なことかもしれない。私がだれだか分からないだろうし、ましてや私の涙の意味など分かるはずがない。でも、私はそうは思いたくない。大介が、私をだれだか忘れるなんて考えられない。大介は、私を拒絶してはいないのだから、きっと私がだれだか分かっているはずだ……。

大介の上下の瞼は、赤味を帯びて膨らんできた。痩せこけた頬が窪み、顔の皮膚を強引に引っ張っていて痛々しい。目はやはり虚空を見つめたままで焦点を定めることができない。短く刈り込んだ頭髪には白髪が目立ってきた。手の甲の皮膚も緩んでまるで老人のようだ。……老人、そうなんだ。私も大介も、もう老人なんだ。

光恵は、病室の出入り口の金属製の取っ手が銀色に輝いているのが耐えられない。何か、自分たちの命が威嚇されているような奇妙な錯覚に陥る。

大介が、シベリアから帰った時も、最初に会ったのは病院だった。病院は、あんなにも私たちに優しかったのに、どうして今は私たちに冷たいのだろう。いつまでも馴染《なじ》んでくれないのだろう。二人して力を合わせてパン屋の仕事に精を出した日々が懐かしい。私は、懐かしいあの日々を思い出すことができる。でも、大介は思い出すことができないのだ。教会を作るために夢をもって沖之島に渡った日々、あの日々を思い出すことができないのだ。

大介には、私の想像も及ばない魔物のような辛い日々があったのだろう。このことに気づかなかった自分が情けない。

光恵は、涙をふいて再び大介に向かった。やはり、あのころの記憶が走馬灯のように甦ってくる。光恵が、東京で大介と最初に出会ったのは、爽やかな風が吹き始めた夏の終わりごろだった。沖縄の織物に興味があり、たまたまその日、神田の古本屋へ入って織物の書物をパラパラとめくっていた。その傍らに、やはり沖縄関係の書物を手に取っている大きな男が立っていた。

光恵は、郷里を同じ方角にする人かもしれない。そう思うとその男がなんとなく気になり、そーっと視線を送っていた。沖之島を出て東京に在る紡績会社に住み込みで働くようになってから一年ほどが過ぎていた。

光恵は、書店に入る前からその男がそこに立っていたのかどうか、このことがとても重要なことのように思えて考えを巡らした。すぐに不遜なことに思えて慌てて自分の心の動きを打ち消した。ちょうどその時、男は光恵に声をかけてきた。それが正木大介だった。

大介はその時、母親の七七忌を済ませて東京に戻ってからわずかに二週間ほどしか経っていなかった。沖縄関係の書物に目を遣っていたが、死んだ母親と同じように織物に興味をもっている女性が傍らに立っている。このことに何か運命的なものを感じて思わず声をかけたのである。無口な大介にしては、珍しくたくさんの言葉をかけ饒舌になった。

その日の出会いを契機に、二人は急速に親しくなっていった。

大介は、母親の葬儀にかかった費用を、母親の身の周りのものを処分して捻出しようとしたが、とても足りなかった。大金ではなかったが、親族に借金をし、必ず東京で働いて返済するからと約束して金を工面してもらっていた。母の送金が途絶えた今は、出版社の倉庫で荷造りの作業をして手当をもらう仕事以外にも、さらに日雇いの労務なども始めていた。

しかし、そんな中でも、大介はできるだけ時間を工面して光恵との時間をもった。休みの日には示し合せて公園などで逢瀬を楽しんだ。大介の母親を失った心の空洞に光恵がすっぽりと入ってきたとも言える。また光恵も、島を一人で出てきた寂しさに慣れるその前に大介と知りあったと言っていい。

光恵は、大介のために味噌の入ったおにぎりを握った。二人で、公園のベンチで太陽を浴びながら頬張った。大介は本当に美味しそうな顔をして食べた。光恵はその横顔を見ると幸せな気分になった。

しかし、付き合って一年がやっと過ぎたかと思われるころ、光恵は逢瀬のさなかに血を吐いてうずくまった。

大介は、ある予感に脅えながら光恵を抱えるようにして慌てて病院へ駆け込んだ。不吉な予感は見事に的中した。結核だった。光恵はそのまま即入院を命じられた。

光恵は、大介に頼んで会社へ連絡をしてもらい、親しい友人たちに身の周りの物を届けてもらった。数日後には上司がやって来て、いくばくかの退職金が支払われた。会社との関係はそれで終わりだった。余りにもあっさりとした事務的な会社の処置に不満を漏らす大介に、それほど長くその会社で働いたわけではないからそれ以上に懇意にしてもらうこともないと光恵は言った。昭和十八年の春のことだ。

光恵の発病以来、大介は週末ごとに病院へ行き光恵を見舞った。しかし、それもだんだんと困難になった。戦争が、もうそれを許さなくなったのである。

大介は、その年の十月に学徒動員され仲間たちと一緒に入隊した。身体が大きく健康であった大介は、すぐに戦地へ送られることになった。あるいは、それほどまでに戦争は逼迫していたと言っていいだろう。

満州への配属が決まり、いよいよ九州博多へ向かって旅立つという日に、大介は光恵へ別れを告げに病院を訪ねた。光恵は、無言のまま涙をあふれさせた。ベッドに横たわった光恵が差し出す手を、大介も強く握った。

光恵は、大介の視線が枕元の黒いカバーに包まれた聖書に注がれていることに気づくと、ページをめくって大介に示した。大介は、黙ったままで聖書を受け取り、しばらく食い入るようにその箇所を見つめた。


わたしが、あなたを忘れることは、決してない。

（イザヤ書 四十九章十五節）


それからそのページに左手の人差し指を挟んで右手で聖書を撫でながら光恵に返した。

大介は聖書に記された「わたし」の意味を光恵に問うてはならないと思った。光恵もまた、大介に何も期待してはいけないと思い、視線を合わせるのを避けた。

「頑張って……」

それが、大介が光恵へ送った別れの言葉だった。

光恵もまたその言葉以外に他の言葉を思い浮かべることができなかった。小さくつぶやくように同じ言葉を発して視線を下げ頭を垂れた。

9

大介は、ため息をついて天を仰いだ後、再び視線を眼下の海面に落とした。あれから三年余が経過したのだ。三年余ではあったが、二十年も三十年も経過したような気がする。確かに、そのような時間をシベリアの寒地で凝縮して生きてきたようにも思われる。

船の側面を叩く白い波しぶきは、相変わらず怒るように飛沫を上げている。群青色の海が、黒いインクを流したような色に変り、海面からは、いつの間にか大介たちの影が消えている。

周りの元兵士たちは、相変わらず船べりにもたれたままで海を眺めている。どのくらいの時間が過ぎたのだろうか。日ざしが弱まっている。太陽が雲に隠れたのかなと思って空を見上げた。その大介の傍らに死地を潜り抜けた数人の仲間たちが大介を取り囲むようにやって来た。加藤、伊藤、桑田、橋戸だ。皆、微笑みながら立っている。生死の境を手を携えて乗り越えてきたラーゲリの戦友たちだ。

「正木上等兵殿へ敬礼！」

皆が大介に向かって敬礼をする。彼らなりに精一杯の冗談と帰国の嬉しさを表現したものだろう。

年長格の橋戸が、笑いながら大介に話しだした。

「どうだ、大介、今も皆で話していたんだが、沖縄は玉砕ということだ。復興もなかなか進まないと聞いている。そこでだ、俺の故郷へ一緒に来る気はないか。俺の故郷の青森は、戦争でそれほどの被害もなかったと聞いた。少なくともお前の故郷の沖縄よりはな……。親父が、りんご園を手広くやっているから土地はいっぱいある。お前さえよければ一緒にりんご園を手伝ってもらいたい。沖縄に帰ったって身寄りもないということだし、どうだ一緒に来ないか」

橋戸がそう言って大介を誘う。皆もそうするように勧める。橋戸と桑田が青森、加藤が栃木で、伊藤は山口県の出身だった。みんなに故郷がある。

「お前が、近くにいると何かと心強い……」

桑田が、そう言った。それは、大介も同じだ。

傍らで伊藤が笑みを浮かべながら大介を誘った。

「俺の所でもいいぞ。大介、俺の所は漁師だが、お前さえよければ大歓迎だぞ」

「いや、ぼくは東京へ行く。誘ってくれるのは有り難いが、ぼくはもう一度東京で働きたい」

会いたい人がいる、とはさすがに言えなかった。しかし、「わたしが、あなたを忘れることは、決してない」という聖句が大介の心を満たしていた。「わたし」とはだれか。あえてその答えを曖昧にしていた。そして、ラーゲリで何度か夢に現われた父のことも気にかかっていた。一度も会ったことのない父だ。もう死んでいるかもしれない父と、東京で会えるかもしれないという漠然とした期待だ。

皆は、しばらくあれこれと理由を問いただしたが、曖昧に答える大介の事情を察したのだろうか。すぐに理解をし、もう何も言わなかった。

「そうか、分かった。これからは、お互いに連絡を取り合って頑張ろう」

だれからともなく手を握りあい、肩を叩きあった。

昭和二十三年五月、引き揚げ船はゆっくりと舞鶴港に着いた。先を争って皆が上陸した。親しい戦友たちと再会の日を約束をする間もなく、皆は一斉に歓迎の人々の渦の中に巻き込まれた。帰還のための事務所での手続きが済むと故郷までの旅費が支給された。元兵士たちは走るようにしてそれぞれの故郷に帰っていった。

大介は、その仲間の群れを後ろから眺め、やはり自分は東京へ行こうと思った。東京で過ごした日々を思い出しながら列車に乗った。自分には、帰るべき故郷はないように思われた。ラーゲリで、夢にまで見た故郷を失っていた。

10

大介は、数年ぶりに上野駅の雑踏の中に立った。人波にもまれながら、帰国したのだという実感に囚われて涙がこぼれそうになった。大きく息を吸い込み、辺りを見回した。日本の匂いだ。それぞれの国にはそれぞれの匂いがある。シベリアには雪と土の匂いが、満州には馬と風の匂いが充満していた。今、確かに日本の匂いがする。喩えるとしたら何の匂いだろうか……。

その考えを遮るかのように、列車が大介の前を音立てて通過した。レールの上をきしむ音さえシベリアで聞いた音とは違うように思われる。もちろん列車やレールが放つ鋼鉄の匂いもシベリアとは違う。なにもかもが懐かしく、なにもかもが新鮮で日本だと感じられる。

大介は、人波に押し出されるようにして改札口を出た。足は、自然に上野公園に向かっていた。上野公園は、光恵と何度も逢瀬を重ねた思い出の場所だ。その地に向かって一歩一歩懐かしい思い出を膨らませながら歩いた。

光恵とよく腰掛けたベンチは、公園の入り口から百米ほど中央に向かって歩き、それから左手のほうに折れて五〇米ほど行った大きな楠《くすのき》の下にある。そこに向かって大介は歩いた。

ベンチは、不思議なことに少し古びていたが当時と同じままそこにあった。さすがに楠は、大きな枝々が折れて落ちていたが、既に若い芽を出し枝々を伸ばし始めていた。

大介はベンチを見た瞬間、嬉しさが込み上げてきた。東京へ到着して以来ずっと張り詰めていた緊張感が弛緩し、心の中にゆったりとした思いが広がっていく心地よさを感じた。戦火にも、このベンチは残ったのだ。光恵も、生きているかもしれない。生きていれば、この戦後の東京で、二人で一緒にやり直せるかもしれない。そんな脈絡のない興奮と期待が大介の心に広がった。

楠の枝々が、風に大きく揺れた。上空いっぱいに雲一つない青空が広がっている。今、出発すれば、夕暮れまでには着くだろう。大介は、すぐに光恵が入院していた郊外のN病院を訪ねたいと思った。上野駅に着き列車を降りた時は、仕事を探し落ち着いた後に光恵を訪ねようと思っていたのだが、壊れずに残ったベンチを見て大介は心を決めた。

N病院は、当時の赤いレンガの門がコンクリートの門に作り替えられていた。戦争で空襲を受け、門が破壊されたのだろうか。建物の壁も、レンガ造りではなく、モルタルが塗られていた。

大介は病院正面の玄関に立ち、思い切って入り口のドアを押した。中に入ると受付の文字がすぐ目に入った。それは以前と同じ場所に表示されている。

受付で、光恵に面会をしたいと申し出ると、顔を上げて大介を見た係の女性は、びっくりして立ち上がった。大介もその女性に見覚えがあった。

「……正木さん、正木大介さん、ですよね」

「ええ、そうです。正木大介です。佐竹さん……ですね」

大介は、突然、受付の女性の名前を思い出した。当時も眼鏡《めがね》を掛けて確かにそこに座っていたはずだ。

「ええ、そうです、佐竹峰子です。お元気でしたか」

佐竹は、満面に笑みを浮かべながらドアを開けて近寄ってきた。

「懐かしいですね。ご苦労さまでした……」

佐竹は、大介の前で、丁寧に頭を下げた。

大介は、どう応えていいのか分からなかった。一瞬戸惑って、ぼーっとしてしまった。

「あのう……、光恵を、島田光恵の面会に来ました」

大介はしどろもどろに言葉を発していた。

「はい、島田光恵さんですね。光恵さんは、すっかり元気になりましたよ。病院の手伝いをしています。今呼んで来ますからね、どうぞ、隣の部屋でお待ちになってください。光恵さん、喜ぶと思いますよ」

そう言うと、佐竹は廊下に出て、光恵を呼びに走った。彼女の後ろ姿を見ながら、大介は来てよかったと思った。そして、光恵を見舞ったことを覚えられるほどに、頻繁にこの病院を訪ねていたのかと思うと、少し恥ずかしくもあり苦笑が出た。

面会室と書かれた隣室のドアを開けて中に入った。背中に担いだ荷物を脇に降ろして、窓の方に近寄って庭を見た。白樺の木が数本並んで植えられている。白樺の木は、満州にもシベリアにもあった。過ぎ去った数年間が思い出される。生きて帰れたのが不思議なほどの数年間であった。そして、もうすぐ光恵に会える。生きて帰ることができて本当によかったと思った。

大介は、背後に人の気配を感じて振り返った。そこには、光恵が身体を震わせて立っていた。光恵は、既に目を潤ませハンカチを取り出して涙を抑えている。そんな光恵がずいぶん小さな身体になったような気がした。

沈黙が流れる。どのような言葉をかけたらいいか分からない。

大介は姿勢を正し、はにかみながら少しふざけて光恵に敬礼をした。

「正木上等兵、ただいま帰ってまいりました」

敬礼をした後、自分の足下に視線が落ちた。その瞬間、汚れた靴が目に入った。大介は、今まで気にならなかった靴の汚れがとても気になった。恥ずかしかった。汗の匂う身体も恥ずかしかった。光恵は、夕日を背にした窓際で、大きな身体で敬礼をしている大介の姿をまぶしく見上げた。この人は、私に会いに来てくれたのだ。戦争が終わって三年余、もう会えないものと諦めていたのに……。

胸が熱くなった。戦地に行く前に、何度も何度も見舞いに来てくれた大介の優しさが次々と思い出される。

光恵が、そんなことを考えながらハンカチで流れる涙をぬぐおうとしたその時、大介が膝を曲げて緩んだ靴紐に手をかけた。大介の背中に隠れていた窓からの光が、さあーっと差して光恵を正面から照らす。光恵は、その光を受けながら大介の元に駆け寄りしゃがみ込む。大介に代って靴紐を締め直す。涙が、靴の上にぽたぽたと落ちた。それから大介を見上げる。

「大介さん、有り難う。よく来てくれました。もう帰ってこないのかと……。心配しました。有り難う」

「うん、会えてよかった。来てよかった……」

大介も、自分の言葉が震えているのが分かる。

「病気も、良くなったんだね」

「ええ、いい薬ができましたから……」

二人共、あとは言葉が続かない。

大介は、目前にしゃがんだままでいる光恵の髪の匂いに懐かしい日々を思い出した。光恵との熱い思い出が甦ってくる。

大介は、小刻みに震えている光恵の肩に、思わず手を置いた。そして、「会いたかった」と小さくつぶやいた。大介の思いが光恵にも伝わる。光恵は、その時、風が動いたと思った。そして、その風にいつまでも動かされていたい心地よさを感じた。

光恵は、その晩、病院に住み込みで働いている自分の部屋を空け、そこに大介を泊めることにした。光恵は佐竹の好意に甘えて佐竹の家で泊めてもらうことにした。病院の側も快く承諾してくれた。行くあてもない大介は、有り難くその好意を受け入れた。

日が暮れて夕食を食べ、風呂を使わせてもらい、光恵の部屋で四肢を投げ出して仰向けに寝転がった。様々な感慨が渦巻いて、大介の心の中を暖かい風が吹き渡っているように感じられた。

大介は、やがて光恵の部屋の片隅に置かれた小さなちゃぶ台の上の書物に気がついた。光恵に別れを告げに見舞いにやって来たあの日、光恵のベッドの枕元にあった聖書だ。身体を起こしてにじり寄り、手に取ってぱらぱらとページをめくった。出征前に光恵が示した聖句を探したかった。やがてそれは確かにそこに記されていた。見つけると忘れていた大きな何かを取り戻したような思いに打たれて、大介はしばらく呆然としていた。

11

翌日、大介は佐竹や病院長へお礼を述べ、光恵にはまた来ることを約束して病院を出た。行くあてはなかったが、光明は見えた。まずは仕事を探さなければならない。そう思って都心に向かって電車に乗り、再び上野駅で降りた。

東京は、活気に満ちあふれていた。擦れ違うたくさんの人々の身体にぶつかりながら、大介は食べ物屋がやりたいと考えていた。食べ物屋ならパン屋がいい。あのシベリアで食べた黒パンの味。決して美味しいとは思わなかったが自分の命を、そして仲間の命をつないでくれたものだ。美味しいパンを作りたい。大介は、パン屋の看板を探しながら、上野駅の周辺をぐるぐると歩き出した。大学へ戻る気はしなかったし、教師になるという夢も消えていた。すぐに働きたかった。

パン屋は、それほど多くはなかった。それだけに、大介は、パン屋の看板を見つけると手あたり次第に扉を開け、働かせて欲しいと頼み込んだ。しかし、どのパン屋でも答えは、ほぼ同じだった。

「パンを焼く材料がまだ手に入りにくくてなあ、人を雇うことなど、とてもできないよ」

大介は、体《てい》よく断られたが、諦めなかった。背負ったリュックが戦地帰りということを示しているがゆえの同情と拒絶か、とも思われたが、めげなかった。

さらに一時間ほど歩き、疲れ果てて今日はもう駄目かなと思い始めたころ、「赤井パン屋」という古い看板の掛かったパン屋が四辻の角に建っていることに気づいた。小さな杉板に墨で書いた看板の文字が消えかかっている。探し始めてから五軒めのパン屋であった。大介は、思い切って扉を開いて中に入った。横長の二つのガラスケースの中に、美味しそうな食パンやあんパンが並べられている。奥座敷から、眼鏡を掛け、やや腰を曲げた人の良さそうなおばあちゃんが笑顔を見せながら出てきた。

大介は、どの店でもそうしたように是非働かせてもらいたいと丁寧に申し出た。

おばあちゃんは、大介の姿を見て微笑みながら会釈をして尋ねた。

「ご苦労様でした。戦地はどちらでしたか？」

パンの話ではない。大介は、引き戸のガラスに映っている自分の姿を見た。一目見て帰還兵であることが分かる。やはりこの姿が理由で、これまで断られたのかなと思うと、なるほどとも思われた。少し不安になったが間を置いて慎重に答えた。

「シベリアです」

「シベリア？　ご苦労様でした」

おばあちゃんは、何度も何度もそう言ってうなずきながら、奥座敷にいるおじいちゃんを呼んだ。

背が高く痩《や》せたおじいちゃんが出てきて、座敷上から大介を無言で見下ろした。

大介は、おばあちゃんへ言ったことと同じことをおじいちゃんにも言った。

「分かった。大丈夫だよ。高い給金は払えないが、それでもいいかな、さあ、中へ入りなさい」

おじいちゃんは、大介を手招きながらそう言った。

大介は、一瞬おじいちゃんの言葉に耳を疑った。ここでも当然断られるだろうと思っていたからだ。

「お疲れ様でした。さあ、ここで立ち話も難儀なことだ。中へ上がりなさい」

おじいちゃんは、笑みを浮かべている。働いてもいいという返事をしているのだ。大介は深々と頭を下げてお礼を述べ靴紐を外した。

「赤井パン屋」は、老夫婦二人だけで経営しているパン屋さんだった。食台の上に出されて食べたあんパンの美味しさは一生忘れられない味になった。茶を勧められ、聞かれた戦地での話しをゆっくりと話した。学徒出陣の学生だったと名乗ると二人は涙をにじませた。

部屋が空いているので住み込みで働いてもいい。部屋代もいらないという。さらに自分たちと同じ食事でよければ食事を付けてもよいと言った。ただし、給料は高くはあげられないという。住む場所も未だ定まらない大介にとっては、すべてが充分に有り難い条件だった。主人の名は赤井喜一郎、奥さんは千代と紹介してくれた。

赤井パン屋は、大介が思っていた以上に客の出入りが順調で安定していた。が、二人は、店を拡張しようという気持ちはまるでなく、また利益を上げようという考えも特にないようで、その日暮らしの気ままな生活をしていた。もちろん、それだからといって大介は困ることはなかった。

二人は、大介が恐縮するほどに親切にしてくれた。喜一郎のパンを焼く技術は、親の代から二代目で、戦前からこの場所で焼き続けてきたというだけあって確かな腕前であった。

「私にも息子が二人おった。次男はあんたと同じく学徒出陣で満州で亡くなった。長男は正規の軍人で沖縄で戦死した。このパン屋も、私で終わりだ」

喜一郎は、時々晩酌につきあっている大介に、二人の息子の思い出を話すことがあった。

大介は、喜一郎の寂しさを感じたが、同時に、その度に故郷K島の海や福木《フクギ》の並木道、さらに母の姿を思い出した。村や村人の顔さえ思い浮かんできた。

しかし、それらの記憶は、皆大介にとっては葬りたい辛い記憶であった。なかでも母の死は、納得できない耐えがたい記憶としていつまでも残っていた。母の死は、大介が東京に出た一年目の夏に訪れた。わずかの間で母が不治の病で死ぬなどということは考えられなかった。何かの理由で死に追いやられたのではないかと思われた。

大介が生まれたK島の村は、福木に囲まれた美しい村だ。福木は常緑広葉樹で葉肉は厚く大人の掌ほどの大きさにもなる。幹は固く直立して伸び、防風林としても最適で、よく家屋の周囲を囲うようにして植えられた。沿道にも真っ直ぐに伸びる福木が植えられ、その並木が南国の太陽と白い砂道に映えて美しかった。秋になると、みかんの実ほどの大きさの黄色い実が付いた。また幹や枝は、削り取って熱湯で煮ると鮮やかな黄色の染料を生み出した。その福木に囲まれた小さな家で、大介は母志穂の手一つで育てられたのである。

志穂は、美しく若い母親であった。成長していく大介にも、その美しさは時としてまぶしく映るほどであった。村の男たちにとっても志穂は噂にのぼるほどの女性であった。父親の知らない子を生んだだけに、さらに妖しく艶めかしく映っていたに違いない。

　志穂には、セイロウという気の触れた従兄がいたが、このことも村の男たちの好奇な目をそそる原因の一つになっていたかもしれない。

　セイロウは、無口でおとなしい人物で、幼いころの怪我の影響で右脚が不自由であった。杖をつき小さな島の小さな村々を季節が巡るように規則正しく巡っていた。定職をもたない浮浪者であったが志穂には特別に優しかった。また志穂も、セイロウには、人一倍優しい笑顔で接していた。

　しかし、セイロウは、大介が生まれた後にすぐに行方が分からなくなっていた。海を渡って島を出て行ったとか、たぶん島のどこかで野たれ死にしているだろうとか、あるいは大介の父親ではないかと村人に噂されていたが、遺体はいつまでも見つからなかった。

　志穂は、家の中に機織り機を持ち込み四六時中機を織っていた。南国の強い日差しが照りつける島で、志穂は村のどの娘よりも色が白く透き通るようなうなじや肌を有していた。その白さはまた村の男たちを魅了した。男たちは、卑猥な目で志穂を盗み見た。

　大介の村への憎悪は、その男たちへの憎悪になる。男たちの薄笑いと貪欲な目の澱みの奥にあるものを、少年の大介も理解できた。

「大介は、なんでパン屋をやりたかったのかなあ」

　ある日、パン粉を懸命にこねている大介に、背後から喜一郎が声をかけた。大介は笑みを浮かべて振り返り、はっきりと答える。

「シベリアで食べた黒パンの有り難さが忘れられないのです。シベリアを出発する時、是非パン屋になりたいと思ったのです」

喜一郎は、うなずきながら言う。

「そうか、そうか。よーし、お前にその気があれば、私の知っているパン作りのコツはみんな教えてやるぞ」

「はい、よろしくお願いします」

大介の明るい返事に、喜一郎は上機嫌で約束をする。

その言葉どおり、喜一郎はパン作りのコツをすべて大介に教え、千代と共に大介を息子のように可愛がった。

大介は時々、喜一郎に代わって小麦粉などの材料集めに郊外まで遠出をすることもあった。毎日が楽しかった。このような日々が待っていようとは、シベリアにいる時には考えられないことだった。

大介は、時々光恵の働いている病院を訪ねた。光恵もまた赤井パン屋の大介を訪ねてきた。光恵は、休みの日には赤井パン屋の店頭に立って千代の手伝いをするようにもなっていた。

そんなある日、大介と光恵は、大介が出征前に住んでいた下宿屋を訪ねた。大介の目的は、かつてお世話になったお礼と生きて帰ってきたことの報告であった。その一帯は戦火で焼野原になった所で、新しい建物が立ち並びすっかり景色が変わっていた。下宿屋の夫婦も、どこへ移っていったのか分からなかった。そんな話を喜一郎にすると喜一郎は寂しげに答えた。、

「東京にも戦争があったんだ。もっとも、私は田舎に疎開していたけどな……」

喜一郎は、そう言って力弱く笑った。

また、大介は一人、満州の地で別れた梶山の実家を訪ねたことがあった。梶山の実家は四ッ谷にあった。梶山は、やはりマレーシヤで戦死していた。信州の村井の実家にも手紙を出した。村井もフィリピンで戦死したとの知らせが届いていた。これで学徒兵として出陣したかつての仲間で生きて帰ってきた者は、大介一人だけになったことが分かった。山田は満州で、横谷はシベリアで亡くなった。

互いに決意をして出征した五人の仲間から、自分一人だけが生き残ってしまったという思いは、どこか寂しさを突き抜けて後ろめたい気分に襲われることさえあった。そんな思いに襲われると、大介は、しばらくの間、愕然としてシィー(精)が抜けたようになった。

それから慌てて首を振り、彼らの分まで生きることが、残された自分の運命だと言い聞かせるように、慰撫する言葉をぽつりぽつりとつぶやいて、自分の気持ちをなだめるのだった。

大介が、光恵と結婚をしたいという話をすると、喜一郎と千代の二人は大介の手を取って喜んでくれた。特製のパンを焼いて光恵を呼び、祝ってもくれた。

大介と光恵は、二人が通っている教会で質素な結婚式を挙げた。昭和二十六年、大介が二十七歳、光恵が二十四歳のときだ。二人は、借家を探して移り住んだ。そこから大介は赤井パン屋へ、光恵はN病院へ通った。そして、週末には二人一緒に教会へ出かけた。

大介と光恵の間に最初の子が生まれた。女の子だった。二人は、皆に幸せをもたらすようにとの願いを込めて「幸子」と名付けた。

幸子が、三歳の誕生日を迎えてから間もなく、赤井パン屋の主人の喜一郎が病いで倒れた。胃に腫瘍があった。医者には、もう長くはもたないだろうと言われた。

喜一郎は、ベッドの上から大介に言った。

「私は、生きている間に息子らが命を落とした満州と沖縄の地を、一度は女房と二人で訪ねてみたかった。それができなかったのが心残りだ」

それから大介にお願いごとがあるといって、近くに呼び寄せ言い足した。

「私が死んだら、千代を四国の実家へ送り届けて欲しい。それから、できることならパン屋は大介で引き継いで欲しい……。戦争で、私の身内はだれもいなくなった」

大介は、そのいずれをも承知すると約束した。むしろ、有り難い申し出だった。喜一郎の手を握りながら、大介はたくさんのお礼を言った。

「弱音を吐かないでください。元気になったら皆で是非沖縄に行きましょう。私が案内します」

喜一郎は、大介の言葉を一つ一つうなずきながら聞いていたが、ベッドから身を乗り出すようにして大介に尋ねた。

「なあ、大介。沖縄はよいところか？」

大介は、一瞬返事に困った。

「さあ、もう長いこと行ったことがないから、どうだか……。でも海はきれいですよ。私のふるさとの海は最高です」

「そうか、それだけあれば上等だ」

喜一郎は、目を細めながら千代を見て、さらに大介に言った。

「なあ、大介。私は戦争中、千代の田舎に疎開したんだ。四国の山の中の小さな村だが、川の水がきれいでなあ。東京生まれの私には有り難く、命の洗濯をさせてもらったよ。皆は戦争をしているというのにな……。でもなあ、そんな山や川や空を眺めている間に、私はふと、この戦争は日本の負けだと思ったんだ。なぜだかは、いまだよく分からんが、はっきりとそう思ったんだ。二人の息子もきっと死ぬだろうと思った。こんな美しい山や川を大切にしないような国は負けるに決まっている。きっと、バチがあたると思ったんだ」

「……」

「息子の死も私のせいだ。みんな私の……」

喜一郎は、その後に続く言葉を飲み込んだ。

その言葉が何だろうか、と大介が思いを巡らした時、再び喜一郎が話しだした。

「私は、もうじき死ぬ。だがなあ、大介、私はこのことが分かっているのに、不思議なことだが、悲しむ気持ちにはなれんのだよ」

「……」

「私だけでない。息子も死んではおらんよ。息子は私の中で生きている。私もどこかで生き続けるような気がするんだ。お前の中でか、千代の中でか、よくは分からんが、命は途絶えることなく永遠に引き継がれていく。そんな気がするんだ。いや引き継がれていくものは命だけでなくて、私の匂いや、しぐさや、声や、私の生活のすべてだ。空気みたいなものだな。腐った空気かしらんけど、私が死んだら、私は、私の空気を置いていくんだ。私の空気は、樹や石や空に吸い込まれていつまでもなくはならんのだ。言ってみれば、私のこの世へのバトンや。そう、私のバトンは、そういうものだ」

喜一郎の頬を涙が糸を引く。

大介は、同じ光景をどこかで見たように思った。死ぬことは、だれにとっても寂しいことなのだ。

「大介、私の息子はな、二人ともかけっこが速かったぞ。いつも一等賞だった。あんたにも見せたかったなあ。親思いの優しい子だった」

「そんな息子を、私は日本男子たれと、戦争へ送り出してしまったのだ。パン屋になりたいという二人の息子をな」

千代が、立ち上がって涙の流れている喜一郎の目をハンカチでふいた。

「わしは息子へ言ったんだ。パンを作るな。日本を作れってな。大介……、わしのように、後悔なんかするなよ。パンを作れ。身の丈に合った幸せで充分だ。それをあんたと光恵さんが教えてくれた。有り難いことだった」

「こちらこそ、有り難うございました。たくさんのことを教えてもらいました」

大介にも様々な感謝の思いがあふれてくる。

喜一郎は、大介を手招き、最後に小さくつぶやいた。

「息子への罪滅ぼしができたよ……。あんたに会えてよかった……」

喜一郎の言葉に、大介はあふれる涙を手でぬぐった。実際、戦後の混乱な時代を生き抜くことができたのは、喜一郎と千代のおかげだった。大介こそが、感謝の思いは大きかった。その思いは妻となった光恵も同じだった。

「大介、私は息子になんと詫びようかな……」

「詫びることはありません。息子さんはきっと分かってくれているはずです」

「そうかなあ」

「戦争を体験した者は……、戦争を体験した者は、きっと優しくなるんです。きっと許してくれますよ」

「有り難う、大介、あんたと会えて本当によかったよ」

喜一郎の言葉に、大介は再びにじり寄って手を握った。しかし、喜一郎はもう握り返してくる力はなかった。

喜一郎が死んだのは、大介が赤井パン屋に勤めてから七年めの夏を迎えていた。

大介は喜一郎との約束どおり、店を引き継ぎ、それから千代を実家のある四国、高知県の仁淀川の川辺の村まで送ってやった。できることはなんでもやりたかった。それが恩返しになると思った。

高知へ出発の日、千代は弱った腕で何度も何度も大介の娘の幸子を抱き上げた。頭を撫でて別れを惜しんだ。やがて意を決したかのように腰を折り、喜一郎の遺骨を抱きかかえた。

千代を高知まで付き添って送り、東京へ帰ってきた大介は、光恵と二人で新しく「赤井パン店」をスタートさせた。借家を引き払い、光恵は病院勤めを辞めた。大介も、そのころには一人前のパン職人になっていた。

パンを買う客は、減ることもなく世の中の景気が上向いていくのに呼応して、むしろ多くなっていた。昭和二十六年に隣国で起こった「朝鮮戦争」は、日本の国全体を景気づけた。戦争で荒廃した国が、他国の戦争を肥やしにして復興していく様に、言い知れぬ不快感を覚えたが、大介は、意図的にその矛盾を思考の片隅に追いやった。もちろん、自らの戦争体験も記憶の彼方に封じ込め、ただひたすらにパンを焼いた。

二人目の娘の聖子が生まれたのは、昭和三十二年だった。大介と光恵のパン店は、経営も順調に進み、少しずつ蓄えができるようになっていた。二人の生活は、貧しくとも幸せな生活であったと言ってもいい。それを、大介は赤井夫妻に感謝した。そしてそれだけでは足りないようにも思われた。何かに感謝したい。それが宗教と呼ばれる信仰の世界であってもよかった。

大介は、光恵と一緒に教会へ通うようになっていたが、やがてすべてを神に感謝し、聖書を読む熱心なキリスト教徒になっていた。

しばらくして、大介と光恵は通っている教会の牧師から、光恵の出身地である沖之島に教会のないことを知らされた。その島に土地を確保し教会を建てることができたら、すぐにでも牧師を派遣することができる。その役を引き受けてもらえないだろうか、と打診された。牧師は、終始笑みを浮かべながら二人に話しかけたが、二人は、即答を避けた。

光恵は、この提案に心を動かされた。結核を患った時、そして入院した時、それから大介が出征した時も、自分の心の支えとなったのは聖書であり教会であった。この拠点を島に作ることができたらどんなにいいだろう。また一人でも多くの島の人々に、聖書や教会の教えを理解してもらいたかった。苦しい生活の中で、生きる支えとなってくれる神の教えに、一人でも多くの人々が出会って欲しかった。夢のようにこのことが、光恵の脳裏を駆け巡る日々が何日も続いた。光恵は、思い切ってこのことを大介に話した。

大介もこのことを、ずっと考えていたと言った。光恵は嬉しかった。だが、大介にとって島に移り住むことは容易なことではなかった。自分たちが食べていくだけの自給自足の生活なら、すぐにでも決心がついた。だが、教会を建てる土地を確保し、建築資金を作らねばならない。そして幼い二人の娘もいる。このことが、ここ数日間、頭の中を駆け巡っていた。

まず、島ではパン屋は続けてはいけないだろう。買い手が利潤を上げるほどに多くいるとは思われなかった。それなら、両手に鍬を持ち、汗を流して働かなければならない。泳ぎには自信があるから漁業でもと思ったが、ちらっと頭をかすめただけですぐに消えた。

農業を嫌ってはいなかったが、初めて農業をする大介にとって、利潤をあげるまでには相当の時間がかかるのではないかという不安が頭を悩ましたのである。あるいは、十数年がかかるかもしれない。数十年かもしれない。教会の側が、その長い歳月を待ってくれるかどうかも気掛かりだった。

大介は今の生活があるのは、ある何ものかの力によるものだと思っていた。満州やシベリアにいた日々は大介にとって耐えがたい記憶となっていたが、不思議なことに聖書を読んだり、牧師の話を聞いたりしていると、その記憶の噴き出し口が閉じられるような気がするのだ。それを信仰と呼んでもいいような気がしていた。

島へ移ることは可能だ。少しぐらいの土地と、家族が住むのに必要な家は建てることができるだろう。問題は時間だ。

光恵は、大介からその懸念を聞くと、二人で牧師に相談をした。牧師は何年でも待っていられると、嬉しそうに二人の決意に感謝した。そして、二人への期待と希望の言葉を述べ継いだ。

二人は島での出発を決意した。島に住んでいる光恵の親戚が、光恵の問いかけに家を建てる土地を提供してくれると言ってきた。そして、耕す土地は島にはいくらでもあるという。利潤を上げ得るかどうかは、二人の努力次第だろうということであった。

島には、光恵の老いた父もそして兄もいる。二人はもう迷わなかった。大きな運命の糸に引かれるように、南の島、沖之島へ渡り、教会を建てること、そのことが二人の人生の目標になった。

大介は、東京を発つ前にそれぞれ横谷と梶山の墓を訪ねて手を合わせた。いずれの墓地にも枯れ葉が積もり、墓石には濡れた枯れ葉が張り付いていた。花を生け、香を焚き、清水を墓石にかけた。墓石を流れる清水が光を受けてきらきらと輝いた。島に渡ると、東京にはもうほとんど来ることができないだろう。そんな気がして二人に別れを告げた。

昭和三十五年の秋、二人は娘の幸子の手を引き、聖子を背負って住み慣れた東京を離れ、苦難を覚悟で沖之島へ渡っていったのである。

第二章

1

青い海原をサバニ（小舟）が走っていく。目前の白い砂浜には、ざあーっ、ざあーっと波が寄せては返す。娘の幸子と聖子《せいこ》が波打ち際で砂山を作って遊んでいる。海の匂いを運んで来る風が、大介の身体を包み込む。どこかで見たような光景だが、大介には思い出せない。故郷の海とはどこか違うような気がする。

沖之島は、鹿児島県の南端から琉球諸島に伸びる南の海上に踏み石のように点在する奄美群島の一つである。およそ北緯二九度、東経二七度の位置にあるこの島は、南北の方向に靴ベラを置いたような島で、ふっくらと南の方が膨らんだ周囲約五〇キロほどの小さな島である。

島の東海岸沿いに仲泊町、西海岸寄りに喜納町の大きな二つの町がある。二つの町は、約十五キロほどの間隔で並び、他の村々は小さく島を巡るように点在している。島の中央部には与那岳、南側には大山がある。いずれも海抜二百メートル足らずの山で、全体的には平坦で起伏の小さい島と言ってもいいだろう。

正木大介と光恵は、仲泊町から喜納町に至る中間ほどに位置するM村の北外れに土地を借り受け、そこに二人の娘と合わせて家族四人が住む家を、島の大工たちに頼んで建ててもらった。

島人たちは、大介と光恵の来島を歓迎した。光恵の数少ない幼馴染みの友人たちが何度か光恵を励ましに来た。親類縁者が、大介と光恵を勇気づけに訪ねてくることも度々あった。中でも、老いた父や光恵の実兄の耕一が健在で島で農業をしているということが、光恵にも大介にも何かと心強かった。二人は、あれこれと光恵夫婦の面倒を見てくれ、また光恵と大介は、二人に何かと相談相手になってもらっていた。

大介と光恵は、当然のことながら島に広大な土地をもっているわけではなかった。家を建てる土地を買い上げ、その土地に建てる家の代金に、東京で貯めた持ち金をすべて使い果たしていた。それゆえに、耕す農地はほとんどが借地になった。それも荒れた未開の土地を耕さねばならなかった。幸いなことに、土地はいくらでも廉価で貸してくれる人々がいた。その土地を耕し、収入を上げ、少しずつ貯蓄をして自分の土地にし、また教会を建てる土地を購入する資金にする。遠大な計画ではあったが、大介と光恵の顔は明るく輝いていた。

大介は、まず自給自足のための野菜づくりから始めねばならないと思った。次にサツマイモを植える土地を耕さねばならない。土地は固く、耕すと頻繁に鍬が石灰岩にぶつかって、カーンという金属音を響かせた。その音と共に、時々手から鍬がもぎ取られて、大介の足元で跳ねた。鍬の扱いに慣れていない大介は、その度にドキッと冷や汗をかいた。

大介夫婦は、父や耕一をはじめ島の人々から、季節の野菜とその種《たね》の蒔き方から苗の育て方までいろいろと親切に教えてもらった。また、島の人々は、大介の畑の出来具合を気にして頻繁に覗きにやって来た。

大介も、彼らから懸命に農業をする知恵を吸収した。ゴム長靴を履いて、いつでも一所懸命に汗を流している大介夫婦は、小さな島の人々の噂にのぼり、だれもが皆好意的に援助をした。たとえば、自分の畑で収穫したばかりの野菜を届けたり、また播種期になると、時間を工面して大介の畑の手伝いをしてくれたりする村人もいた。

大介は、そのような友人知人を得て、数年の間に逞しい農夫に成長していった。一メートル八〇センチ近くもある大きな身体の大介は、南国の光と風をいっぱいに浴びて、さらにがっしりとした体躯になった。たぶん、シベリアのラーゲリにいたころの大介からは、想像もできない身体だ。

やがて、村人のだれもが大介に教えることがなくなった。歳月は、群れをなした蟻の歩行のように懸命に働く大介夫婦の上を、慌ただしく過ぎていった。

二人の娘も海風の匂いに育まれ、燦々と輝く陽光を浴びながら伸び伸びと育った。光恵が、三人めの子を身篭ったのは沖之島に来てから三年めの夏、昭和三十八年が始まろうとしていた。

大介は、目前に広がる沖之島の海原を眺めながら、過ぎ去った歳月を思い出していた。久しぶりに妊婦の光恵と二人の娘と一緒に海辺にやって来て心地よい海風を頬に受けていた。

青い海原を走っていたサバニは見当たらなくなっている。娘の幸子と聖子は、相変わらず、ざあーっ、ざあーっと寄せる波と遊んでいる。海の匂いを運んで来る風が心地よい。

大介は、幸子や聖子の父親になり、そして三番目の子が、もうすぐ生まれようというときになって、あらためて自分の父親のことが思い出された。見たこともなければ、もちろん会ったこともない。だが、子を持つ今の自分の幸せを思うと、父もこの空のどこかで子や孫を持つ幸せを味わってもらいたいと思った。

「大介、あんたは、父さんに会いたくないの？　大きな街で頑張ってみようとは思わないの？」

死んだ母さんが残した手掛かりはそれだけだ。それが、どういうふうに父とつながるのか。また架空の話なのかどうかも、もう確かめることができない。自分を励ますために、母がとっさに思いついた作り話だったかもしれない。

だが、東京に住んでいたころの大介にとって、父は生きていて、大きな街とは東京かもしれないという漠然とした思いが、幾ばくかの生きる力になったことは確かなことだ。

東京を発つと決まった時、大介は光恵に内諸で新聞に「尋ね人」の広告を出した。手掛かりは大介の出生の島、K島と、母親正木志穂の名前だけである。一か月間待った。しかし、父からは何の連絡もなかった。父は東京のどこかに住んでいるかもしれないという大介の期待は、根拠のない幻影のようなものだったから、当然といえば当然であった。

だが、不思議なことだが、大介は東京に住んでいる間中、いつもどこかでひょっこりと父に会う機会がやって来るかもしれないという期待をぬぐい去ることができなかった。会って父の前にひざまづき、許しを乞いたかった。なぜだが分からない。憎しみや恨みの言葉をこそ吐くべきであるかもしれないのだが、そのような思いだけが心の中で渦巻いていた。

四歳になった下の娘の聖子が、大介の所へ走ってくる。

「お父ちゃん、ねえ、波はだれが動かしているの？」

「えっ？」

「ねえ、お父ちゃん。教えて」

長女の幸子も、走り寄って大介の身体にまといついて尋ねる。

「えーっとね……」

大介は、答えがとっさに浮かばない。

傍らから妻の光恵が答える。

「あのね、波はね、神様が動かしているんだよ」

「えっ、そうなの？」

幸子が母親の光恵の顔を覗き込む。

そうだ、神様が動かしているのだ。大介は光恵の答えに感心し、その答えがいかにも的を射ているように思われた。波を動かす力に、風や地震や津波の話をしてもつまらない。幼い子どもたちには難し過ぎるだろうし、夢がない。幸子も、聖子も神様が授けてくれたのだ。そして、人間も神様が動かしてくれるのだ。やがて、三番目の子が授かるのだ。

「ふーん、神様って偉いんだね」

幸子が大人ぶった口調で光恵に向き合う。光恵はさらに顔を幸子や聖子に近づけて答える。

「そうだよ、神様って偉いんだよ。お父さんもお母さんも、幸子も聖子も、みーんな神様が授けてくれた命を生きているんだよ」

八歳になる幸子は、光恵の答えに一瞬怪訝そうな顔をするが、すぐに納得する。

「分かった」

幸子が得意になって声をあげる。

「聖子も分かったかな」

大介の問いに聖子が答える。

「うん、分かった」

二人は再び走り出して波打ち際に向かう。

大介は、二人の娘の背中を見送った後、光恵を見てお礼を言う。

「素晴らしい答えだ。きっと聖子にも幸子にも、忘れられない答えになるだろう」

光恵も満足げに笑みを浮かべて大介を見る。

「そうだね、そうだといいわね」

光恵も、自分のとっさの答えに、本当にそうかもしれないと思った。自分たちをこの沖之島へ連れてきたのも神様なのだ。

人は、だれもが何かに引かれるようにそれぞれの人生を生きている。きっと目に見えない明日への命を引っ張っていく力は、それぞれが信じる大きな力が握っているのだ。

光恵も改めてこのことを発見したような気がして大介を見上げて言う。

「私たち、二人にとっても忘れられない答えになるね」

光恵の言葉に大介は大きくうなずいて光恵の肩を大きな掌で小さく叩いた。

大介にも、心を大きく満たし、一条の光が行く手を照らして守ってくれていることに今更ながら気がついた。この地で精一杯生きるのだ。畑を耕すことも、思ったより早く慣れた。掌は、何度も何度も豆がつぶれて、もう固くなってしまった。その固くなった掌で、大介は光恵の背中を優しく撫でた。


三人めの子は、男の子だった。大介と光恵は、聖書の中から名前をもらって吉弥《よしや》と名付けた。吉弥も、爽やかな海風と南国の光を浴びてすくすくと育った。やがて、上の二人の娘に続いて島の小学校へ通うようになった。

大介と光恵は、一所懸命働いた。しかし、なかなか教会を建てるための貯蓄は、思った金額に達しなかった。そのため、ますます自分たちの生活を切り詰めた。子どもたちにも一切贅沢をさせなかった。もちろん、牛歩のごとき歩みではあるが確実に貯蓄は増えていた。

島へ渡ってきてから十年が経過した。二人はさらに次の五年間を牛馬のごとく働いた。中学生や高校生になった子どもたちは、働けど働けど貧しさを強いられる生活に不満を述べたが、大介と光恵はすべてを自分たちの夢の実現のために犠牲にした。

島へ渡る時、大介と光恵は通い慣れた教会の牧師から、ミレーの「落ち穂拾い」の絵をプレゼントされていた。その絵を自宅の部屋の正面の壁に掛け、朝夕その絵を見て互いを励ましながら、聖書を読み、献身的な労働を続けた。

昭和四十年ごろから、島の農家の人々は農協や自治体と協力して島起こし運動の一環としてフリージャーとテッポウユリの花卉栽培を始めていた。それが成功し、農家は利潤をあげ始めていた。春になると島の至る所で、色とりどりのフリージャーが咲き乱れ、島の特産品になった。その咲き乱れる花を見に、観光客が年を追うごとに増え、徐々に島の経済活動は潤ってきた。島全体の目論見は見事に功を奏した。

大介も、フリージャーの栽培を手がけ利潤をあげ始めていた。その利潤で子牛を飼うことを思いつき、大きく育ててセリに出し、また利潤をあげる。それも成功し、常に十数頭の牛が大介の牛小屋に飼われるようになった。

そのころから、大介夫婦は教団本部と相談して自宅を開放して近所の子どもたちを集め日曜学校を始めた。時には名瀬の教会から牧師を招き、協力して伝道集会をもった。さらに、那覇教会から伝道テープを送ってもらうなどして、信仰の道を歩き続けた。

大介は、以前にも増して忙しかった。そして、それは確実に大介と光恵の夢が実現しつつあることを知らせてくれてもいた。

2

父は、もう記憶からも取り残されているのだろうか。吉弥は呪いたかった。怒りたかった。悲しかった。しかし、何に呪い何に怒り、何を悲しめば父の病は治るのだろうか。目前の父は、もうすっかり精神の活動が停止されている。ぼけていることに間違いない。

傍らで、吉弥たち姉弟が父のことについて相談していることにも、眉一つ動かさずに、ただぼんやりと畳の上に座っている。母からの電話で東京から急いで帰ってきたが、思った以上に父の病は進行している。やはりもう病院へ入院させなければならないだろう。

車座になって、家族皆で父をどうするかについて相談をしているのだが、そのほとんどは父の病についての母や姉たちから吉弥への報告であった。そして、そのいずれもが吉弥を驚かせた。

自分が父を引き取って東京で一緒に生活することはできない。やはり、沖縄に住んでいる聖子姉を頼り、父を入院させ母が看病をするということにした方がいいのだろう。

吉弥は、結婚して子どもが生まれたばかりだったが、両親を呼び寄せることのできない自分が歯がゆかった。しかし、それ以上に自分の気持ちを整理できない大きな怒りに捕らわれていた。

吉弥は、やはり父がこのような病に罹《かか》ることが許せなかった。運命なら、その運命を呪った。何が父を狂わせたのか。父の苦労は、あるいは自分たち家族の苦労は、いったい何だったのか。自分たちが死物狂いになって貧しさに耐えたのは、父をアルツハイマー病を患わせるためだったのか。押し殺すことのできない怒りが込み上げてくる。

吉弥は、話を中断し庭に出て煙草に火を点けた。悔《くや》しさは収まらない。この庭の、この家の至る所に吉弥の憤懣《ふんまん》が宿っている。

目前の草の芯を引き抜いて歯で噛んだ。じゅわーっと口の中に煙草の味と混ざった苦い草汁の味が広がっていく。たくさんの記憶が立ち上る。吉弥には、どうしても理解できなかった父や母との生活の日々が激しい怒りの形相で立ち上ってくる。

吉弥は、小学校の高学年になったころから、その不満を多くは母の光恵にぶつけていた。中学生になって、自分の将来や進路のことについて考えるようになると、なおさらに父や母の生き方に不満が募った。

吉弥の不満の多くは、なぜこれほどまでに家庭を犠牲にしなければならないのか。なぜ子どもの自分たちまで貧しさを強いられねばならないのか。父や母の夢の実現のためになぜ我慢を強いられなければならないのか。教会を建てることは、それほど大切なことなのか、という点に収斂されていた。

父や母の信仰を第一義とする生き方は、一人の人間の生き方として許すことができる。しかし、そのために、自分たちは、生まれた時から今日まで、ずっと貧しさを強いられてきた。父や母の人生の目標のために、自分たちが犠牲になるのはたまらない。そう思うと、いつも不愉快な気分に陥った。仲間の皆と同じようにテレビを見たい。新しい靴を買いたい。かっこいいスポーツウエアを着たい。新しい釣り道具も買いたい。

しかし、どれもこれも、いつも駄目であった。買うことができるものといったら、必要最小限の日用品と学用品だけである。これだけで自分たちの家族は、自分の生まれる前から二十年余も続けてきたのだ。うんざりする。

小さいころから贅沢だといって飴玉一つ買ってもらえなかった。アイスクリームが欲しいと泣いたこともある。そのささやかな欲求がなぜ許されないのか。早くこの家を出たい。早くこの島を出たい。息が詰まりそうだった。父母がつけてくれた吉弥という名前さえ不愉快で捨てたくなった。

吉弥は、中学生になると、次第に父や母に反抗的になっていった。高校や大学への進学はやめて、中学を卒業したらすぐに東京へ出て就職したいと思った。父や母が大学への進学を希望していたからだ。吉弥は、父や母が必死に働いて得たお金を使いたくないといって、これみよがしに進学への夢を断ちきった。大学は絶対に行くものか、高校へも行きたくないと思った。

二人の姉たちは、吉弥の態度を非難し、なだめたが、大介は吉弥の好きなようにすればいいと言ったきりで、あとは何も言わなかった。光恵は、高校までは卒業しないといけないよ、と吉弥を諭していた。

そんなある日、吉弥は大介から頼まれていた夕方の牛の草刈りを忘れてしまった。吉弥は中学二年生、聖子は高校三年生、幸子は高校を卒業して東京へ出て看護師になるための資金を得るために働いていた。

吉弥は、朝早く大介に叩き起こされた。学校へ行く前に忘れた草を刈ってこいというのだ。吉弥は眠たい目を擦り不満をぶつぶつと述べながら軒下の鎌を取り家を出た。

吉弥は、草刈りから帰ってきても不愉快な気持ちは収まらなかった。光恵が並べた食卓の朝食にまずいと顔をしかめ悪態をついた。つい、手がすべって汁をこぼした。吉弥が、しまったと思った瞬間、大介が一喝した。

「謝れ！」

わざとこぼしたわけではないのだが具合が悪い。父は明らかに誤解をして叱りつけている。吉弥は、少しふてくされた。

「父さん……、ぼくは疲れているんだよ」

「疲れている？　疲れていたら食べ物を粗末にしてもいいというのか。お碗一つしっかり持てないほど疲れているのか。さっきから、ぶつぶつ、ぶつぶつ、母さんに八つ当たりばかりしているじゃないか。なんだ、その態度は」

「だから、疲れているからさ」

「何？」

「朝から草刈りに行って疲れているからさ」

大介が、一瞬沈黙する。

「父さん、なんでぼくたちだけ、こんなに難儀をせんといかんの？　牛を売ってもまたその金は教会を建てるためのお金になるんだろう。ぼくたちは一円も使えないんだろう？」

「なぜ、教会を建てんといかんの？　なんで父さんと母さんが難儀をせんといかんのよ」

吉弥は、日ごろの疑問と不満を大介に思い切りぶつけた。

「父さん、説明してくれよ。どうしてなんだ。どうして父さんと母さんが難儀をせんといかんの？貧乏せんといかんのよ」

吉弥は、働いても働いても楽にならない家族の生活に苛立っていた。否、苛立たない父と母に苛立っていた。父と母が余りに不憫でならないのだ。つぎはぎだらけの野良着をつけ、村人たちと同じように楽しむこともない。ただ、仕事一筋。それではあまりにも可哀相すぎる。それを我慢している自分が嫌でたまらない。

大介が、箸を置いてゆっくりと口を開いた。

「父さんと母さんは……、教会を建てることが人生の目標なんだ。そのために、東京からこの島に移り住んだのだ。お前たちに無理を強いていることは分かっている。吉弥も聖子も買いたいものがたくさんあるのを我慢をしていることも分かっている。しかし、忘れないで欲しい。それでも、父さんと母さんはお前たちのために生きている。お前たちがいるからこそ、父さんと母さんは頑張っているんだ。もちろん、教会を建てるためにも頑張っている。父さんと母さんが頑張ってこられたのは神の励ましがあったからだ。父さんと母さんの人生は神が示してくれた。神に感謝したい。父さんと母さんにとって、今の生活が皆と同じ普通の生活なんだ」

大介は、これだけ言って再び箸を掴んだ。吉弥は、何が神だ、と思う。神なんか存在するものか。教会なんかクソ喰らえだ。父になおも悪態をつこうとするが、はばかるものがあり口を閉じる。

長い沈黙が家族の間に流れる。光恵が、入れ替えた汁の碗を吉弥の前に置く。そして、小さな笑みを作って吉弥の傍らで話し出す。目は聖子を向いている。

「父さんと母さんは、難儀ではないよ。貧乏には慣れているからね、吉弥も聖子も気にせんで自分のことをしっかり考えて頑張っておくれ。さあ、早くごはんを食べて」

吉弥は、その言葉に急いで味噌汁を飲み込んだ。何かが違うと思う。しかし、うまく説明できない。いたたまれずに席を立ってカバンを取り、家を飛び出した。

「吉弥、早く帰ってくるんだよ。受験なんだから、勉強もせんといかんよ」

吉弥の背中に光恵の声がする。勉強なんかするもんか、と吉弥は思う。まだ納得ができない。何かがおかしいのだ。

吉弥は、家が見えなくなると走るのを止め、ゆっくりと歩きながら、やはり自分は卒業したら、すぐに東京へ行く。東京へ行って一日も早く働きたいと思った。だれのためにでもない。自分のためにだ。自分が食べ、飲み、自分が贅沢をするためだ。人のために働くことなんかまっぴらだ。ましてや、いるかいないか分からない神様のためになんか働きたくはない。

吉弥は、歩きながら道端の草をむしり取った。草は、朝の露を受けて甘ずっぱい味がした。その草の露を噛み、ぺっと唾を吐いた。

3

一九七五（昭和五〇）年、大介と光恵に島の中央部の与那岳の麓に教会を建てる土地を購入する目途がついた。土地が購入できたらそれを担保にして教会をも建設することができる。

それから五年後一九八〇（昭和五十五）年、大介と光恵の努力が報われその土地に教会が建った。南の島の陽光をいっぱいに浴びたその教会を見上げながら、大介と光恵は、目に沁みる汗をぬぐった。

大介は五十六歳、光恵は五十三歳になっていた。三人の子どものうち、幸子は二十七歳になり看護師の資格を得て結婚をし東京の病院に勤めている。聖子は二十二歳、沖縄本島に渡り琉球大学の四年生。駄々をこねていた吉弥は島の高校の三年生になっていた。大介と光恵が、沖之島に渡ってから二十年が過ぎていた。

教会の落成式には、多くの島の人たちが集まってその完成を祝ってくれた。祝賀会では、東京の教団から派遣された牧師らが、大介と光恵の労をねぎらい感謝の意を述べた。島の人々は、大介夫婦が牛馬のように働いていた理由が、島に教会を建てるためにこそあったことに、今更のように驚いた。

大介と光恵は、その落成式の会場で自分たちの努力が報われた喜びに顔を紅潮させた。長い歳月がかかったが、約束が果たせた安堵感にほっと一息ついていた。同時に、まだまだ続くであろう努力に決意を新たにしていた。建築のために調達した費用の一部がいまだ残っている。それを返済せねばならない。あらたな生活がまた始まるのだ。しかし、その苦労が今ではむしろ喜びに思われる。この試練は神が二人に与えてくれた幸せなのだ。

教団から派遣された牧師が、二人に歩み寄り礼を述べた。牧師の名前はアンダーソンといった。これからはアンダーソン牧師が、この島の教会で毎日の祈りを授けてくださるのだ。大介と光恵は、微笑みながら握手を交わしてくれるアンダーソン牧師に、深く頭を下げた。

アンダーソン牧師は、吉弥にも礼を述べた。戸惑ってはにかんでいる吉弥に、大介も光恵も笑顔を浮かべてそれを見た。

しかし、そんな華やかさも、当日の式典で終わりだった。大介と光恵には、落成式の翌日から、またいつものような質素な生活が続いた。自らには相変わらず貧乏な生活を強い、それと引き換えに出た利潤の多くを教会へ献金した。

島人たちは、大介夫婦の教会に対する余りにも献身的な態度に、眉をしかめる者もいたが、多くは驚嘆と敬意の念を持って接していた。少なくとも、大介夫婦の努力が、自分たちの生活を脅かすことはない。無関心や同情心があったにしろ、島人の多くは、大介夫婦の来島以来、ずっと好意的であった。

三人の子どもたちは、両親の生き方に反発を覚えながらも、徐々に理解を示すことができるようになっていた。子どもたちは時には反抗し泣きながら家を出て浜辺や友人の家で一夜を明かすこともあったが、このことを懐かしく振り返ることができるほどに成長していた。もちろん、もろ手をあげて共感しているわけではない。成長するその年齢に比例して、いや、正確には、成長してからもなお愛憎の入り交じった感情で両親を見ていたと言ったほうがいいかもしれない。特に吉弥はそうであった。また、父母へのその距離が、三人の子どもたちの信仰に対する距離でもあった。

幸子は、東京の病院に勤めながら看護師の資格を取ると、そのままその病院で働いた。東京にいる間に知り合った信州出身の高田篤史と結婚をし、今では一人の子どもを授かっていた。

聖子は沖縄本島に渡り琉球大学へ進学、大学を卒業して東京の貿易会社へ就職した。聖子が東京へ来たその一年後、幸子が家族ぐるみで島に戻った。島に戻った幸子と交替するように吉弥が島の高校を卒業して東京の建設会社へ就職した。そして相前後するように、聖子は、また沖縄へ行き、大学時代の友人の一人大田圭司と結婚をして、沖縄での教師生活を始めたのだった。

大介と光恵の周りで、三人の子どもたちは、それぞれに大人になるための脱皮を目まぐるしく続けていた。しかし、そんな中でも大介と光恵の生活は変わることはなかった。朝早く家を出て、日が暮れるまで鍬を握り、畑を耕し牛を飼った。やせた土地を耕し開墾し続けた大介の大きな掌は、もう石のように固くなっていた。

沖之島に戻ってきた幸子は、島の病院へ就職した。弟の吉弥が生まれた病院だ。夫の篤史は、しばらく大介の畑仕事や牛飼いの仕事を手伝っていたが、タイミングよく三か月ほどで農協への就職が決まった。農家へガスボンベを配達したり、肥料を届けたりするのが主な仕事だったが、篤史は気に入っていた。仕事だけでなく、篤史は島で生活すること、そのものが気に入っていた。

篤史の生まれた信州は、冬には深い雪に閉ざされる。海は、修学旅行で東京に出かけた時に見たきりだった。その時、江ノ島で見た海の匂い、水族館で見た鮮やかな生き物たちは、篤史の心を虜にした。その海に囲まれた島での生活に、篤史は予想以上に魅了された。

篤史と幸子は病院の近くのアパートを借りて住んだ。島に渡ってきてから二年目、その病院で二人目の子どもも生まれた。

篤史は、休日には覚えたての釣りを楽しみ、また大介の畑仕事や牛飼いの手伝いを続けた。

大介と光恵は、目を細めながら二人の孫や、篤史と幸子の生活を見守った。怒涛のような悲しみがすぐ目前にひたひたと押し迫ってきていることなど、もちろん、だれも知らなかった……。

4

一九八五（昭和六十）年、春。大介と光恵が沖之島に住むようになってから二十五年が経過した。

島人の温かい協力を得て、教会の運営もなんとかうまくいっていた。徐々に、信仰への理解を示してくれる島人も増えてきた。何の不満もない。働きづくめの戦後の三十年余であったが、恵まれた人生であったと感謝すべきであろう。

大介には、シベリア、ラーゲリの記憶は、遠い空の下に追いやられていたが、それでもなお、時には甦り大介を苛んだ。夢の成就に夢中になっているときはそれほどでもなかったが、夢が実現して日々の暮らしに少しのゆとりが出ると、過去の記憶が大きく甦ってきた。人種を越え国境を越えた人間の極限の姿だ。

人間は死をも侮辱する鬼になり、同時に死をも受け入れる優しい命を持っている。このことの不可解さや不思議さが多くの矛盾の中で露呈したのが、あの戦争だった。偶然に生き延びたに過ぎない自らの命の不確かさ。死んだ戦友の命のかけがえのなさ。戦争の悲惨な記憶にいまだ脅かされる。それだから、神が必要であったようにも思う。信じられるものが必要であったのだ。息子や娘にはうまく説明できないが、信じられるものをすべて奪われたのがラーゲリの体験だ。信じられるものを取り返して生き続けることには意味があるように思う。どのような人にもだ。そう思い自らを励まし生きてきたのだ。

大介は、草を刈る手を休めて額の汗をぬぐい、空を見上げながらそんなことを考えた。

大介と光恵は、島に渡って来たアンダーソン牧師の信頼をもすぐに得ていた。そして、光恵は教会の献金を記録する会計係の仕事を任されるほどになっていた。

ただ、大介には戦争の記憶以外にも気掛かりなことがいくつかあった。K島での日々を含めて昔のことが頻りに思い出されるのだ。戦後の思い出はどれもが懐かしいが、戦前の思い出はみな悲惨で闇に葬りたい。闇に葬りたいその記憶が、このごろ頻りに脳裏を駆け巡るのだ。

たとえば、その一つに母志穂の死がある。母の死は、きっと病死でなく縊死したのではないかという疑いがぬぐってもぬぐっても沸き起こってくる。天井からぶら下がった母が、しきりに助けを求めて大介に呼びかけてくる。母を死に追いやった原因は何だろう。苦痛に歪んだ母の顔が大介には耐えられない。そのような記憶に襲われると、大介は思わず鍬を放り出して逃げだしたくなる。噴き出した汗をぬぐってしまう。また、この歳月を経た今、父は死んでしまっているだろうが、得体のしれない父の姿が亡霊のように次々と浮かんでくる。

さらに、戦争の記憶が重なる。戦争の記憶はいずれも具体的で、残酷で血なまぐさい。攻めてくる戦車に肉弾戦を挑んだ友人山田の剥き出しの肉体。満州で捕虜にした敵兵を惨殺した日本軍兵士たちの残虐な行為。そして、シベリアでの生きるために病者の黒パンを奪った利己的な行為……。それらの日々が甦ってきて頭を叩くのだ。

死んでいった戦友たち、横谷、村井、梶山、山田……。皆、いい奴だった。自分だけが生き延びたのは彼らと何が違ったのか。このことの答えが大介には見つからない。見つからない答えが大介を脅かす。大介は、運命を神と呼んできた。あるいは生きるために神を必要とした。しかし、神は生き残った自分を嘲笑っているのではなかろうか。

フリージャーの栽培を始めてから、花の咲く三月になると大介は少し不安になる。フリージャーの花には黄色や白色などいくつかあるが、白い花はどうもいけない。そよ風に揺れる白いフリージーの花が畑一面に広がるとシベリアの雪景色を思わせる。その白い雪景色が、悪夢のような戦場を思い出させ、シベリアの捕虜収容所での生活を思い出させるのだ。

何度か、フリージャーの栽培をやめようかと思った。このことを、光恵に話そうかとも思った。しかし、その季節になると大介の畑だけでなく、辺り一面がフリージャーの花に覆われる。大介一人がやめたってどうなることでもない。フリージャーだけでなく、白いテッポウユリの花畑も増えてきた。

時々、ぼーっと畑の中で立ち尽くしている大介を見て、婿の高田篤史が不安な気持ちに駆られて声をかけることがあった。大介は篤史に心配することはないと言った。また篤史も、働きすぎて疲労が溜まっているのだろうと思って、さほど気にも留めずに、大介の異変は心の中にしまいこんでいた。

一九八六（昭和六十一）年の夏、最初の不幸が大介夫婦を襲った。その日は、朝から雨が激しく降っていた。その雨に打たれながら自転車に乗った幸子が血相を変えて大介の家へ飛び込んできた。

「お父ちゃん、助けて！　篤史がいないのよ。おかしいのよ。奥戸《おくと》岬にいないのよ。釣りに行ったきり帰ってこないのよ。お願い、助けて……」

幸子が、大介にすがりつきながら息も絶え絶えに言葉を吐き出す。雨のしずくが幸子の濡れた髪から勢いよく流れ落ちる。自転車が泥だらけだ。言葉も煙のような雨に打たれている。

大介は、しゃがみ込んだ幸子を抱き起こして、大声で光恵に急を告げる。

大介は幸子の話を聞き終わると、すぐに家を飛び出して走り出す。百メートルほど離れた隣家に駆け込み、自動車を有している主人に事情を話し奥戸岬まで自動車を出してもらう。幸子と光恵が追い付いた。皆で飛び乗って篤史を探しに行く。

篤史は釣が好きだったが全く泳げなかった。最初のころは浜辺で釣をしていたが、しだいに欲が出たのだろう。最近は危険な岩場の突端までも行くようになっていた。大介は、一度たしなめたことがあったが、もっと強く注意しておけばよかったのかと後悔する。

篤史は、この日も夕方から釣りに行き、夜には帰ってくると幸子に言って出掛けたのだが夜が明けても帰ってこなかった。おまけに、夜半過ぎから激しい雨が降り出した。篤史と幸子には三人目の子どもが生まれたばかりであった。三人目の子どもを上の子に預け、不安になった幸子は、朝一番に雨の中を自転車に乗って奥戸岬まで出かけたのだ。

奥戸岬の手前の薮の中に、篤史の愛用していたオートバイが置き去りにされているのを大介が見つけた。

幸子は、先ほど来たときには気づかなかった。やはり、篤史はここに来たのだ。一層不安が増してくる。大介も幸子も、海へ突き出た岩の上で四方に向かって大声で篤史の名を呼ぶが返事がない。

しばらくして篤史の釣竿と、愛用していた丸い縁の付いたねずみ色の帽子が、波間に漂っているのが見つかった。それを見て幸子がへなへなと岩場の上に座り込んだ。

隣家の主人が、捜索隊を出してもらおうと大介に耳打ちする。大介は、大きくうなずき、その手配をお願いする。主人は、村の消防団へ応援を頼みにと、エンジン音をいっぱいにあげて車を発進させた。もちろん、篤史はまだ死んだと決まったわけではない。大介は、自分を奮い立たせるように大声で波間に向かって呼びかける。

「篤史ーっ」

大介は、何度も何度も大きな声で呼ぶ。

「篤史！　篤史！」

雨に打たれながら幸子が身を伏せて泣いている。光恵が幸子を抱きかかえて励ましている。大介は、それを見てまた怒ったように大声で篤史の名を呼び続けた。

消防団がすぐに捜索隊を編成し、必死に篤史を探したが見つからなかった。

その日から三日後に、篤史は島の北側宇治泊の海岸に遺体となって打ち上げられた。ふぐのように膨らんで変わり果てた篤史を見て幸子が卒倒した。

大介は、篤史の遺体を見た瞬間、戦争の記憶がどどどどーっと噴き上がってくるのを感じた。その記憶を、再び闇の底に閉じ込めようと必死でもがいた。しかし、何かが弾け飛んで、ぴしゅーっ、ぴしゅーっという空気が漏れるような音を肉体のどこかで聞いたように思った。

篤史の遺体を荼毘に付し、遺骨を持って幸子と三人の子どもたち、そして大介夫婦が篤史の故郷信州に向かった。もちろん信州からも、篤史の父と実兄が、篤史が行方不明になったということを聞きつけて来島し捜索隊に参加していたが、無念の帰郷となった。

沖縄に嫁いでいる聖子夫婦も捜索隊に参加していた。聖子夫婦も信州まで付いて行きたいと言ったが、大介は遠慮をしてもらい二人は沖縄に帰ってもらった。

信州でも、沖之島と同じ様に寂しい通夜と葬儀が行われた。

「篤史は、二度も葬儀をしてもらって、喜んでいるだろう」

篤史の父が、寂しさを振り払うように冗談を言って小さく笑った。

篤史の七七忌が終わると、別居していた幸子と三人の子どもたちが、大介夫婦の家に引っ越してきた。

大介夫婦にとっては、篤史を喪った寂しさの中で孫たちとの生活がスタートすることになった。しかし、そのころから大介は不思議に物忘れが多くなっていた。さらに、幻聴を聞き幻覚を見るようになった。

光恵は、まだそのことに気づかなかった。また、大介も間欠的にやって来る記憶の波の暴力を、身を竦めてただ黙ってやり過ごすだけでいいと思っていた。

大介と光恵は、そのような日々の中でも足繁く教会へ通った。木曜日の祈祷会と聖日の礼拝には必ず出席した。そして日々、聖書を読むことを忘れなかった。篤史の死と、篤史の死を和らげる精神の装置として運命を信じ、二人はますます強く神への信仰心を強めていった。何事が起こっても動揺することなく、みずからの生活を切り詰め教会へ献金をする。それが二人にとっては、生きがいであり生きる証しでもあった。また、そのためにこそ二人は、島で生活しているのだった。

5

篤史が死んだその年の暮れに、今度は光恵の兄の耕一が死んだ。肝臓を悪くしての病死だった。耕一は、酒の飲み過ぎを家族の皆や医者から指摘されていたが、結局、だれもそれを止めることができなかった。

耕一の死は、光恵の心にぽっかりと大きな空洞を作った。五人兄弟の中で、一番上の耕一と一番下の光恵とは、とりわけ仲がよかった。その兄を頼って、光恵は生まれ故郷の沖之島へ戻ってきたといってもよかった。

耕一の遺体を、島の習慣どおり土の中に埋葬した時、長姉の和恵が光恵の傍らで泣き崩れた。光恵は五人兄妹だ。長兄の耕一に次兄の耕治、長女の和恵、次女の好恵、そして三女の光恵だ。今は、光恵のたった一人だけの肉親となった長姉の和恵は、若くして大阪へ紡績女工として働きに出て、そこで嫁ぎ家庭を持っていた。父が亡くなった時に会って以来、久しぶりに会う姉は、急に白髪が多くなったように思われた。いつか、自分も姉と同じように老いるのだろう。

光恵は、兄の法事を取り行う中で、死を身近なものに感じた。父の時も、篤志の時もそうであったが、もう死を恐れることはないだろう。自分にも死がやって来るまで、与えられた人生を一所懸命に生きる以外にない。何のために、だれのために……。たぶん、自らのためにだ。光恵の傍らには大介がいる。そして神がいる。

光恵は、十五歳になったばかりのころ、母のハツを病で喪った。以来、父と共に兄夫婦の家族と一緒に暮らした。それだけに、兄への感慨は特別なものがあった。和恵に続く次姉の好恵は、島の若者と結婚をして満州開拓団として大陸に渡った。しかし、戦争の混乱で行方不明になり、未だ消息が分からない。好恵の夫は満州で徴兵され戦死したとの報が島に住む両親のもとに届けられていた。次兄の耕治は、予科練へ入隊、終戦を間近にして九州知覧飛行場を飛び立って帰らぬ人となった。

長兄の耕一も応召してビルマ戦線へ派兵された。激戦の前線を、九死に一生を得て帰還した。それ以後、兄は無口になり酒を飲むようになった。父の生前には、父に酒を控えるようにとたしなめられて口論になったこともあったが、結局父だけでなく、だれにも止めることはできなかった。

島に戻ってきた光恵を喜んで迎えた父耕造は、その数年後、光恵の三番目の子どもの吉弥が生まれる直前に、その命を吉弥に授けるようにして他界した。そして、今光恵は兄耕一をも喪ったのである。

耕一は、古希を二年後に控えていた。兄夫婦には、四人の子どもたちがいたが、それぞれにみな成人していたから、兄家族や兄嫁のことは、特に心配はなかった。

光恵にとって兄の死は、死を身近なものに感じさせてもいたが、同時に感傷的な気分にさせ滅入らせてもいた。気を張り詰めて夫の大介と共に常に前を向いて生きてきたが、兄の死を看取って以降は、父や母のこと、兄や姉のこと、幼かったころの自分を思い出しては涙ぐむことが多くなった。優しかった耕一兄が、なぜ寿命を縮めてまでも酒を手放さなかったのか。兄は、その理由をだれにも語らなかった。

母のハツが死んだのは戦前のことだった。取りすがって大声で泣いていた耕治兄さん。そして、いつも私がくっついてばかりいるので怒りっぽかった次女の好恵姉さん。叱られても叱られても私は姉さんの後を追いかけた。そして、しっかり者の長女の和恵姉さん。皆、それぞれの人生を生きたのだ。父と母から命を授かって、私は大介と共に生き、そして幸子と聖子と吉弥に命を引き継ぐ。だれにも巡ってくるその日まで、精一杯自分の命を温めて生きていくだけなのだ。

「次は、いよいよ私たちの番だね。いつお迎えが来てもいいように、そろそろ準備しておかなくちゃいけないかもね」

和恵姉が通夜の席で、光恵に本気とも冗談ともつかないような口調で涙をぬぐいながら語りかけた。

光恵は、その言葉を聞いて大介と自分のどちらに早くお迎えが来るのだろうかと考えた。大介を看取るのは辛いし、大介を残して逝くのも辛い。子どもや孫たちのことを考えるとなお辛い。あるいは、家族を持つということが、生き続けさせる最大の理由なのかもしれない。そう思うと不思議に安らいだ気分になり、今の命を神に感謝し幸せを祈った。

6

島は、いつでも陽光をいっぱいに浴びて鼓動した。青い空は紺碧の海の色を吸い上げて輝き、紺碧の海は青い空を映して揺れた。

大介は、そんな海や空を眺めながら、肩で大きなため息をつくことが多くなった。どうも記憶が途切れるのだ。いつものように朝早く起き、鍬を持って畑へ向かうのだが、時々耕すべき畑を間違えるようになった。今日耕す畑を決めて鍬を担いで出かけて行くと、既に畑は耕されている。いつ耕したのか思い出すのに時間がかかる。そうしていると目の前の畑が自分の畑ではないような気がしてくる。不安が、頭の中を駆け巡る。思い出そうとすると、不思議なことだが、畑とは直接関係のない過去の記憶だけが芋づる式に紡ぎ出されてきて大介の頭をかきむしるのだ。

大介は、そんな時は一人鍬を担いだまま畑の中でしゃがみ込んだり立ち上がったり膝の屈伸運動をして記憶を呼び戻す。だれかがその光景を見ると、きっと気が触れたと思うに違いない。膝と頭とは関係ないはずだが、身体を動かさないと気が狂いそうになる。大介は、どの畑へ行けばいいのか思い出すまでその動作を続ける。それでも駄目な時は、家へ戻ってもう一度最初からやり直す。右へ曲がるか直進するか。うまくいく時もあるが、うまくいかない時は牛小屋へ行く。牛小屋で一日中、牛と戯れながらぼーっと時間を過ごす。

光恵が、大介のそのような異変に気づいたのは、海風が寒さを伴って吹き始めた冬の始め、フリージャーの球根を植える準備の只中であった。土間に置かれた球根がいつまでも減らないので不思議に思って大介に尋ねると、それを忘れていたと言った。こんなことは、これまでになかったことだ。

また同じころ、光恵が会計を預っている教会の帳簿の記載額と献金額とが合わないことが発覚した。記載額よりも手元の現金額が少ないのだ。光恵が不正に流用しているのではないかという嫌疑がかかった。光恵自身も、自分のつけた帳簿であるが、このことの原因が分からず、どのようにも説明できなかった。気を病み、大介にも心配をかけていた。

光恵は、このこともあって大介の異変に気づくのに遅れたのかもしれない。大介の不審な行動と不明金の責任を抱え込んで、光恵の精神的疲労は頂点に達し、ふさふさとした黒髪は、あっという間に白髪に変じた。

春が巡ってきてフリージャーの花を収穫するころになっても不明金の行方は解明できなかった。しかし、大介へ抱いた光恵の不安は、はっきりとした確信へと変わっていた。

大介が聖日礼拝を忘れた翌日、光恵は、午後から大介と連れだって収穫前のフリージャーの手入れに出かけた。花はもう咲き始め、今年は一段と利潤の見込まれる見事な花畑が目前に広がっていた。二人は畑にしゃがみ、枯れた下葉を取り余分な花を摘み始めてから間もなくだった。大介が、大声を上げながら挑むように白い花を両手でむしり、足で蹴散らし始めたのである。

光恵は、慌てて大介の元に走り寄った。大介は、異様な形相で花を睨みつけ、手当たり次第むしり取っては口に頬張り花をなぎ倒していた。

「お父ちゃん！、やめて！　お父ちゃん、何するの！」

光恵は、異常な事態に驚き必死で大介の腕に取りすがった。取りすがった光恵を、大介はひと振りで跳ね飛ばした。

大介は、数分間も、あるいは光恵にとっては、とても長い時間のように感じられたその時間を、我を忘れたかのように畑の上で暴れまくった。やがて疲れてへとへとになり、足をもつれさせ大きく肩で息をしながら畑の真ん中に座り込んだ。

光恵は、再び大介の傍らに走り寄った。光恵の前で、大介は焦点の定まらない目を空中に泳がせ、口からは頬張ったフリージャーを、あふれさせていた。

光恵は、大声で泣いた。この人の心の中には、何か得体の知れない怒りが渦巻いている。あるいは悲惨な記憶がこの人を蝕んでいる。この人は、必死に目に見えないこの闇の魔物と闘っている。あるいはその一つに、自分の犯した教会の献金簿の心配事があるのかもしれない。そう思うと、光恵はいたたまれなかった。

もちろんそれだけでないことは明らかだ。大介に巣喰うその怒りや記憶が、どのようなものであるのか光恵には見当がつかない。このことが悲しかった。ただその力は、人間を破壊することができるほどの恐ろしい力であることが感じられた。

光恵は、ぼけたように座り込んでいる大介の背中に背後から顔を寄せた。ひとしきり泣いてから顔を上げ、大介の服についた土を手で払った。払いながら、強く叩けば大介の身体に巣喰っている得体の知れない悪霊が逃げだすような気がして、光恵は力を込めて何度も何度も大介の身体を叩き続けた。大介は、されるがままに、ただ虚空を見つめていた。

大介と光恵は、その日、フリージャー畑に座り込んで海に沈んでいく夕日を眺めた。夕焼けが、水平線の上の空を定規で引いたように横一線に染め分けた。赤、オレンジ、紫、黄色……。夕日は多くの色を持っていた。その中を微かに震えながら沈んでいく。また明日になったら日は昇るのだ。光恵は、このことを言おうとして大介の顔を見た。大介は沈んでいく夕日を見つめ、微動だにしなかった。

7

大介の異変を確かなものに感じた光恵は、いっときも早く、何とかしなければと思った。まず島の教会へ新しく赴任してきたマイケル牧師にこのことを告げ、神の加護と教えを乞いたいと思った。未だ教会の献金簿の件が解決してはいなかったので、相談することが一瞬ためらわれた。しかし、大介のことが心配で長くは待てなかった。目の前で、大介の何かが壊れていく。それを手をこまねいて見ていることはできなかった。早くだれかが手を差し伸べてやらなければ、本当に大介は駄目になる。そう思うと、ためらいも恥ずかしさも吹き飛んでいた。

光恵が、大介の不思議な言動を話し終えると、黙って聞いていたマイケル牧師は、これまでに大介は一人で何度か告白をしに教会へ来たことがあると光恵に告げた。光恵には初耳だった。

マイケル牧師は目を閉じ長い顎鬚《あごひげ》を右手で撫で、それから額に右手をやった後、きりっと光恵を向いて言った。

「大介さんの苦しみはとても深いです。戦争でたくさんの人を殺したと言っています。また、実の父親を殺した、生まれてくる妹を殺した、村の男を殺したとも言っています。妊娠した母さんのお腹を踏みつけて堕胎させたとも言っています。母さんを強姦した村の男を、セイロウさんという人と二人で、海に沈めたとも言っています」

光恵は、仰《の》け反《ぞ》るほどに驚いた。マイケル牧師は、なおもゆっくりと話し続ける。

「戦争のことは忘れなさいと言いました。村でのできごとは、みんな大介さんの妄想です。記憶が曖昧で矛盾しています。皆、幻想です。脅迫観念からくる悪夢です。忘れなさいと言いました。人間は忘れることのできる賢い動物です。皆、辛い過去を背負って生きています。神は、このことを知っています。神は、すべてをお許しになります。だから、忘れなさいと言いました。今の生活を大切にして祈りなさいと言いました。大介さんは分かりましたと言いました」

マイケル牧師は、なおも続けた。

「光恵さん、未来を見つめて生きるのです。神は、私たちを未来へ導いてくれます。光恵さんも、大介さんも、教会のお金のこと、余り心配しないで下さい。この教会はあなた方二人が建てたのです。神はすべてをお見通しです。気にしなくていいです。大丈夫です。あなた方二人の生き方はとても素晴らしい。とても模範的な人生です。二人には、きっと神のご加護があるでしょう」

話し終えると、マイケル牧師は、光恵の額の前で十字をきった。光恵も、両手を胸に合わせ深々と頭を下げて教会を出た。

光恵は、帰りの道すがら大介のことばかりを考えた。悲しかった。大介と苦楽を共にし辛苦を分かち合って生きてきた。しかし、本当に苦楽を共にしてきたのだろうか。そう思っていたのはまさに自分の幻想で、自分の辛苦のみを大介に押しつけたのではなかったか。

マイケル牧師の語った大介の不安や苦しみは、どれもこれも光恵にとっては初めて聞く話だった。深い後悔が光恵の心を苛んだ。

大介の苦悩は、あるいはマイケル牧師の言うように根も葉もない幻想が原因かもしれない。しかし、それでもその幻想が大介を苦しませているのだ。そのような大介の苦悩を微塵も知らなかった自分が情けなかった。

自分自身の夢を大介の夢だと思い込み、自分の人生はまた大介の人生だと、大介の優しさゆえに思い込んできたのではなかったろうか。自分のことに懸命で、大介など見ていなかったのではなかろうか。光恵の心を辛い後悔が走る。

光恵はその晩、闇の中でじっと目を凝らして傍らで寝息を立てている大介を見た。灯りを消した部屋の中でも、やがて大介の顔が見えるようになる。目が闇になれるのか、それとも明かりの全くない暗闇など本当はないのかもしれないという思いに自らを勇気づけた。同時に、その暗闇が大介と自分の間にはあったのだろうかと思うと悲しかった。

大介の喉が、ぴくぴくと震え頬が微かに動いているように思われる。光恵は、大介の寝息を数えた。数えながら、大介の苦しみに思いを馳せた。ただひたすら、自分と一緒に未来へ向かって生きてきたと思った大介が、何度も何度も過去を振り返り、過去に耐え、悲しみに耐えていたのだ。四半世紀余も一緒に過ごしてきて、大介の苦悩が見えなかった自分が口惜しかった。

大介の喉の震えが一瞬止まり、顔から表情が消えた。大介の顔がデスマスクのように青白く浮かび上がる。光恵は、悲鳴をあげそうになった。大介が遠くに逝ってしまいそうな不安が光恵の心を占めた。光恵は大介に身体を寄せ、あわてて大介の頬を両手で包んだ。そして優しく撫でた。大介が、その気配に気づいて目を開いたがすぐにまた目を閉じた。

光恵は、大介の胸にすがって顔を埋めて熱い思いを必死で堪《こら》えた。大介の大きな手が、光恵の背中を撫でてすぐに止まった。大介は、無言のままでまた眠りに陥っていく。

背中で止まった大介の手が、冷たく固い石のように重く感じられる。若いころの柔らかな大介の手は、もう二度と戻らないだろう。ここまで来たのだ。こんなにも遠くまで、一緒に生きてきたのだ。パンを焼き、汗を流し、鍬を握り、牛を飼った手。木の根のようにごつごつと固くなった大介の手……。

光恵の寂しい思いを知らずに、再び大介の寝息が光恵の耳に聞こえる。きっと疲れているに違いない。光恵は、心に広がっていく不安を振り払うように大介を強く抱き締めた。

娘の幸子も、大介の行動に異変を感じていた。また急激に白髪に変じた母光恵の苦労の原因も知っていた。なぜこの父と母が、人一倍大きな苦労を背負わねばならないのか。そう思うと、悲しみで胸が詰まった。たぶん、だれよりも欲がなく、だれよりも献身的な生き方をしてきた自分の父と母に、なぜこのような辛い試練が襲いかかるのか。幸子は、篤史を喪った自分の不幸さえ、今、父や母を襲っている試練の前には小さな試練だと思うことがある。

幸子が、父の大介が変わったと思ったその大きな変化の一つに、大介が戦争の体験を堰を切ったように話し出したことがある。

大介は、たぶん幸子や聖子ら子どもたちに、戦争の体験を話したことはこれまで一度もなかったはずだ。幸子が成人してからもである。その大介が、戦争の話を始めたのである。それも幸子へだけでなく、幸子の子どもたち、いわゆる孫に向かって話していることもある。

光恵も、大介が戦争の話をするのは、結婚以来一度も聞いたことがなかった。また大介にとっても語りたくない辛い体験だろうと思い、聞かないでいたのだ。このことが、逆に大きな抑圧になっていたのだろうかと思うと、光恵は悔やまれた。少しずつでも、大介の記憶を吐き出させた方が良かったのかもしれない。

大介の話は、光恵や幸子が耳を塞《ふさ》ぎたくなるほどの悲惨な話であった。満州やシベリアでの残虐な行為を、大介は眉一つ動かさずに詳細に語り始めたのである。二人が、聞かぬ振りをすると庭に出て、大声で人のいない闇に向かって語りかけた。その闇に向かって敬礼をし、号令をかけた。

大介が、目前で壊れていく。その姿を孫たちに見せられない、残虐な戦争中の大介らの行為を孫たちの耳にこれ以上入れたくない。そう思って、光恵と幸子は、大介を専門医に診てもらうことを決断した。あるいは遅すぎたのかもしれないが、吉弥や聖子にも理解をしてもらいたかった。

8

大介は、自分の言動のおかしさに、ふと我に返って恥じ入ることがある。しかし、その羞恥心も徐々になくなっていく。同時に、働く意欲もなくなっていくことが自覚できる。

大介は、一度島の総合病院で診てもらおうと思ったことがある。しかし、病院には娘の幸子が働いていると思うとためらわれた。家族には余計な心配をかけたくない。また手足の怪我や内臓の疾患で病院へ行くのと違い、神経が高ぶり記憶に怯えることを理由にして診察を受けることは、いかにも不甲斐ない。島の病院に神経科や精神科が併設されているかどうかも曖昧だった。年を取るとだれもが陥る老人性のぼけではないかという甘い認識も大介にはあった。結局は、何もかもうやむやにして病院へ行くことを諦めた。

しかし、大介は、今自分は危険な状態にあるということを自覚しつつあった。新しいことが覚えられないのだ。会ったばかりの人の名前さえ思い出せない。それどころか、その人に会ったということさえ忘れてしまっていることが多い。食事が終わったとたんに食べたことを忘れている。自分が今どこにいるのか分からないことさえある。故郷のＫ島で、母とセイロウさんと三人で住んでいるような錯覚に陥ることもある。シベリアにいるのかなと思うこともある。夜になると小さな灯りが戦火に見える。思わず、身を伏せて叫びたくなる。

大介は、年を取ったのかな、とも思う。年を取ったせいに違いないと思う。しかし、どうもどこかがおかしいのだ。そのおかしさが明確でない。だれもが年を取るが、だれもが初めての体験だ。だれもが繰り返す一度きりの未知の体験だ。それゆえに自分の老いを、分析できない。その不安と不思議な感覚だけが付きまとう。

大介の意識にまとわりついてくる一つの言葉がある。「逃げろ！　逃げろ！」という言葉だ。四六時中大介の背後で耳鳴りのように響いて大介を脅かす。なぜ「逃げろ！」なのかは思い出せない。しかし、大介は逃げる。気がつくと浜辺に立って海を見ている時もあれば、牛小屋に駆け込んで身体を隠している時もある。どこをどのように歩いて逃げてきたのか分からない。

たくさんの戦友たちが自分を呼んでいるようにも思う。また、自分を恨んでいるようにも思う。手招きしている。行くと、突然「銃殺だ！」と、一斉にこちらを睨んで銃口を向ける。それだけではない。「ギロチンだ！」と叫びながらロシア兵がやって来る。母親の背中に隠れる。父親が、仁王立ちになって両手を広げて大介を守ってくれる。背中だけの父親、顔のない父親、シベリアでも助けに来てくれた父親。顔のない妹。優しかったセイロウさん。彼らの顔を見ようと思って前に出て振り返ると目が覚める。汗をびっしょりかいている。

母の名前を呼ぶ。戦友の名前を呼ぶ。返事がない。やはりおかしい。何かが、狂い始めているのだ。何かが軋《きし》んでいる。その自覚がある。そして、今ならなんとか間に合うかもしれない。その自覚もある。このことを、光恵に話そうと思う。

大介が、そう思い始めたころ、聖子を頼って沖縄に渡り、専門医に診てもらう相談が妻の光恵と娘の幸子の間でなされていた。

大介もうなずきながら話を聞いていたのだが、途中から記憶が曖昧になってきた。なんのために、沖縄に渡るのか分からなくなった。

近い記憶から不鮮明になるような気がする。孫たちの名前も、思い出せない時がある。いや、自分の家の中ではしゃぎ回っているこの子たちは、どこの子なのだろうと思うこともある。

大介は、遠い過去の記憶に苛まれていた。繰り返し襲ってくる荒波に身体ごと流されそうになる。怒り、悩み、苦しみ、そして多くを後悔する。しばらくは、その記憶と対決し我を忘れていたいと思った。その後に訪れる心地よい疲労感の中で、しばらく休んでいたいと思った。

目を閉じると黒い表紙の書物が見える。シベリアから復員してきた時、光恵の部屋の小さなちゃぶ台の上にあった聖書だ。風にひらひらとページがめくられている。

「わたしが、あなたを忘れることは、決してない」

大介には、その文字が声に変わって、聞こえてくるような気がする。死の丘を、十字架を背負って登っていくあの人の息づかいが聞こえてくる。わたしとは、あの人なのだ。あの人の苦しみを分かちあいたい。手助けをしたいと不遜にも思う。どうすればいいのか分からない。思わず声をあげるが、振り向いてくれない。息が苦しくなる。助けて下さい。ここに助けを乞うている人がいます。身体中を猛《たけ》り狂った熱い風が吹き渡っています。抑え抑えているその風が、今にも飛び出しそうなのです。吹き飛ばされそうなのです。

あの人が、いつの間にか自分になっている。十字架を背負って歩いて行く姿が、大介には自分の姿に見える。

大介はうなり声をあげて自分をさらっていく魔人の雄叫びを聞いたように思った。そして、反射的にあの人に向かって敬礼をした。いやそうではない。自分自身へ向かって敬礼をしたようにも思われた。

9

暑い夏の光と風が、島を覆っていた。庭でやがましく鳴いていたクマゼミが、盛夏の暑さに何処かへ姿を消している。

光恵は畑から帰ってくると、ちらっと郵便受けを見た。それがこのごろの習慣になっている。その視線の先に、待ちわびた手紙が入っているのが見える。光恵は、背負った篭をもどかしげに降ろして急いで郵便受けから手紙を取り出す。

光恵は、大介のことで、教会の牧師に相談をした。さらに、思い余って大介の友人に手紙を出したのだ。沖之島に移り住んでからも、大介の友人の何人かからは、ぽつぽつと年賀状や手紙が届いていた。大介はその手紙や葉書を、愛おしむように何度も手にして読んでいた。

数年前までは確実に年賀状を送り届けてくれていた友人の一人に橋戸公一がいた。大介の上官であったというその橋戸公一からの年賀状も、今では途絶えていたが、力になってもらいたかった。遠く離れて青森に住んでいる橋戸公一の元へ、とにもかくにも大介の現状を話し、なにか手掛かりになるようなことが見いだせないかと思い、光恵は手紙を書いたのだ。郵送して一か月ほど経っていた。その返事が届いたのだ。

差出人は、橋戸貴子となっている。少し不安になったが、光恵が出した手紙の返事であることに間違いはない。

光恵は水道の蛇口をひねり、急いで手足を洗い、部屋の中に入って封を切った。手紙の封を切るのは、三十数年前、兄の耕一へ沖之島に移り住みたいと手紙を書いて、その返事をもらった時以来だ。その兄も、今は亡くなっていた。

懐かしい便箋の香りがする。急いで文字を追った。

謹啓。

初めて、お便りを致します。橋戸公一の妻、貴子でございます。そちらの方ではクマゼミが鳴いているようですが、日本も広いのだなあとしきりに感心を致しました。

お手紙をいただいてからすぐにでもご返事をと思いましたが、なにぶん文章を綴るのが苦手でございまして、今日まで延び延びになってしまいました。ご容赦ください。この手紙をお待ちしていらっしゃるだろうと思って、拙い文ながら綴らせて頂きます。

夫の公一は、五年前の暮れに亡くなりました。七十四歳でございました。風邪をこじらせ肺炎を併発したのです。それでも夫は、俺の人生は長過ぎた、有り難う、と私に感謝をし、笑って手を振って先に逝きました。夫の気持ちを思うと、私も笑ってお別れするほかございませんでした。

お手紙によりますと、ご主人様のご様子、なにかと御心配で御苦労なことでございましょう。ご主人様と私の夫は、よく手紙のやりとりをしておりました。特に夫が亡くなる数か月ほど前は、頻繁に手紙を出し合っていたと思います。ご主人様には、夫の死も知らせました。その後は、私を励ますお優しいお手紙をもらったこともありました。三年ほど前からお手紙がないのでどのようにお過ごしなさっているか。私も気にかけておりました。

お手紙を伺いますと、ちょうどそのころからご主人様は、何かに脅え、何かに必死に耐えているような姿がお見受けされたとのこと、実は、私の夫も同じでございました。特に冬になると、その兆しは強うございました。雪が強く降り続く日などには、何かに脅えたような、不安な顔をするのです。しかし、私はそれほど気にもしていませんでした。今考えると私は浅はかな妻でございました。なにしろ雪深い国ですから、雪が降ると心配がつきないのです。

夫の辛さに気づいたのは、ずっとずっと後になってからです。夫が亡くなるわずかに数週間も前のことなのです。夫が、風邪をこじらせて病院へ入院して数日が経っていました。私が見舞いに行くと、夫は病室の窓を開け、雪を見て泣き、必死に悲しみを堪えているのでございます。背後に立つ私には気づかなかったものと思います。

私は、一瞬声をかけることがためらわれました。見てはいけないものを見たような気がしたのです。夫は、小さく軍歌を歌っていました。夫は、背後の私に気づき、振り返って私を手招きして窓の外を見せたのです。雪は、強く吹雪いていました。夫は、こう言ったのです。

「毎年、雪の降る季節になると、満州やシベリアを思い出す。俺は長く生き過ぎた……」と。

私は、夫の悲しみや辛さに無頓着すぎたのです。しかし、知ったからとてどうすることもできません。夫は窓を閉め、ベッドに横になって、その日初めて辛かった戦争のこと、シベリアでのことなどを語ってくれました。そして、それから二週間後に夫は息を引き取ったのです。

私も、自らの人生を振り返ると、悔いることばかりです。十年ほど前に、孫が自衛隊に入隊したいと言った時、夫は猛反対をしました。その時の夫の気持ちが、今になってやっと分かったのです。また、三沢基地の撤去運動には、率先して行動をしていたことも、今ごろになってやっと理解できるのです。夫は、何も話してくれませんでしたから……。

「蛍火」だと言いました。夫は、死のベッドで堰を切ったように私にそう話してくれたのです。「人間はだれもが心に数匹の蛍を飼っている。その蛍火に引かれて生きていくのだ。どこへ行くのかは分からない。ただ、ぼーっとした明かりに前途を照らされて誘われるように生きていくのだ。そんな一生に意味があるのかどうかは分からない。俺にはその蛍は一匹しかいなかった。皆シベリアで逃げ出したのだ。人間への幻滅や夢や希望と一緒にな……。俺を見捨てずに最後まで残ったその一匹の蛍にも、そろそろ寿命がきたのだよ」と……。

また、こうも申しておりました。

「人間は、心に風をもっている。風は激しく吹き荒れる時もあるが、優しい風も寂しい風もある。もちろん吹き止んでいる時もある。だが、どんな時でも風の音をしっかりと聞かねばならない。若いころ、俺たちはその風の音を聞くことができなかった。自分の風の音だけに耳を澄ました。戦場で他人の風の音を聞いたときは、もう遅かったのだ」

「なあ、貴子、風には音があるのだよ。大地を吹く風の音だ。その音が、俺たちを明日へ生かしてくれるのだよ。悪い風だけではない。俺たちを励ましてくれる風もある。たくさんの蛍を失った俺は、その風の音ばかりを聞いて生きてきた。遠い空ばかりを眺めて生きてきたんだ」と……。

夫は、口が利けなくなる死の間際まで饒舌に話し続けたのです。

正木光恵様。遠くにいる私には、何の力にもなることができません。正木大介様の病気の原因をお探しのようですが、私には答えることができません。あなた様のご主人と戦場を一緒にした私の主人の死を伝えることしかできません。なにぶん、昨年度から足腰を悪くしまして動くことがままならないのです。

どうか、お元気でお過ごし下さい。お祈りしております。

なお、夫の遺品を整理しておりましたら、正木大介様から夫宛ての手紙が三通ほど見つかりました。同封致します。あなた様が保管してくださるのが一番よろしいかと思います。

南の島では、クマゼミは、いつごろまで鳴き続けるのでしょうか。どうか、お体にお気をつけて、季節の変わり目をお過ごし下さい。

かしこ

一九九四年六月二十三日

橋戸貴子

正木光恵様

終章

光恵は、ぼんやりと窓の外の木々の揺れを見つめていた。窓から見る風景は、四角く切り取られて限られている。ひよっとして自分が生きてきた人生は、このように狭いものではなかっただろうか。そんな苦い後悔が頭をよぎる。あるいは、ガラスに隔絶されて触れることのできなかった風景は、数多くあったのではなかろうか。

白い雲がざわめいている。様々な形を作っては、それを嫌がるように、また千切れて飛んでいく。音のない文様が、窓の外でおびただしく生まれ、消えていく。この病院へ夫の大介を見舞いに来るようになってから、何年と何か月が過ぎたのだろうか……。

光恵はぼんやりと大介と二人の人生を振り返った。自分の人生を、たぶん悔やんではいないが、大介の人生はどうだったのだろうか。橋戸公一宛ての大介の手紙を読むと二人とも余りにも気の毒だ。大介の辛さに気づかなかった自分が腑甲斐ない。

しかし、気づいたからといってどうなるものだろうか。大きな楔《くさび》が、あの戦争で、あるいは大介自身が歩いてきた人生の中で、大介の心の奥深くに打ち込まれてしまったのだ。だれも、その楔を取り外すことはできない。大介自身以外には……。そして、戦争体験者のだれもが辛い記憶を引きずったままで生きているのだ。戦場を体験した者には、戦後はなかったのだ。

光恵は、以前にもこのようにして病院の待合室で大介と何度も会ったことを思い出した。あれは、終戦後間もないころ、大介がシベリアから帰還して、光恵の勤める東京都のN病院を訪ねてくれた時だ。あの時は大介が光恵を訪ねてくれたが、今は光恵が大介を訪ねている。そして、今日は娘夫婦や二人の孫たちも一緒だ。でも、あの時との決定的な違いは、大介が面会に来た自分や娘や孫たちのことを、だれだか分からないということだ……。

光恵は、傍らの二人の孫を見た。孫の亜希子と悟が、母親の聖子に甘えてしきりにダダをこねている。冷たい飲み物が欲しいと言っているようだ。私もいつか大介のように孫を見分けることができなくなるのだろうか。光恵の脳裏に、ふと不安がよぎる。

いつの間にか聖子も母親になった。聖子は、本当に小さな赤ちゃんだった。生まれたばかりの聖子は、小さな座布団を布団がわりにして寝かせたものだ。その聖子が、今では二人の母親だ。光恵は、過ぎ去った遠い季節を思いやった。

亜希子と悟の要求に、我慢ができなくなった聖子が、怒った顔で立ち上がり二人を引き寄せる。

「言うことを聞かない子には、怒りますよ。いいですか。これっきりですよ。さあ、お父さんと行っていらっしゃい！」

聖子の声に父親の圭司が立ち上がる。

三人が、部屋を出て行った。光恵の頭の中を様々な人間の生きる風景が動き出す。自分や大介が死んだ後は、聖子や孫たちが生きていくのだ。未来を見つめ、遠い空を見つめ、何ものかに導かれるように生きていくのだ。

光恵は、ハンカチを取り出して涙をぬぐう。涙もろくなった。白髪になった頭髪を手で掻き上げて、看護師が案内にやってくる時間を待った。

看護師がやって来る前に、販売機から飲み物を手にした二人の孫と圭司が戻ってきた。二人とも機嫌を直しているようだ。しばらくして、二人の孫が飲み物を飲み干したころ、看護師がやって来て、大介のいる部屋にみんなを案内してくれた。

「おじいちゃーん」

二人の孫たちが声をあげて大介のベッドに歩み寄る。光恵もその後を足早に追う。

大介は、目を閉じたままで孫や光恵の声かけに何の返事もしない。

光恵と聖子が、驚いたように大介の身体を揺する。

「おじいちゃん……。大丈夫？」

それでも大介は返事をしない。二人の孫が、やがて何の反応も示さない大介の傍らを離れていく。娘婿の圭司が、再び二人の手を引いてあやすように廊下へ出ていく。

大介が人の気配に気づいたのか幽かに目を開く。光恵は、聖子と二人でベッドを起こし大介の背中に手を回して持ってきたリンゴのゼリーを大介の口にスプーンで運んで押し込む。大介の病は、たぶんもう治らない。この病院へ入院してから三年が過ぎた。

「アルツハイマー。老人性痴呆症。原因は不明ですが、ある時期に急激に脳の一部が死滅します。

今日の医学では治療は困難で、このまま痴保は長期間に渡って進行していきます。判断能力の低下、記憶障害など、最終的には人格崩壊と言われる状況に至ります」

光恵は、三年前の医者の説明を思い出しながら、まさにそのように大介の症状が進行していることをもう疑えない。今では光恵たちのことをすっかり忘れている。失禁することも度々ある。

「ＣＴとＭＲＩの検査を行いました。どちらも結果は思わしくありません。ＣＴはコンピューター断層撮影、ＭＲＩは核磁気共鳴画像のことで、脳の形態を画像にして診断するものです。脳の萎縮が認められますし、血流の低下も認められます。このことと臨床的な症状を併せて考えますと、やはりアルツハイマー病と判断せざるを得ません」

入院した最初のころ、大介は光恵が入院しているものと思い込み、妻をよろしくお願いしますと、医者や看護師へ頭を下げていた。そんな、大介の行為さえ今では懐かしい。病気になってもなお私のことを気遣ってくれた大介。

しかし、今は、たぶん隣に座って、せっせとスプーンを動かし口許にゼリーをもっていく私をだれだか分からないだろう。いや、私だけには反応すると思ってしまうのは、私の思い込みだろうか。

大介は、自分から食べようとはしない。ただもぐもぐと口を動かし、目は窓の外の遠い空を見つめているだけだ。そして、ほとんど口を利かない。考えることも、思いを巡らすことも忘れてしまったようだ。

光恵は、ゆっくりと声をかけながら、赤児をあやすようにスプーンを口に運ぶ。窓の外の緑葉が揺れない。風が止まっている。雲の流れが止まったようにも思われる。

「お父さん、聖子だよ、分かるよね。しっかりして……、早くよくなってよ」

聖子が光恵の傍らから声をかける。よくなることなんか決してない。絶望的な状況であることは、聖子にも充分に分かっているはずだ。

「ええ、そのとおりです。アルツハイマー病に罹った者は全体的な抵抗力も低下します。しかし、あと何年ぐらい生きられるかについては予測は難しい。一概には言えませんが、厚生省の統計では入院後およそ五年と出ています。でも発症後からの計算ではないからあまり参考にはなりません。ケアしだいでは普通人と変わらないとも言われています。経過が予測しにくいんです。アルツハイマーの原因には、遺伝的要因も関与していると言われていますが、それさえよくは分からないのです。病気の原因さえ不明なのです」

聖子と光恵は、大介のベッドに寄り添うように椅子を寄せて座っているが、大介は反応しない。光恵は、大介が冗談まじりに言っていた言葉を思い出す。

「八十歳までは元気で一緒に教会に行きたいな。だれが先に召されるか分からないが、自分は祈りの姿勢で召されたいなあ」

大介が言う祈りの姿勢とはどのようなものだろうか。大介は今、まばたきもせずに目を空中に泳がせている。光恵と聖子が、また来ることを告げベッドを離れても手を振ることもない。

大介がアルツハイマー病以外に膵臓癌に冒されていることを知ったのは一年前だ。抗がん剤の治療も、アルツハイマー病の進行へ影響を与えるのだろうかと、光恵は医者に尋ねたことがある。明確な答えは得られなかったが癌細胞は脳に転移する可能性も充分にあるという。死の原因はどちらになるのだろうか。「覚悟しておいてください」という医者の言葉はどちらの病への覚悟なのだろうか。不遜な考えに慌てて首を振る。

光恵は圭司の運転する自動車の後部座席に乗り込み、後ろを振り返った。一瞬、病院が西日を浴びて輝いた。それは、大介と一緒に沖之島に建てた教会のようにも見えた。

光恵は、この光景の中で聖書の一節を諳んじようとしたが、なかなか思い出せなかった。思い出せないままに、婿の圭司の運転する自動車はエンジンの音を響かせて発進した。

孫たちが、光恵に擦り寄って膝の上で戯《たわむ》れた。夕日が自動車の中まで差し込んできて、膝の上の二人の孫を照らしている。二人の孫の名前が咄嗟には思い浮かばないが、笑ってごまかした。

夕日が揺らめいたかと思うと、自動車は赤信号で停止した。光恵は夕日の中で鋪道脇に彼岸花が咲いているのに気付いて目を留めた。教会の庭に大介と一緒に植えた花だ。

「聖子、お家に着いたら、彼岸花に水をやることを忘れないでよ」

光恵の言葉に、聖子が怪訝な顔をして振り返った。家には花壇もなければ彼岸花の鉢植えもないのだ。その時、信号が青に変わった。それを見て、圭司の運転する自動車は再び夕日を受けて発進した。

〈了〉

二つの祖国

1

テルヒト（輝人）は、割れんばかりの拍手の中を、膝に力を入れてゆっくりと立ち上がった。沖縄戦終結からおよそ半世紀、やはり来て良かったという思いと、躊躇し断り続けた日々の苦い思いが交錯する。ハワイ、オアフ島のホノルル国際空港を飛び立って沖縄にやって来たのは二日前だ。テルヒトは、もう七十四歳になった。沖縄戦で死亡したユウジ（勇治）や少年のミノル（実）、そして辛苦を共にしたコウゾウ（幸造）やヒデキ（秀樹）の顔が目に浮かぶ……。

壇上の花器からあふれるように生けられた花々からは、様々な匂いが放たれてテルヒトの鼻腔をくすぐる。匂いの中に、戦時中の首里で嗅いだ夜香花の匂いがあるような気がした。しかし、その花を探す余裕はなかった。中央に進み出て深々と客席に向かって一礼をすると、拍手は一段と大きくなった。

「ワッターヌ（俺たちの）、命の恩人だ」

「有り難うよ」

テルヒトへ贈られる不器用な感謝の言葉が、会場のどこからか発せられて、鳴り続ける拍手に乗って大きく響き渡った。やがて波が引くように拍手が鳴り止み、訪れた静寂の中でテルヒトに対する感謝状が読み上げられた。

「我那覇《がなは》輝人《てるひと》殿。貴殿は、沖縄戦さなかの一九四五年六月、米軍の猛攻を浴びたこの地において、壕に逃れ、自決を覚悟していた島民に投降を呼びかけ、多数の尊い命を救いました。貴殿の勇気ある行動を末永く賞賛し、その人道的行為に深く敬意を表し、ここに記念品を贈呈して感謝の意を表します」

再び大きな拍手が鳴り響き会場は騒然となる。どこからともなく口笛が鳴る。華やかな包装紙に包まれた記念品が贈られ、若い娘からは、カサブランカやカスミソウで飾られた花束が贈られる。テルヒトは、一人一人に深く一礼をしながら賞状や記念品を受け取った。

感謝状授与式後に開催された祝賀パーティーは、和やかな雰囲気に包まれた。多くの人々が、テルヒトの元へ挨拶にやって来た。皆が、それぞれにお礼と感謝の言葉を述べて握手を求めた。

「あなたは、本当に素晴らしい方だ」

紅潮した顔で激しく手を握り、肩を抱き寄せる老爺もいた。子どもや孫に手を引かれてやって来て、背の高いテルヒトを見上げ、何も言わずに涙ぐんで手を握り続けて涙を流す老婆もいた。

「あの時は、もう死を覚悟しておりました」

「父や母が、お世話になりました」

「亡くなった兄が、いつもあなたのことを話していましたよ」

テルヒトの前で、目に白いハンカチを当て、涙を堪《こら》えながらたくさんの人々が立ち止まった。老いた人々は、戦火を潜《くぐ》り抜けてきた思い出を語り、親戚縁者の若い人々は、テルヒトに感謝の言葉を述べた。

「どうです、もう、そろそろ沖縄に戻ってきたらいかがですか。住む場所がなければ、私の土地を提供してもよいですよ。それとも、ハワイは住みよいですか？」

テルヒトの前にやって来て、そんな言葉を投げかけ、名刺を渡して立ち去る紳士もいた。傍らでテルヒトの娘のヨーコ（洋子）も笑みを浮かべ、時には驚き、時にはうなずきながら会釈を交わしている。

「本当は、もっと大きな会場で、もっと盛大に開催したかったのだが……、申し訳ないな」

「テルヒトさんは、県知事からの感謝状をもらってもおかしくないですよ。こんな小さな島からの感謝状だけになってしまって、本当にすまないと思う」

いつの間にか、島の村長が傍らにやって来て、テルヒトに詫びている。先ほど、壇上で村民を代表して感謝状を渡してくれた宮城徳蔵さんだ。

「とんでもない。村長さん。私には、身に余る光栄です。これだけで充分です。こんなにたくさんの皆さんにお礼の言葉をかけていただいて、また、お祝いをしてもらって……、なんとも返す言葉がありません」

「そう言ってくださると有り難いです。今日は、たくさんの余興も準備していますので、どうぞ時間の許す限り、ゆっくりと楽しまれてください」

「有り難うございます」

テルヒトが頭を下げると、村長も泡盛の入ったコップを持ち上げたまま一礼をして立ち去った。

村長の言うとおり、舞台では賑やかな三線や太鼓の音に合わせて、次々と琉球舞踊が演じられている。コミカルな踊りもあれば、荘厳な踊りもある。久しぶりに見る本場の琉球舞踊だ。やはり、ハワイで見るそれとは、どことなく趣が違う。

舞台正面には、「我那覇輝人殿　感謝状贈呈式並びに謝恩会」の横断幕が、ライトに照らされて掲げられている。面映ゆい感じがする。島をあげての宴会であろう。子どもたちから老人まで、皆が舞台に上がって踊ってくれている。こんな心遣いが、とても嬉しい。テルヒトは、生きていてよかったと思う……。

会場となった公民館の窓から見上げる空は、日差しが弱まって、夕暮れ時の静かな雲に覆われ始めている。遠くに見えるモクマオウの樹が、緑の影絵を作って天を指して揺れている。沖縄戦の記憶は、ずーっと胸にしまっていたのに、古い日記をめくるように今日は甦ってくる。

テルヒトたちが沖縄本島に上陸したのは、強い日差しが瞼を刺す朝日の中だった。上陸地点の嘉手納・北谷《ちゃたん》・読谷《よみたん》海岸は、今日と同じように、モクマオウの樹が一斉に天を指して揺れていた……。

2

沖縄本島上陸の日、一九四五年四月一日の夜が明ける五時三十分、海上に停泊する米軍のすべての戦艦、巡洋艦、駆逐艦からは、一斉に激しい砲撃が開始された。さらに、午前七時四十五分には、母艦を飛び立った艦載機が、海岸や一帯の塹壕をナパーム弾で攻撃した。

米軍の沖縄攻略作戦は、三月二十三日未明、本島への大空襲で既に火蓋は切られていた。以来、沖縄島には、空襲と艦隊からの激しい艦砲射撃が連日のように浴びせられていたが、その日は一段と激しいものだった。

しかし、沖縄本島は、その日も不気味なほどの静けさの中に佇んでいた。島からの反撃の気配は、まるでない。島は、砲弾をすべて吸い尽くしてしまうかのように静まりかえっていた。

「あの島が、俺たちの親御さんが生まれた島なのか」

テルヒトの傍らに立っているヒデキとユウジが、感慨深そうにつぶやいた。

砂浜に寄せる波しぶきが、昇ったばかりの朝日に照らされてまばゆいほどに白く見える。島の神々が、外部からの侵入を防ぐために、長く白い防御ラインを引いたのではないかと思われるほどだ。

海の色は、眼下の群青色から、リーフ（環礁）を越えると、鮮やかな明るい緑色に変化している。テルヒトは、ふと波打ち際のその白いラインが、ゴールであればいいがと思った。そのラインに到達すれば戦争が終結する……。一瞬、このことが現実に起こり得るのではないかという奇妙な感覚に囚われた。祖母たちが話していたニライカナイの神々が、この戦争にいち早くジャッジをしてくれればよいがと思った。

しかし、周りを見回すと、無数の艦船がぐるりと島を取り囲み、砲門からは激しい音と共に白煙を噴き出している。上陸地点の向こう側には、日本軍の視界を遮るために艦載機から投函された煙幕が流れている。これが現実なのだ。いよいよ上陸が開始され地上戦が始まるのだ。

上陸予定時刻は午前八時三〇分。あの白いラインは、悲惨な地上戦を告げる出発のラインになるだろう。

「今日は四月一日、復活祭の日曜日だ。エイプリルフールのラブ・デーだぜ。皮肉なもんだなあ……」

ヒデキが、思い出したように、苦い笑みを浮かべる。

「やはり、ソロモン諸島の時とは、違うなあ……」

ユウジが、目を細めながら島の稜線を昇って顔を出した正面の太陽の眩《まぶ》しさを遮るように手をかざしながらつぶやく。

テルヒトたちの乗った戦艦アーネストは、もう一週間余も沖縄島を睨みながら沖合に停泊し、砲撃を続けてきた。その間にも、後続の戦闘艦、航空母艦、巡洋艦などが、続々と到着していた。

テルヒト、ユウジ、ヒデキの三人は、ハワイに移民した沖縄人の子孫だ。三人とも、ぼそぼそと独り言のようなつぶやきを交わしながら、目前に浮かぶ父祖の土地を眺めている。もうすぐだ。もうすぐ、皆の頭上に命令が下るのだ。

テルヒトもユウジもヒデキも、沖縄島を眺めて抱いていた一瞬の甘い感傷を振り払うように小走りになって上陸用舟艇に乗り移った。ハワイから一緒に志願し、キャンプ・マッコーイでの訓練も一緒に受けたもう一人の仲間のコウゾウは、既に舟艇に乗り込んでいた。親指を突き立てて三人に合図を送ってきた。その傍らに三人とも身体を滑り込ませるようにして乗り込んだ。

八時三〇分、各艦船から離れた上陸用舟艇が一斉に波の上を滑り出した。息を潜め、身を寄せ合って前方の砂浜を見つめる。目標地点は、目前の嘉手納・北谷海岸だ。エンジンの音だけが臓腑に伝わってくる。上陸地点を見つめていると、砂浜が魔物のように蠢き出す。生死が一瞬の間に決まる戦場へ向かう緊張感で、皆が押し黙ったままで波の音を聞いている。

テルヒトは、鉄兜の顎紐の匂いに、いつまでも馴染めない。山羊の糞のような匂いだ。身体を寄せ合った人々の戦闘服の匂いと混じって、強く鼻を刺す。その匂いを吸い込まないように、できるだけ顔を風上に向ける。その視界の中に、水陸両用戦車が上陸し、砂浜に駆け登っていく姿が飛び込んでくる。テルヒトたちの側面を、多数の兵士を乗せた水陸両用トラックが走っている。

「レッツ、ゴー」

軍曹の合図で、皆が一斉に砂浜に飛び降りた。テルヒトたちは、神の引いたその白いラインを越えて一気に走り出した。

3

上陸した嘉手納、比謝川の河口から陸地までは、なだらかな丘陵地帯であった。テルヒトたちは、身を挺しながら、およそ百メートルほど進んだ後、周囲に気を配りながら丘陵の頂上に立った。

上陸が開始されると同時に、間断なくうなり声をあげていた艦船からの砲撃は、ピタリと止んでいた。既に仲間の兵士たちの多くは、奥へ奥へと進撃していた。その後姿を見ながら、テルヒトは父祖の土地への第一歩を踏み出した感慨に囚われていた。

テルヒトたちの部隊は、ソロモン諸島での激しい攻防戦を終えたばかりであった。テルヒトには、ソロモン諸島が初めての戦場であったが、戦争の凄惨な実態に目が眩《くら》みそうだった。戦争とは、どんな大義名分があるにせよ、人と人との殺し合いなんだ。そんな単純な現実に涙が流れた。

上陸後の激しい銃撃戦。どこからともなく飛んで来る銃弾。人を殺すための緊張した時間。日本軍は死を覚悟し、接近して来る米軍の一人一人の兵士に狙いを定めて撃ってきた。傍らを歩いていた仲間の兵士が、突然、激しくもんどり打って息絶える……。

しかし、日本軍の組織的な抵抗は数週間で終わった。終わってみると、至る所に死体が肌を剥き出しにして膨らみ転がっていた。蝿が黒い塊になって血の噴き出た箇所にたかっている。テルヒトは思わず目を逸《そ》らせた。

テルヒトが、これまでに人間の死体を見たのは、祖母の死体だけだ。祖母は、夫と連れだって、まだ小さいテルヒトの父・輝吉の手を引いてハワイへ渡った移民一世だ。しかし、祖母の死体は、美しく着飾られ、レイの花が添えられて棺に収まっていた。それなのに、同じ人間である兵士たちの死体は無惨に転がり蝿にたかられて朽ちていく。こんなことを考えると、人間の運命の理不尽さ、戦争の残酷さに気が滅入った。

テルヒトは戦争が始まると、志願して米国の兵士になった。父は何も言わなかった。テルヒトにとっては、当然米国が祖国である。テルヒトが生まれ、そして育った土地はハワイだ。日本軍の零戦によるパールハーバーへの奇襲攻撃には、やはり憤慨せざるを得なかった。

戦争が始まると、アメリカ人は、日系人を同じアメリカ人として信用しなくなった。特に日系人の指導者たちの中からは、開戦後に「敵性国人」とみなされて逮捕される者が数多く出た。その主な嫌疑は、スパイや反米的な活動を疑われたものであったが、もちろん、その多くは「日本国人」という理由だけであったと思われる。彼らは、ホノルル湾口のサンド・アイランドの仮収容所に抑留され、それから米国本土各地の収容所に送られていった。既に兵士となっていた二世たちからも、銃が取り上げられた。

ハワイ在住の日系人たちは、理不尽な仕打ちに憤慨し、悩み抜いた。そして、その多くは日系人の名誉をかけて、アメリカに忠誠を示す決意を固めたのである。かつて軍人であった二世たちも、任務として与えられた防空壕掘りや陣地づくりの作業に熱心に取り組み、また多くの日系人市民たちが軍の労働部隊へ続々と志願した。やがて戦線が拡大していくにつれて、一人でも多くの兵士を必要とする米陸軍省は、二世、三世兵士を集めて、第一〇〇歩兵大隊を編成した。

志願した二世や三世の兵士たちは、米本国ウインスコンシン州のキャンプ・マッコーイでの訓練を経て、多くは欧州戦線へ送り出された。テルヒトは、太平洋諸島の戦線へ配属された。このことに、特に不満があるわけではなかった。同じ日本人同士が殺し合うことになるかもしれないという感傷的な気分とも無縁だった。自由の国米国の繁栄を守るために戦うということが、テルヒトの誇りだった。

ソロモン諸島での戦闘を終えて、今度は沖縄戦である。やはり、父祖の生まれ育った土地、そして自分のルーツにつながる土地を目前にすると、ソロモン諸島の時とは違う複雑な感慨を覚えた。あるいはその感慨の多くは、父祖たちの決断がハワイへの移住を選ばなかったら自分たちは確実に反対側の人間になっていたという事実がもたらすようでもあった。

上陸すると、またもや凄惨な光景が目前に出現することは間違いない。そして、今回は兵士だけではなく、たくさんの住民たちが巻き添えになることが予想された。島であるがゆえに、住民たちはきっと逃げ場を失うはずだ。住民たちを巻き添えにすることは避けたい。そのような米国側の意向もあって、二世三世の日系兵士には、住民や兵士たちへ投降を呼びかける特別任務が与えられていた。特に沖縄出身のテルヒトたちには、投降の呼びかけに使用するために水色の拡声器（スピーカー）が支給されていた。テルヒトの肩には、銃と共にその水色の拡声器が掛けられていた。

ユウジもヒデキも、テルヒトと同じ格好をしていた。テルヒトたちは、互いにその任務を危険ではあるが重要なことだと考えていた。一人でも多くの住民を救いたい。戦いが始まる前にそんな感慨を抱くのは、矛盾しているようにも思えたが、ソロモン諸島での凄惨な光景を見ているが故に、それが偽らざる心境だった。慶良間諸島を制圧した米軍からは、島の住民たちの凄惨な集団自決のエピソードが伝えられていた。何としてもそんな場面は避けたかった。

身を挺しながら前方を見る。遮るものがほとんどない平らな田園風景だ。所々で煙が上がり、艦砲や飛行機からの機銃掃射で焼かれた村々が見える。辺りには、やはり日本軍の姿はない。住民の姿も見えない。不思議なほどに静寂な時間が流れる。もし銃を手にしていなければ、平和で牧歌的な風景に長く心を奪われたであろう。

しかし、やはり父祖の土地は戦場であった。前進して間もなく、テルヒトたちの部隊は、五十名程の日本軍守備隊の攻撃を受けた。砲台陣地を築いた壕の中からの激しい攻撃で、すぐに銃撃戦が開始された。一時間ほどの戦闘の後、日本軍守備隊は、孤立無援のまま戦車の砲撃を受け、四方から取り囲まれて全滅した。

テルヒトは、拡声器に何度も手を掛けたが、投降を呼びかける瞬間さえ選べなかった。また上官からは、最後までその命令は下らなかった。

小休止を取った後、しばらく進むと、今度は岩陰の隅で、車座になって手榴弾で自決している十四、五人の娘たちの遺体に遭遇した。義勇隊と思われたが、覚悟を決めた死であろう。娘たちは、もう二度と笑うことも夢を語ることもできないのだ。そう思うと、しばらくその場所を離れることができなかった。このような悲惨な光景を、できるだけ見たくはない。そのためにも、早くこの島での戦いの優劣をつけたかった。そして、できるだけ早く、肩に掛けた拡声器を使う機会がやって来ることを祈った。

四月一日に上陸した米軍は、翌二日にかけて、日本軍の中飛行場に突入して征服した。さらに、石川地区の狭隘な地帯を一気に横断して中部地帯を占拠し、沖縄本島を南北に分断した。上陸箇所はさらに次々と増え、島は、あっという間に米兵であふれた。

日本守備軍の多くは、陣地を構えたその場で交戦し、全滅し、あるいは敗走した。取り残された住民たちは、身を隠し、飢えをしのぎ、時には兵士たちの後を追いかけた。逃げ遅れた兵士たちの中には、住民たちの中に身を隠しながら、密かに反撃を企む者もいた。

テルヒトに拡声器を使う最初の任務が与えられた。ジープに乗って村の家々に向かって隠れている住民たちに投降を呼びかけるのである。テルヒトの第一声は震えていた。当然のことだが、その声を聞きつけて、取り残された日本軍の兵士たちが、どこからか狙いを定めて撃ってくるかも知れなかったからだ。投降を呼びかけることは、無防備で自らを晒し、標的になることでもあった。その緊張感で思わず身体が震え、声が途切れた。

「出てこい。出てこい。ここには、水もあるぞ。食料もあるぞ。出てこい。出てこい！」

テルヒトは、見えない人々に向かって必死で呼びかけた。村人たちの多くが、自然壕に集まって身を寄せるようにして隠れていることを知ると、その前に出掛けて呼びかけた。

「出てこい。出てこい。冷たい水も、暖かい食べ物もたくさんあるよ。出てこい、出てこい」

「皆さん、出てきてください。美味しいクワッチイ（ご馳走）、たくさんあるよ」

テルヒトは、必死になって父祖たちの言葉を思い出し、たどたどしいウチナーグチと日本語とをつなぎ合わせて語りかける。何度も無視され、自爆する音を聞き、悲惨な結果を招いても、くじけずに語りかける。

その呼びかけに答えて、壕の中から、汗にまみれ、汚れた衣服を着けた人々が、恐怖の目を見開きながら手を上げて出てくる。老人、女、子どもたちが、ぞろぞろと出てくる。

テルヒトは思わず歓声をあげる。

「やったぞ」

この瞬間ほど嬉しいことはない。傍らのヒデキと喜びを交わし肩を叩き手を握り合う。

村人たちは疑心暗鬼のままに、あるいは覚悟を決め、あるいは引きつった表情を見せながら、目の前にやって来る。その顔を見ていると、場違いな怯えが、なんとなく滑稽で、再び笑みがこぼれる。やがて村人たちの顔は、どれも懐かしい父祖の顔のように思われた……。

4

テルヒトの祖父我那覇輝蔵《てるぞう》と祖母キヌが香港丸でハワイに渡ったのは、一九〇三年（明治三十六年）、春のことであった。輝蔵とキヌは、沖縄本島北部金武《きん》町の出身である。移民を決意した沖縄の仲間たち四十人と共にホノルルへ上陸、オアフ島エレノア耕地へ入植した。

沖縄では、その三年前の一九〇〇年、初のハワイ移民三〇人がサツマ丸で那覇を出港していた。輝蔵は、海外移民を熱心に奨励してくれている地元の先輩の演説を聞いて共感した。また貧しい農家の末っ子として生まれ、結婚してもなお続く貧しさの中で、一大決心をしてハワイへやって来たのだった。

輝蔵たちは、入植すると原野を焼き、サトウキビを植えた。毎日毎日が働きずくめの日々であった。テルヒトの父・輝吉《てるよし》も、幼いながらも兄や二人の姉の真似をして畑に出た。六歳になった年には妹のカヨが生まれた。しかし、すぐに栄養失調で死んだ。十歳になった年には、輝吉の兄の輝男が、疲労を積み重ね風邪をこじらせて死んだ。

輝蔵夫婦の手となり足となって健気に働いてきた輝男の死に、祖父母は気が狂わんばかりに嘆き悲しんだという。しかし、どうすることもできなかった。

父の輝吉が二十五歳になった一九二二年、ハワイでの生活もほぼ軌道に乗ったころ、父は写真見合いで結婚を決意し、沖縄から呼び寄せた正子がやって来た。明るい性格の正子は、すぐに家族に溶け込んだ。そしてその翌年、テルヒト（輝人）が誕生した。二人の妹のセツコ（節子）とミヨ（美代）も次々と誕生した。

テルヒトは高校を卒業するとホノルル大学に入学、経済学を専攻した。経済学を学ぶことに父は特に反対はしなかった。あるいは、サトウキビ畑を中心として農業で生活している父にとっても、有益なことかもしれないと思ったはずだ。テルヒトは在学中の二十二歳の年に志願した。

大学には、同じ沖縄出身の祖先をもつユウジやヒデキ、コウゾウがいた。何かと一緒にグループを組んで行動していたが、四人共一緒に志願した。

テルヒトとユウジは、入植地も同じエレノアで隣同士に住んでおり、純粋な沖縄人の血のままの三世であったが（もっともテルヒトの父輝吉は幼少時の入植であったからテルヒトは二世とも言えるが）、ヒデキは白人の血が混じり、コウゾウは現地人・カナカ族の血が混じった三世であった。

「この戦争で、俺たちにできることはなんだろうか」

ユウジが、大学の構内で沈痛な表情で語ったのが志願のきっかけだった。零戦によるパールハーバーへの攻撃がなされてから、一か月ほどが経っていた。四人ともアンフェアなその奇襲に、怒りのようなものを感じていた。

四人にとって祖国とはやはりアメリカであった。貧しい祖父母の移民を受け入れてくれたアメリカの大らかさと自由は、青春を謳歌する希望の国であった。正確にはその予定の日々が、始まりつつあったのだ。その祖国が、奇襲によって蹂躙されたのである。それぞれに複雑な事情と思いを抱きながらも、志願することをためらう者はいなかった。

テルヒトの父は、テルヒトの決意に多くは語らなかった。

「戦死はするな」と、テルヒトが入隊する朝に、一言、言っただけだった。

ユウジは、現地の娘で家近くに住んでいるカナカの娘マホリとの結婚を決意していたが、まだ両親の承諾を得られずに苦しんでいた。そのマホリを置いての出征であった。

ヒデキはホノルル市で商売をしている両親との別れだった。ヒデキの母はニューヨークから渡ってきたドイツ系の白人で、明るい性格の女性だった。テルヒトも何度か遊びに行き、冗談を言われたり、からかわれたりもした。両親ともヒデキの志願を喜び、激励していた。

コウゾウは、両親から必死に翻意を促されていたが、それを振り切っての志願だった。

ハワイの沖縄人移民たちは、他府県に比べて結束が強く、互いに励まし合っていた。沖縄人社会をネットワークにする県人会も発足しており、月刊誌なども出版されていた。このことの背景には、あるいは米国人と日本人移民からの差別に対する反発などがあったかもしれない。しかし、また沖縄人社会も、現地人を卑下する差別構造を有していた。たとえばユウジとマホリの結婚にユウジの両親がなかなか同意しないのも、その一つの現れであった。

二世、三世の日系兵士たちは、本国での訓練が済むと、それぞれの決意を背負って、欧州戦線、あるいは南洋諸島の戦線へと配属された。

米本国では、日系人たちがマンザナなどの捕虜収容所へ強制収容され、隔離させられていた。若いテルヒトたちは、己の祖国と父祖たちの祖国の二つの祖国の狭間で揺れていた。そして選択した決断は、祖父や父たちの苦労、そして自分たちの未来のためにも、米国の兵士としてこの戦争へ参加することであったのだ。

5

沖縄本島に上陸してから、一か月が過ぎた。決着が早くつくことを望んだテルヒトの希望とは違って、戦闘は日ごとに激しくなっていた。米軍の上陸は、ほとんど抵抗のない静かなものであったが、日本軍は、上陸後の米軍を地上戦で徹底抗戦を続け、疲弊消耗させる作戦を立て、全力を挙げて反撃してきたのである。至る所で必死の攻防戦が展開された。また米軍上陸後も、日本軍の特攻機は、海上艦船への体当たり攻撃を続けていた。

米軍は、沖縄本島に上陸すると、中部での地上戦を制圧して本島を南北に分断し、一気に嘉手納と読谷飛行場を確保して制空権を掌握した。戦いは米軍の優勢のうちに進められ、至る所に前線の兵士キャンプが設営され、同時に住民や捕虜を収容するキャンプも次々と設置された。

本島を南へ向かって進行した米軍は、日本軍の司令部がある首里を当面の攻撃目標にしていたが、その前線である浦添方面での死闘が繰り返され、何日も膠着状態が続いた。

しかし、五月に入って総攻撃を仕掛けてきた日本軍第二十四師団（山部隊）の攻撃をしのいで撃退した米軍は、一挙に活路を開いて首里へ迫った。それを期に、雪崩のように日本軍の南部への敗走が始まった。それは軍部だけではなく、住民もまた同じように入り乱れての敗走であった。

テルヒトたちが進行していく路傍には、至る所に兵士や住民の死体が、初夏の太陽に照らされて腐敗していた。米軍は戦車を先頭に進軍し、兵士が潜《ひそ》んでいると思われる人家やサトウキビ畑などを火炎放射器で焼き払って前進した。自然壕や構築した陣地から砲弾が飛んでくると、戦車だけでなく、海上の艦船からの艦砲射撃や戦闘機からの攻撃をも繰り返した。その後、手榴弾や火炎放射器で自然壕などを破壊した。

テルヒトたちは、できるだけ投降を呼びかけるチャンスを貰えるように努力したが、作戦上の理由から一気に攻撃が加えられることも数多くあった。それでも粘り強く、投降を呼びかけるビラを作って樹の幹に貼り付け、人家に投げ入れた。また、拡声器を使って、山野に向かって投降を呼びかけた。

五月も半ばを過ぎると、逃げ遅れた餓死寸前の住民たちが、路上をふらふらと歩き回っている姿が毎日のように目につくようになった。死児を胸に抱えて放心している母親。逆に死んだ母親の乳房にすがり付いている乳飲み子。手足や顔が青黒く膨れあがった老人たち。やはり、弱い人々から次々と倒れ、杖を突き、息を切らして路上を彷徨っていた。日本軍の兵士と思われる死体も、よく見るとあどけない少年であったり、銃をもたない民間人であったりしたのには驚いた。

上陸当初、米軍は日本軍兵士のみを標的にしていたが、必至に応戦する日本軍兵士が、沖縄住民の服を着て突撃するようになってくると、兵士と住民の区別がつかなくなった。相手より先に発砲しなければこちらが死ぬことになる。躊躇していると死を招く。兵士だと思って銃を向けた後、住民だと分かって気が狂わんばかりに後悔している米軍兵士もいた。

テルヒトたちの任務は、そんな中でますます困難になっていった。村の奥にある茂みの中で、息を潜めて観念したように抱き合っている家族もいた。引き金を引こうとする友軍兵士を制止し、家族に歩み寄り、必死に一緒について来るようにと説得する。鎌を喉元に突きつけて、テルヒトたちの歩みを威嚇し制止する母親もいた。テルヒトたちは、そんな人々の手を引いてキャンプへ収容した。

キャンプに着いて多くの仲間たちに出会うと、怯えていた人々の目が一瞬輝いて安堵の表情を浮かべる。それを見ると、テルヒトたちもまた嬉しさを隠しきれなかった。

もちろん、すべての人々をキャンプに収容できたわけではなかった。投降するよりも自決を選ぶ兵士や住民は多かった。一人岩陰で放心したように座っている兵士は、投降を呼びかけ、にじり寄ったテルヒトたちの目前で、突然手榴弾を抜いて自爆した。杖を持って逃げ回った老人は、追いかけてくるテルヒトとヒデキの前で、腰から鎌を抜いて自らの首を切って血を噴き出して倒れた。

「なぜなんだ……。なぜ命を大切にしないのだ……」

テルヒトは、そんな壮絶な光景の前で言葉を失った。そして、あの光景も、そんな光景の中の一つだった……。

「テルヒト、ヒデキ、こっちへ降りて来い」

壕の中からユウジの大きな声が飛んで来た。投降の呼びかけを何度もしたのに、応答のない壕へ入っていったユウジからの声だった。その声と同時に、米軍の兵士たちが、顔を曇らせ手を振りながら壕の中から出てきた。

「行くんじゃない」

兵士たちは、首を振りながら見てはいけないものを見たというように、激しい嗚咽を堪えながら駆け上がってきた。

テルヒトは、ヒデキと顔を見合わせたが、手に持った拡声器を肩に担いで暗い壕の中へ入って行った。足下はぬかるんでいて滑りやすかった。奥の方で電灯を持って一点を照らしているユウジの背後に近づいた。ユウジは泣いていた。そこには数十人の人々が折り重なって死んでいた。目を見開き、苦しそうな表情で、多数の村人たちが、手に持った鋭利な刃物で互いに殺し合って息絶えていた。母親に抱きかかえられて死んでいる乳飲み子もいた。まるで地獄絵だ。テルヒトは言葉を失って茫然と立ち竦んだ。

ユウジが喉から声を絞り出すように言った。

「あの男は、俺の叔父さんだ」

「えっ」

テルヒトと、ヒデキは顔を見合わせて驚いた。

ユウジが照らしている電灯の明かりの先を見た。

「俺の叔父さんは、俺が十歳の時に、ハワイを出て沖縄に戻った。父が何日も何日も別れを惜しんで泣いていたのを覚えている。貧しさから抜け出すことができず、二人の娘と妻を引き連れて沖縄へ戻ったのだ……。叔父さんの故郷はこの村だ。あの死体は叔父に間違いない……」

「そんなことはないよ、ユージ……。よく見てみろ」

テルヒトは、思わず声を荒げて言った。励ますつもりであったが、つい語気が荒くなった。

「よく見ろだと？　あの悲惨な死体をよく見ろというのか」

ユウジは、テルヒトに掴みかからんばかりの勢いで振り返った。

テルヒトも、ユウジの叔父のことは、知っていた。まなじりの垂れた目元に、いつも穏やかな笑みを浮かべていた。テルヒトたち移民二世、三世の子どもたちが一緒に遊び回っていると、声をかけて励ましてくれた。ただ病気がちで、よく咳き込んでいたことを覚えている。身体が弱く、荒れ地を開墾する重労働には向いていなかった。

「そうだよ、ユウジ、よく見るんだ。人違いだよ」

テルヒトだって自信はなかったが、今はそう言うほかないと思った。

「よく見ることはできないよ……」

ユウジの眼から涙がこぼれている。

「叔父さんは、貧しかったけれど、ぼくには、とても親切にしてくれた。ぼくの家に来るときは、いつもポケットに黒砂糖を忍ばせてやって来て、ぼくの頭を撫でたんだ。しっかり勉強をしろと、何度も励ましてくれた。それでぼくはホノルル大学で学ぶ決意をしたようなものだ。沖縄のことも、よく話してくれた。首里城とか、ハーリー（爬龍船競漕）だとか、読谷焼きとか……。そうだ、沖縄へ戻って読谷焼きを学びたいと言っていたんだ。窯を持ちたいって……」

テルヒトは、もう一度ユウジが指さした男を凝視した。やはり自信はなかったが、幼いころ、親切にしてくれた叔父さんの顔ではないような気がする。血糊の付いた顔を見ながら、今度は、きっぱりと言った。

「違うよ。叔父さんではない」

しかし、テルヒトはそう言いながらも、逆にどの顔も叔父さんの顔に見えてきたことに気づいていた。そして、どの顔も父の顔にも見えてきたことに驚いていた。

「さあ、テルヒトの言うとおりだ。もういいだろう。ユウジ、行こう」

ヒデキがユウジを慰めるように語りかけた。その時だった。折り重なった死体の山がかすかに動いた。その山の端にうずくまっている一人の少年の手が動き、口から噴き出した血糊を嘗めるように口元が動いた。

「衛生兵！」

三人は同時に叫んだ。そして、少年の元に駆け寄った。少年は薄く眼を開けて、三人を見ると、小さく微笑んだ。生きている。

「衛生兵！」

ヒデキが、もう一度大声で叫びながら、壕の外へ向かって駆けだした。

6

壕の中で収容された十歳を越えたばかりと思われる少年は、喉と手首に大きな傷を負っていたが、キャンプの野戦病院で手当を受け、日増しに元気を取り戻していった。

テルヒトたち三人は、時間を見つけて、できるだけ足繁く少年の元を訪ねて励ました。少年は、声帯を損傷したのではないかと思われるほど頑なに返事を拒んだ。ただ、頭を横に振ったり、縦に振ったりするばかりであった。

担当医師からは、声帯は損傷していないと言われていたので、いつかは話してくれるだろうと安心していた。それが叶った。

「有り難う」

少年は三人に礼を言った。三人は思わず両手を上げた。

「ハッピイだ!　アイム、ハッピー」

「バンザイ!」

三人は声を出して喜んだ。

そんな三人の姿に、少年は徐々に心を開いていった。テルヒトたちが名前を尋ねると、少年は笑《え》みを浮かべて「ミノル」と名乗った。掌に指で「実」と漢字で書いて教えてくれた。テルヒトたちもまた自分の名前を名乗りあって、この沖縄の地が、父祖たちの生まれ育った土地であることを告げた。少年は笑みを浮かべた。

やがて少年は、自ら話しかけるようにもなった。

「同じだね……。ぼくたち、チョーデーだね」

「チョーデー?」

「兄弟のことさ」

「そうか、チョーデーか。そうだね……、チョーデーだね。仲良くしようね」

テルヒトたちも笑ってミノルの頭を撫で、右手を差し出して握手をした。

ミノルの言うとおりだ。テルヒトたちは、ミノルと同じようにこの地に生まれた祖先を親にしているのだ。そんなことを知ったミノルは、あっという間に少年の明るさを取り戻し、テルヒトたちの来訪を待ちかねるようになった。交わされる話も弾むようになった。

テルヒトは、いつものようにクッキーやチョコレートの袋を持ってミノルを訪ねた。ミノルはハワイのことを盛んに聞きたがった。話をしながら年齢が十三歳だと言うことも分かった。

「家族は、どうしたんだ? 父さんや母さんは?」

テルヒトの質問に、陽気な顔をしていたミノルは急に顔を曇らせ、肩を震わせて涙をにじませた。

「あの中にいたのか?」

テルヒトは、思わず尋ねてしまった。

「違うよ……。壕の中に居たのは姉《ネ》エネエ（姉さん）だけだ」

「そうか、悪かった……。いやなことを聞いたね。でも、きっといつかは、父さんや母さんに会えるよ」

　ミノルは、頭を横に振った。

「違う。お父もお母も、もう死んだに違いない」

「そんなことはないさ。どこかできっと生きているよ」

「あの中には、姉エネエだけがいた。家族もみんな死んだから一緒に死のうねえって、姉エネエが、ぼくの喉を切った」

　テルヒトは、もうこれ以上尋ねることはやめにした。尋ねる度に辛くなる。二、三日前にも、ユウジと二人でユウジの叔父のことを問いただしたばかりだった。ミノルは、ハワイ帰りの男の人のことは何も知らないと言った。姉と二人で戦場から逃れてきて、やっと壕を見つけた。壕の中で他の人々と出会ったばかりだったと言う。しかし、ユウジはしつこく尋ねた。しまいには、ミノルが泣き出してしまった。

　テルヒトは、独りぼっちになったミノルが治療を続けている野戦病院を何度も訪問した。ミノルは、間もなくベッドから出て一人で歩けるようになった。喉の包帯がとれると笑顔を浮かべるようにもなった。テルヒトたちは、ポケットに菓子やチョコレートを忍ばせてミノルを訪ねた。ミノルとの交流とミノルの笑顔は、テルヒトたちにとっては、地獄のような戦場での一服の清涼剤であった。

戦場では、相変わらず悲惨な殺戮と困難な投降作戦が続いていた。テルヒトたちの説得が功を奏して、投降に応じる人々もいれば、全く耳を貸さず、しーんと静まりかえった壕内から突然、自爆する音と共に爆風や衣服や肉片が吹き飛んで来ることもあった。そんな時の後は、いつも目を覆いたくなるような悲惨な光景を目の当たりにしなければならなかった。そんな日にはキャンプに帰る足取りも自然と重くなった。

ミノルの症状が安定してくると、ミノルは後方の収容所へ移動させられることになった。

「ミノルから、ウチナーロを習ってみようか」

テルヒトは、ふと思いついたアイディアを仲間のユウジに話した。雨が何日も降り続いた日で、野営のテントから流れる滴が滝のようにこぼれていた。その滴を見続けながら、ハワイの両親のことを思い出している時、ふと浮かんできた考えだった。

ヒデキとコウゾウは北部の前線へ移動していた。厳しい戦火を交えている八重岳周辺の戦場だという。互いの健闘を誓い合って別れたばかりだった。

「それはいい。壕に隠れた人々に、上手なウチナーロで話せば、人々は親近感を覚えるかもしれない。安心して投降する人々が増えるかもしれないぞ」

ユウジは即座に賛成した。

「そうだ。それに……、ミノルを傍らに置いておき、戦争が終わるまで守ってやれる」

「そうか。それはいいアイディアだ」

「俺たちの使っているウチナー口は、ハワイ口だからな」

テルヒトとユウジは顔を見合わせて笑みを浮かべた。

「ウチナー口を習っておけば、俺も叔父さんを捜し出すのに、都合がいいかもしれないしな」

ユウジが雨を見やりながら、立ち上がって熱いコーヒーを啜り、ぽつりと言った。

ユウジは、諦めていなかった。壕で自決していた男を叔父さんだと思う心と、そう思いたくない心とが抗《あらが》っていたのだ。

上官へ二人の意向を伝えると、上官は意外とすんなりと許可してくれた。

「ただし、ミノルの意向を尊重すること」

そんな条件付きだった。

二人がミノルへウチナー口を習いたいと話すと、しばらく考え込んでいたが、やがて興味を示し目を輝かせてうなずいた。

その日から、ミノルを前にして、テルヒトとユウジのウチナー口の練習が始まった。

「ミノル、出てこいは、何と言うんだい？」

ユウジが尋ねる。

「イジィティクワ」

ミノルが答える。

「イジィティクワ」

二人で繰り返し、ノートにメモをとる。この一語一語が、暗い洞穴の中で恐怖に怯えている人々の心を動かせることになればと思うと、時間の経つのも忘れた。

ミノルは、テルヒトたち以上に積極的になっていた。不思議なことだったが、ミノルにもミノルの思惑があるのだろう。二週間ほどが過ぎたころには、戦場から戻ってくるテルヒトたちを待ちかねていたように、ミノルは、すぐに走り寄ってきて上着の裾を捕まえ、様々なウチナーロを口走った。

「シワサンケー」「ヌチドゥタカラ」「クワッチー、マンドンドオー」。「ミジィン、アインドオ」と叫んだ。その言葉は、それぞれ「心配するな」「命が宝」「食べ物がたくさんあるぞ」「水もあるぞ」の意味だ。「ティーアギレー」「ヨーンナードオ」「アワティィランキヨー」は、「手を上げろ」「ゆっくりだよ」「慌てないでよ」の意味。「クワーシ」「マース」「ミジ」は、「菓子」「塩」「水」の意味。

「おいおい、ちよっと待った。そんなにたくさんの言葉を、一度には覚えられないよ」

興奮して次々と話すミノルの言葉を、テルヒトとユウジは、笑いながらも必死に暗唱した。

ミノルは、その他にも驚くほど様々な言葉をテルヒトたちに教えてくれた。テルヒトたちだけでなく、やがて周りの兵士たちも興味を示して、一人、二人と奇妙なウチナーロの学習会に参加する者も出てきた。あるいは、戦場での束の間の幸せなひとときを、そのような時間に見つけようとしていたのかもしれない。

「ヘイ、ミノル……。ウチナーロでは何と言うか？」

兵士たちは、ミノルを見つけると、「ヘイ、ミノル」と呼び掛け「ティーチャー・ミノル」と、からかいながら、ウチナーロを覚える兵士が多くなっていた。

テルヒトとユージはウチナーロの一つ一つを習得する度に、ハワイで過ごした日々の記憶が甦ってきた。父祖たちが使っていた言葉を思い出しては、互いに笑顔を浮かべてその発音のもどかしさを笑いあった。

そんな日々が数日間続いた後、ミノルは戦場に出掛けていくテルヒトたちを捕まえて是非自分も前線へ連れて行って欲しいと懇願した。何とか役に立ちたい、早く戦争を終わらせたいと言うのだ。

「ミノル、危険が大きすぎるよ。どこから弾が飛んでくるか分からないよ」

「せっかく傷も治ったんだ。やめた方がいい」

テルヒトとユウジは、必死に懇願するミノルを、なだめようとした。しかし、ミノルは執拗だった。

「ぼくは、一度死んだんだ。ぼくの方がウチナーロは上手だし、ぼくの方が怪しまれないよ。ぼくも、たくさんの人を救いたいんだ」

「兵士は、戦場にたくさんの人を殺しに行くんだよ。ぼくらもその兵士だ」

テルヒトは、思わず喉まで出かかった皮肉の言葉を慌てて飲み込んだ。

「連れて行こうじゃないか」

やがてユウジが傍らから、オーケーのサインを出した。そして、立ち上がるとすぐに上官の許可を取りに行った。戻ってきたユウジの笑顔を見て、ミノルは満面に笑みを浮かべた。

「サンキュー。サンキュー。アイム、ハッピー。ハッピー」

ミノルは、覚え立ての英語で二人の手を握り、お礼を言った。

こんな言葉をいつの間に覚えたのだろうか。こんな聡明な子どもたちが、戦場で毎日のように死んでいくのだ。

「ミノル、死ぬんじゃないぞ。戦後の沖縄の復興は、お前たちにかかっているんだからな」

そんな思いが、思わず沸き起こってきて、テルヒトもユージもミノルの肩を捕まえて強く言い聞かせた。

ミノルを守るようにして出掛ける一日目が始まった。戦場での日本軍の敗残兵の掃討戦と住民の救出作戦だ。幸いにも銃撃戦を交えることなく進んだ。

しかし、一時間ほど歩き進むと、目前で人影が揺れたかと思うとふっと消えた。皆に緊張感がみなぎった。大きなクワディーサが繁るその奥には、ススキに囲まれたトーチカのような墓が見えた。日本軍は、その墓に潜んで突然、発砲してくることがある。何度も体験済みだ。目前をよぎったのは、あるいは兵士の人影かも知れなかった。テルヒトたちは身を挺しながらその墓まで進んだ。一発の銃声も起こらなかった。

「出テコイ」

　ユウジが、その墓の入り口で、大声で呼びかけた。なんの返答も無かった。しかし、入り口を開閉する墓石はいくらか動いており、人の出入りした痕跡が明らかに残っていた。

「イジティクワ。イジティクワ」

「ヌチ（命）ドゥ宝ドオ」

　テルヒトも続けて、覚えたばかりのウチナーグチで呼び掛ける。ゴトリとも、音がしない。やはり、だれもいないのだろうか。あるいは、日本軍兵士が潜んでいるのだろうか。緊張感は容易に解消しない。ユウジが声を荒げる。

「イジティクワ。出てこないと、こちらから入り口を開けるぞ！」

「オジイ、オバア、イジィテイクワ。シワサンケー。ムル、チョーデードー」

　傍らから、ミノルが大声をあげて呼びかける。

「シワサングトゥ、イジィティクワ。ワヌン、助ケラッタンドオー」

　一瞬、静まりかえった後、墓の前を風が流れる。やがて、入り口の四角い墓石が動いた。皆、息を飲むようにしてその一点に注目する。ミノルを背後に隠し、銃を身構える。中から現れたのは黒いよれよれの絣をまとった老人であった。白い布きれを掲げている。さらに、その背後から一族と思われる女、子どもが姿を現した。

　テルヒトは、銃を降ろしてミノルを見た。

「オジイ、オバア。ワヌン（ぼくも）、アメリカーカイ、助ケラッタンドー（助けられたんだよ）」

ミノルは、そんな家族の前へ飛び出すと、小躍りするように言った。

老人や、子どもたちは、目をきょろきょろと動かして落ち着かない。ただ、しきりにうなずきながら涙ぐんでいる。

テルヒトは、思わずミノルの傍らに寄って、ミノルの頭を撫でて抱き締めた。

7

五月も末になると、毎日のように雨が降り出した。首里の日本軍司令部が陥落したのは、五月二十九日。日本軍司令部は五月二十七日には、豪雨の中を首里を離れた。

牛島満軍司令官、長勇参謀長以下は、まず先発隊が待ち構える南風原《はえばる》村の津嘉山《つかざん》洞窟陣地へ向かった。津嘉山は、沖縄本島南部地区のほぼ中央に位置している。軍司令部はここに立ち寄り、二十九日には、最後の地となった摩文仁《まぶに》へ移動した。

日本軍兵力は約五万と称されていたが、そのころになると戦闘能力は著しく低下し、さらに弾薬も欠乏していた。

しかし、日本軍の敗色が濃厚になっていく状況とは裏腹に、テルヒトたちの投降の呼びかけに応ずる兵士たちは多くはならなかった。むしろ、ますます困難になっていた。「命《ヌチ》ドウ宝ドオ（命は宝だよ）」というテルヒトたちの呼びかけに対して、「生きて虜囚《りょしゅう》の辱めを受けず」「最後の一兵まで戦う」という日本人の軍人魂とも呼ぶべき精神は健在で、「名誉ある戦死を選ぶ」として、頑なに決戦を挑み、あるいは自決していった。

また、このような教育は、住民にまで浸透していた。住民たちも、なかなか、投降の呼びかけには応じてくれなかった。それだけに悲惨な状況が数多く出現した。

「どうして、命を大切にしないんだろう」

ユウジが、首を傾げながら、いつものようにその疑問を繰り返した。

「妻や子ども、あるいは恋人はいないのだろうか……。父さんや、母さんを悲しませたいのだろうか……。もう勝敗は、ほとんど決着しているのに」

「兵士も住民もだれもが死にたがっているように思われる。こんなことは信じられない。ぼくたちの投降呼び掛けは、果たして意味があるのだろうか。捕虜たちを尋問しても、皆、捕虜になったことを恥じている。もう充分戦ったはずなのに……」

「全体の状況が見えていないのではないか。だれもが生きたいはずなのに、どうして生きることを、もっと声高く叫ばないんだろう。生きることを願い、もっと自由になってもいいはずなのに……」

テルヒトとユウジの話題は、頑なに抵抗を続ける日本軍兵士に関するこのような疑問が発せられることが多くなっていた。戦闘に出て悲惨な状況を見た後などは、ついそのような話題に集中した。あるいは、自分の死ではなく、他人の死に思いを巡らすということは、戦場での緊張感が和らいでいたのかもしれない。

いずれにしろ、二人にとって日本軍の頑なな抵抗は、やはり解せないことであった。もちろん、住民の頑固さにも悩まされた。廃墟と帰した町並み、焼き払われた家々、砲弾でできた痕跡は、地面を剥《は》ぎ取るようにして大きく残っている。土地が悲鳴をあげているようで痛々しかった。

「この空を見ろよ。ハワイに負けないくらいに、高くて青い空だ」

ユウジがいつになく饒舌に話し出した。

「ミノル……。ミノルの母さんは、どこへ行ったのかな?」

傍らのユージが、ミノルに声をかける。ミノルは、後続部隊として参加するテルヒトたちに危険が少ないと思われるときなどは一緒に戦場についてきた。今日もそんな日だった。

「ぼくのお母は、死んだ。妹も死んだ…。爆弾がすぐ近くに落ちたんだ。お母と妹の二人は、ぼくと姉エネエが土を掘って埋めた。それからぼくと姉エネエは、あの壕へ行ったんだ……」

ミノルが、うつむきながら涙を堪えて話した。辛いことを聞いたと思って、二人は押し黙った。前にもこのことを教えてもらったような気がしてなおさら辛かった。その悲しい沈黙を打ち破りたくて、思わずテルヒトが口走った。

「父さんがいるんだろう。頑張るんだよ」

「お父は、イクサに行った。この沖縄の、どこかで戦っている。この近くかもしれない」

皆に、さらに重苦しい沈黙が流れた。何かを尋ねると、ことごとく悲しい答えが返ってくる。これが戦争なのかなと思う。ミノルの心情を察すると辛かった。

「だから、お父を助けたいんだ」

「お父を、助けたい？」

「お父に、トウコウを呼びかけたいんだ。戦争は負けたんだ。降参しろって。死ぬなって……」

ミノルが、大きな涙を右手の甲でぬぐった。

「そうか、分かった。きっとお父は見つかるさ。お父は、ミノルのように賢いだろうから、きっと投降の呼びかけに応じてくれるさ」

テルヒトは、ミノルが懸命にウチナー口を教えたり、一緒に戦場について行きたがったりした理由が分かったような気がした。

「ミノル……、ぼくはハワイに帰ったら恋人と結婚するんだよ。お前を招待するよ」

ユウジが、ミノルを慰めるように明るい声で言った。

「ミノル、良かったな」

テルヒトは、ミノルの頭を撫でた。

「うん……」

「恋人の名前はな、マホリと言うんだ。お前みたいにちょっと色は黒いけどな」

「でも、とっても可愛いんだぞ」

テルヒトも傍らから声を挟む。

ユウジが、笑ってミノルの前に小指を突き出した。

「約束だ」

「うん」

二人が指切りをする。ミノルに笑顔が戻った。

その時、突然、息を切らした一人の兵士が、前線からの伝令を伝えにやって来た。前方、約数百メートル先の洞窟に人々が立てこもっている。攻撃を仕掛ける前に投降を呼びかけたいというものだった。さっと緊張した空気が流れる。皆は一斉に駆け出した。

到着したテルヒトたちに向かって、サンダース軍曹が厳しい表情を浮かべながら言った。

「洞窟の中には、確かに人々が潜んでいる。自然の洞窟なので、住民か日本兵か、どちらかよく分からない。投降を呼びかけても返事がなければ、手榴弾を投げ込み一斉に攻撃を開始する。四十分時間をやる。トライしてみろ」

サンダース軍曹は、そういうと葉巻を取り出して吸い、前方の壕を顎で示した。

「イエス、サー」

テルヒトとユウジが、直立不動の敬礼をしてミノルの元にやって来た。ミノルも不安そうな顔で、テルヒトたちの後について来る。

洞窟の入り口は、鬱蒼と繁った木々に覆われて陰っている。米軍兵士たちは銃を構えて、壕の入り口を注視していた。

「オーケー。やって見よう」

ユウジが、ミノルを見つめ、心配するなという素振りを見せた後、肩から拡声器を降ろして壕の中に向かって呼びかけた。

「日本の兵隊さん。出て来てください。この壕は取り囲まれています。命を粗末にしないでくださ い……」

中からは、なんの反応もない。不気味な静けさが辺りを覆う。風が吹いて樹の枝が揺れる。木漏れ日が、ちらちらと壕の入り口を照らす。

「皆さんは、充分に戦いました。でも戦争、間もなく終わります」

「出テキナサイ。無駄ニ死ンデハ、イケマセン」

ユウジが必死に呼びかける。

テルヒトも続いて呼びかける。

「グスーヨー（ウチナーの皆さん）。戦争はもうすぐ終わります」

「シワサンケー。イジィティクワ。ヌチ（命）ドゥ宝ドー。イジティクワ」

「水モ食べ物モ、イッパイアリマス」

なんの反応もない。見えない相手にしゃべることほど辛いことはない。どのように話せばいいのだろうか。

「命を大切にしろ」

「生きて、戦後の復興に頑張れ」

「食べ物は、マンドンドー」

「降伏することは恥ではないよ」

「生き続けることは尊いことだよ」

テルヒトとユウジは必死に話しかける。やはりなんの反応もない。言葉が飛びゆくだけで返ってこない。虚しい行為だ。三十分ほど過ぎた。テルヒトとユウジに焦りの表情が浮かぶ。汗が首筋を流れる。兵士か住民か。それさえも、まだ分からない。

やがて、サンダース軍曹がやって来て、周りの兵士に総攻撃の準備をするように言う。

「もうちょっと待ってくれ」

ユウジも、テルヒトも、もう少し時間が欲しいと言う。確かに人のいる気配がするのだ。

「駄目だ！」

サンダース軍曹が意を決したように首を振る。

ミノルが、するすると壕の入り口へ駆け寄り呼びかける。

「スー（お父）、シワサングトゥ、イジティクワ。アメリカーヤ（アメリカ兵は）、ヤサシイグァードー（親切だよ）。スーよ。シワサンティン、シムンドー（心配しないでいいよ）。イジティクワ。ワンヤ、ルーツイ、ナタンドー（ぼくは、独りぼっちになったよ）」

その時、突然、銃声が聞こえた。目の前でミノルが倒れた。

「ミノル！」

ユウジが、大声で叫んでミノルを助けようとして走り寄る。その瞬間、壕内からの激しい銃声が続き、ミノルに折り重なるようにしてユウジが崩れ落ちる。それを合図に、壕を取り巻いた銃口が一斉に火を噴く。体が裂けるような衝撃音だ。手榴弾が投げ込まれ、火炎放射器の長い炎が、蛇のように壕の中に入る。壕の中で激しい爆発音が何度も起こり、白煙が壕内から噴き出してくる。銃弾はなおも、一斉に浴びせられる。

怒濤のような時間が過ぎた後、静寂が戻る。

テルヒトは、飛び込むように目前に倒れているユウジとミノルの元へ駆け寄る。

「ユウジ、ユウジ……。おい、ミノル……。ミノル、しっかりしろ！」

ユウジは、頭蓋と胸に数発の弾丸を浴びて即死している。ミノルが、目を閉じたままで小さく唇を動かしている。テルヒトは、思わず口元に耳を近づける。

「ごめんね……、ごめんね……。お父が……、お父が、居ると思って……、助けようと思って」

ミノルが、小さくつぶやいた後、頭を垂れて息絶えた。治ったばかりの喉の傷が痛々しい。

「ミノル！　おい、ミノル！　しっかりしろ！　しっかりするんだよ！」

テルヒトの腕の中で、ミノルが、ぐったりとしたまま動かない。傍らでは、ユウジがすでに遺体となっている。壕の入り口からは、夏の光を受けて白い煙が渦を巻いて立ち上っていた……。

8

ハワイから一緒に志願して、沖縄に上陸したコウゾウが、行方不明になった。六月の初めのことである。コウゾウとヒデキは、上陸した後、やがてテルヒトたちとは違う北部の前線に派遣されて戦っていたのだが、突然、キャンプから姿を消したというのである。戦場で、道に迷ったとか、日本軍に拉致されたとかいうわけではなかった。北部では、南部と比べると圧倒的に米軍が優勢であったし、日本軍の組織的な抵抗も、五月の末ごろにはほとんど終了していた。六月には日本軍の指揮系統も乱れていたはずである。

米軍は、敢えて山中に入って敗残兵の掃討戦を挑まなかった。日本軍は、奥深い山の中を、住民と一緒に、身を隠していたはずだ。あるいは、緑に遮られた山中で、生きるための極限状況下での悲劇が、無数に進行していたはずだ。

コウゾウが突然、姿を消したのは、敢えて一人で山中に入り、日本兵の銃弾の餌食になったのではないか。あるいは住民の悲劇を目撃したが故に、正義感の強いコウゾウは、なんらかのアクションを起こさざるを得なくなったのではないか。テルヒトはそんなふうに考えるのだが、逃亡の可能性があると噂されていることには、さすがに心が痛んだ。銀縁の丸い眼鏡を掛けていたコウゾウの寡黙な風貌が浮かんできては、テルヒトの涙腺を刺激した。

コウゾウは話をするとき、時々どもることがあった。それは、テルヒトには、真摯な精神の葛藤を示唆しているようにも思われて、むしろ好ましく感じていた。もし戦線から逃亡したとすれば、祖国を裏切ることになるのか。あるいは、父祖の地に立って、傷つき倒れていく人々を見て、祖国を代えたのか。あるいは、単なる死の恐怖からなのか。あるいは、彼の人一倍心優しい正義感とヒューマニズムからなのか……。テルヒトには、いずれの結論も正しいように思われた。

しかし、いずれの結論もテルヒトを滅入らせた。そのいずれにもまた、自分も加担しそうであったからである。少しの運命の悪戯で、父祖の地を離れて生まれた自分。そして、この瞬間にも、ルーツを同じくする多くの親戚縁者が、この地で死の恐怖を抱きながら必死で生き抜こうとしている姿に思いを巡らすと、いたたまれなかった。身を引き裂かれるほどの辛さがあった。祖国はいずこや。祖国をアメリカだと信じて志願した動機が、揺らいでいくのを感じざるを得なかった。この地に立つと沖縄こそが祖国のように思われた。それは、テルヒトだけでなく、きっとコウゾウにも同じであり、死んだユウジにも同じであったようにも思われた。

しかし、今は、様々な疑念を捨て、一人でも多くの人々を救いたいという思いに素直になろうと思った。祖国を問うてはならない。今は、目の前に生きている人々の命を救う。命を問うのだ。その任務を忠実に実行しようと思った。そして、その人々を、ウチナーンチュ（沖縄人）であろうが、ヤマトンチュ（大和人）であろうが、同胞と呼んでもいいように思われた。

テルヒトは一兵士であり、全体の戦況が把握できる立場にはなかったが、この戦争は米軍の勝利に終わるという確固たる予感があった。それだけに、たとえ日本軍兵士であれ、島の住民であれ、無駄死にを避けさせて終戦を迎えたいと思っていた。それが、偽りのないテルヒトの心情であった。あるいは、兵士としては、相応しくない考えであったかもしれない。

ユウジを失った悲しみも癒えぬうちに、テルヒトに新しい任務が伝えられた。本島中部の東海岸、金武湾上に浮かぶ島の一つT島攻略の作戦へ加わるようにとの任務であった。

同僚のヒデキは、八重岳の戦線から戻り屋嘉捕虜収容所へ配属されていた。日ごとに増える捕虜たちの尋問調書を作成するためである。

テルヒトも、一応の決着を見た南部戦線からキャンプコザに配属されていた。テルヒトは、そこを拠点に中南部、特に中部一帯で、取り残された日本軍へ投降を呼びかけ、ガマ（壕）に身を隠している住民へ、水色の拡声器を握って、投降を呼びかけていた。

T島には、孤立した日本軍の守備兵が、住民と共に自然壕を陣地にして頑強に立てこもっているということだった。大小の壕ごとに孤立しているが故に、かえって住民も兵士も頑なになり、互いに牽制しあって投降に応じないのではないかと推測された。住民や兵士の緊張感は、極限状況に達しているはずだ。

テルヒトは、挫けそうになる気力と、生きることに投げやりになりそうな虚無的な気分と戦いながら、もうだいぶ色褪せた水色の拡声器を肩に担いだ。ユウジやミノルの死を無駄にしてはいけないのだ。

T島には、勝連半島から三十分ほどの時間を要しただけで渡ることができた。その間、砲弾は一発も飛んでこなかった。既に島は米軍の支配下に置かれ、野営キャンプが設置されていた。そして、島の住民たちも、わずかながらそのキャンプに収容されていた。夜になると、時折、数名の日本軍兵士が現れて、死を覚悟した斬り込みが行われていたというが、それももうなくなっていた。

それぞれの壕は、米軍が昼夜を分かたず包囲し、監視していた。その理由の一つは、兵糧責めで降伏を企んだものであり、もう一つは、壕の外には、日本軍はもうどこにもいなかったから、その壕の出入り口さえ抑えておけば、大きな奇襲を受けることもなかったのだ。

テルヒトは、野営キャンプの中で、地図を広げた指揮官から、壕の位置を示された。大きな壕は四か所、小さなものまで合わせると、九か所あった。その一つ一つをテルヒトの力を借りて、クリアしていきたいと言った。

テルヒトは、クリアという言葉に一瞬戸惑いを覚えた。投降しなければ殺すということなのか。同時になぜクリアしなければならないのか疑問を覚えた。もう大勢は決まっているのだ。こんな小さな島のことなど、放っておけばいいものをと思った。ユージやミノルが死んでから、テルヒトは問うことが多くなった。その問いを、直接指揮官に投げかけた。

「私もそうしたい。だが、放っておくと、彼らは自ら死を選んでしまうのだ。もう手遅れの壕があるかも知れない。何とかして助け出したいのだ。攻めるのではなく住民を守るのだ。彼らにも我々にも、最後のチャンスなのだ……」

テルヒトは、頭の禿げた額に手をやり笑みを浮かべた大男の指揮官の言葉に、アメリカの豊かさを感じた。信じた祖国は正しいのだ。あるいは、祖国は、二つあってもいい。ぼくの祖国と父祖の祖国と……。そう思うと、擦り切れそうな気力と勇気が、再び沸いてきた。

テルヒトは、涙を振り払うように、力強く敬礼をして、それから指揮官へ頭を下げた。

まず島の北西にある二番目に大きな壕から、投降を呼びかけることにした。包囲して二週間になると言う。取り囲んでいる仲間の兵士たちは、確かに中で人の声がすると言った。

テルヒトは、拡声器のつまみを一杯に回して呼びかけた

「イジティクワ（出てこい）、チケーネーンドオ（心配するな）、イジティクワ」

テルヒトはミノルから習った方言を、精一杯駆使して呼びかける。

「イジティクワ、イジティクワ、イクサヤ、ナーウワインドー（戦争は、もうすぐ終わるよ）」

「ここには、水も食べ物もたくさんあるよ。出てこい、出てこい」

壕の中には、あるいは軍人がまだいるかもしれない。住民に変装した日本兵が銃を構えているかもしれない。いつ撃たれるかもしれない。ユウジやミノルの死が浮かんだが、不思議なことだが、テルヒトには、もう死は怖れるものではなくなっていた。

ミノルから教わったウチナーロを思い出し、何度も見えない相手に語りかけた。

「イジィティクワ（出てこい）、シワサングトゥ（心配しないで）、イジィティクワ……。ワンヤ（私は）、ハワイから来た兵隊ヤシが（ハワイからやって来た兵隊だが）、ムル、チョーデードオ（皆、兄弟なのだ）。シワサングトゥ、イジティクワ……」

不安を見せてはいけない。しっかりした口調で伝えなければならない。それなのになぜだか、テルヒトの眼から涙が流れてくる。

「ムル、チョーデードオ。ワンや、ウチナーンチュの兵隊ドオー。おじいの名や我那覇輝蔵《てるぞう》、おばあの名はキヌやさ。二人とも金武ヤンバルの出身ドー。シワサングトゥイジティクワ」

「死ジェー、ナランドオー（死んではいけないよ）。ナマカラドゥ（これからが）、イクサ（戦争）で壊れた沖縄を、マジュンナティ（一緒になって）作っていかなければならないんだよ。元気を出して、チムグクル（心を）一つにして、チバラントヤ（頑張らないとな）。死んでは駄目だよ。意地イジャシ（出して）、イジィティクワ。ムル、ドゥシドー（みんな、友達だよ）。イジティクワ。命ドゥ宝ドー……」

壕内でざわざわと人の気配がした。目を凝らす。

間もなく汚れた服をまとった人々がテルヒトの眼に飛び込んできた。両手を上げた老人が、おそるおそる這い出してきた。続いて少年や年老いた女たちが不安そうな顔で太陽を眩しそうに仰ぎ見ながら這い出てきた。周りの兵士たちからは、自然と拍手が起こった。テルヒトは、安堵感から大きなため息をついた後、自然に涙をこぼした。何番目になるのだろう。眼を輝かせながら、テルヒトの涙を立ち止まって不思議そうに眺め、笑顔を向けて手を振る少女が、目の前を通り過ぎた。テルヒトはしばらくはその場所を動けなかった。

すべての壕で、すべてがうまくいったのではなかった。幸いにも最初の壕に潜んでいたのは、ほとんどが島の住民であった。十名ほどは、郷土防衛隊と思われる若い兵士が紛れていたが、彼らも住民の意志に従ったのが幸いした。他の壕では、しーんと静まりかえったままで返答がないので突撃すると、すでに死体が腐乱し始めていた。また、他の壕では、やはり日本兵が隠れていて抵抗する銃弾を発射され、応戦するために手榴弾や、機銃掃射を浴びせた。それでも、多くの壕から無傷のままで多数の人々を救い出すことができた。

テルヒトは、武器を捨て、軍服を脱いで一人暗い壕内に入った時もあった。

「ワンネー（私は）、ウチナーンチュドー（沖縄人だよ）、ウチナーンチュや、ムル、イチャリバチョーデードー（出会えば皆、兄弟だよ）。イカナ世ナラバン（どんな世になっても）、ムル（みんな）チョーデードー（兄弟だよ）」

テルヒトがガマに入り、静かに肉声で語ると、闇の中から這い出すように人影が蠢いて、テルヒトの元へ歩み寄ってきた。中にはテルヒトに握手を求めてくる者もいた。抱きつく老婆もいた。テルヒトは涙を堪えて、何度も何度もうなずきながら光が差し込んでくるガマの出入り口へ誘導した。救えなかった人々、そして救うことのできた人々……。テルヒトは、一人一人の肩を抱き手を引きながら、確かに、人間として、生きることの尊さを実感していた。

9

五月末に首里を陥落させた米軍は、六月十七日から十八日にかけてさらに猛攻撃を行った。しかし、日本守備軍はもはや反撃する能力を失っていた。六月二十三日には、牛島満司令長官、長勇参謀長官が摩文仁の壕で自決し、沖縄戦は実質的には終結していた。

その後は、散発的な抵抗を続ける日本軍に、米軍は地上からだけでなく、空からも投降勧告のビラを撒いた。

「戦闘は、もう終わった。日本軍将兵の勇敢な戦いぶりは、捕虜になったからといって、その名誉を損なうものではない。このビラを持って投降しなさい。食料、水、医薬品なども準備している。タバコもある。戦争は終わった」

また、海上からも拡声器を使って岩陰に潜んでいる人々に呼びかけた。

「出てこい。出てこい。収容所に行くのだ。食料があるぞ。同胞が皆待っているぞ。無駄死にするな。出てこい、出てこい……」

テルヒトたち日系二世・三世の兵士たちは、拡声器を担いで、慌ただしく戦場から戦場へ、そしてガマ(洞穴)からガマへと動き回っていた。八月には広島と長崎に原爆が落ちた。八月十五日には、天皇の玉音放送が流れ、凄惨を極めた戦争は終結した。

テルヒトは、終戦後もなぜかすぐに沖縄を離れることができなかった。行方不明になっているコウゾウのことが気になったし、死んだユウジの叔父の消息も知りたかった。しばらくは、捕虜収容所で通訳として働きたいと思った。それが父祖の地を蹂躙した自分にできる償いだと思った。沖縄の戦後の復興に少しでも力を貸したいと思った。

ヒデキがやって来て、盛んに翻意を促したが、テルヒトは、五年間、少なくとも五年間は、この父祖の地沖縄に留まりたいと言ってヒデキの好意を断った。テルヒトは、ハワイに帰っていく戦友たちに手を振って別れた。

テルヒトは、やがて捕虜収容所が撤去されると、嘉手納基地で基地従業員を採用する人事課にポストを得て働いた。沖縄には、終戦後も米本国からやって来た兵士だけでなく、フィリピンや中南米からやって来た兵士たちが多数残っていて廃墟と化した島の復興に貢献していた。戦争で破壊された道路や建物などの建設だけでなく、もちろんその多くは、米軍基地建設に携わることであった。基地には、多くの食料や物資があふれ、沖縄の人々は、群がるように基地雇用員となって働いた。あるいは、元のように農夫として働きたくても、耕す土地の多くは軍用地に没収されていたのだ。

テルヒトの思いは、複雑だった。二つの祖国を胸に抱いて生きていたが、大きな政治の流れに逆らうことはできなかった。基地建設に加担することはどちらの祖国を生きることになるのか。父祖の地の復興に手を貸すことになるのか。平和な島の建設ではなく、極東最大の軍事基地を沖縄に作ろうとしている現実に矛盾を感じ始めていた。

沖縄滞在中に、テルヒトは嘉手納基地前のコザゲートのレストランで働く沖縄娘清子《きよこ》と恋に陥った。清子は戦争で両親を失っていたが、チャーミングで聡明な女性だった。一人で明るく振る舞っている清子と、やがて二人だけのデートを楽しむようになった。

テルヒトのプロポーズに、ある日、清子は観念したように言った。

「ずーっと隠しておきたかったけれど、仕方のないことね。私のこの傷を見ると、男はだれでも逃げ出すのよ。あんたは、逃げ出す何番目の男になるかしら」

清子は、右の乳房が変形した若い肉体を蔑むようにテルヒトの前にさらけ出した。戦争で受けた傷跡だった。

「もう少し、あんたと一緒にいたかったのに……」

清子は、テルヒトの前で声をあげて泣いた。

テルヒトは、泣きじゃくる清子を引き寄せて強く抱き締めた。

「ずーっと一緒にいることができるさ」

テルヒトは、身体を震わせて泣きじゃくる清子の髪を優しく撫でた。

清子と結婚し、沖縄で三年間ほど一緒に暮らした。子どもを身ごもったことが分かり、二人して名前を考えた。男の子ならミノル、女の子なら洋子とつけよう。この子には、太平洋をつなぐ懸け橋になってもらいたいという二人の思いからだった。二人にとって一番幸せな日々だったと言ってもよいだろう。

しかし、清子は、洋子を生んだ後、産後の回復が思わしくなく体調を崩し、そのまま帰らぬ人となった。戦争の傷跡は乳房だけに残っているのではなかったのだ。

清子は、自らの出生や家族のことはほとんど話さなかったから、テルヒトには、どこにも連絡のしようがなかった。あるいは本当に天涯孤独の身の上になっていたのかもしれない。寂しい別れとなった。

テルヒトは、遺体を基地内の簡易墓地に埋葬し、生まれたばかりの洋子を連れてハワイへ帰ることを思い立った。清子と結婚し、さらに五年を追加して十年と決めた歳月に二年ほど足りなかったが、清子が死んだ沖縄で生きることは辛かった。豊かな島々が削られ基地に変わっていく姿を見るのも耐え難かった。戦友コウゾウの手掛かりがどうしても得られないことも、テルヒトに立ち去る決心を募らせていた。

テルヒトは、ハワイの地にいる両親の元へ電報を打った。妹のセツコが沖縄まで迎えに来てくれた。乳飲み子の洋子をセツコが抱きかかえ、そして、テルヒトは、様々な思いを抱いて沖縄の地を後にした。

10

歳月は、矢のように過ぎていく。ハワイに戻ってからの五十年は、あっという間に過ぎ去ったように思われる。

「テルヒト、元気かい？　コウゾウの消息が分かったぞ」

ヒデキから電話がかかってきたのは、昨年のことだ。沖縄戦で行方不明になったコウゾウのことは、いつも心に引っかかっていた。もう五十年余が過ぎたのだ。

「残念ながら……、コウゾウは、死んでいる。それも三年前だ。コウゾウは、戦場から逃亡したのではない。部隊を離れたところを日本兵に狙撃されたのだ。瀕死の重傷を負って倒れているところを村の母娘に助け出された。母娘は、助けはしたものの、日本兵にも米兵にも知らせることができなくて、そのまま看護を続ける以外になかった。自分たちがスパイだと疑われる不安が大きかったのだ。当時、日本兵は、住民の怪しい行動には、すぐにスパイ扱いにして惨殺したというからな。敵兵を助けようものならなおさらだ。そうかと言って身捨てる訳にもいかなかった。相手は鬼畜米英とはいえ、ウチナーンチュの顔をしている。とにもかくにも、母娘は眠り続けるコウゾウを手厚く看護することにしたのだ」

「コウゾウが沖縄系三世であったことも幸いしたのだろう。カナカ族の血が、少しは混じっていることも幸いしたかもしれない。いずれにしろ、二人の手厚い看護で生死の境を抜け出し、一命を取り留めたコウゾウは、戦線に戻らず、そのままその家に居座ったというわけだ」

「戦後、コウゾウは新しく戸籍を作り、ウチナーンチュになった。そして看護してくれた同じ歳の娘さんと結婚をし、子どもも生まれた。ウチナーンチュの顔つきをしたコウゾウをだれも怪しむものはいなかった。それから長い歳月が流れたが、三年前、病に倒れて亡くなったという。コウゾウの実家に連絡が届いたのは、数日前だ。奥さんは頑なに、コウゾウから口止めされていたようだが、子どもたちが不憫に思い、今年の春に亡くなった奥さんの死を契機に、ハワイの実家を突き止めて知らせてきたというわけだ……」

ヒデキが語るコウゾウの歳月を聞いて、テルヒトは人にはそれぞれの生き方があると思った。

ヒデキは、今ホノルル市内で、ホテルやショッピングセンターを手広く経営し、日本人の観光客相手に商売をやっている。テルヒトは、ハワイに戻ってきてから、いきなり父の死に見舞われた。慌ただしい日々の中で、母を手伝いながら父の仕事を継いで農夫として生きる決意をした。一人娘の洋子を可愛がってくれる死んだユウジの恋人、マホリと結婚し、二人の間には三人の子どもも生まれた。コウゾウにも、ヒデキにも、テルヒトにも、それぞれの戦後があったのだ。だが、死んだユウジやミノルには戦後がないのだ……。

ハワイ在のコウゾウの姉弟が沖縄を訪ね、コウゾウの子どもたちへ会いに行くという話を聞いて、ヒデキからテルヒトに誘いの電話がきた。一緒に沖縄に行き、コウゾウのイハイ（位牌）に手を合わせて焼香しようという。そして、懐かしい沖縄を訪ね歩こうと……。

一瞬、心の隅で躊躇する気持ちが起こったが、テルヒトは、その誘いを受け入れた。それは、同時に、洋子の母親、基地内で簡易埋葬した清子を弔う旅にもしたかったからだ。妻のマホリをも誘って、ユウジの戦死した場所だけでなく、清子を埋葬した場所をも訪ねたいと思った。

「どうですか、テルヒトさん。久しぶりの沖縄は……」

「私ですよ、私を覚えていますか？」

突然、弾むような声が傍らで起こった。眼をくりくりと動かして明るく微笑んでいる。その笑顔には、あの時、六十数年前にT島の最初の壕を出てきた幼い少女の笑顔が、まだいたるところに残っている。壕を出た後も、何かとテルヒトにまとわりついてきた少女だ。あのあどけない少女だ。

テルヒトは、深く頭を下げて言った。

「ミセス上原、本当に有り難うございます。みんな優しい人ばかりだよ。そして……、あなたには、とても感謝しています。有り難う」

「いえ、いえ、どういたしまして。でも偶然とはいえ、サムズレストランで、あなたに会わなければ、この日もなかったのよね。神様があなたに引き合わせて、私たちにお礼を言う機会を与えてくださったのよ。私はそう思うわ」

それは、昨年の夏のことだった。ヒデキや妻のマホリと訪れた沖縄のレストランで、偶然にもT島で救出した一人の少女に出会ったのだ。それがミセス上原だった。テルヒトは、ミセス上原の呼びかけで、この謝恩会は実現したと思っている。

「そうだね。神様はいるかもしれないね……」

「あれ、きっといるさ。私は学校で、子どもたちに、そのように教えているのよ。いいことをすると、きっといいことがある。神様は、いつでもみんなを見守ってくれているって……」

ミセス上原は、このT島にある小学校の校長先生だ。

「我那覇テルヒト様。みんなの命を救ってくれて有り難う」

舞台では、ミセス上原の学校の小学生たちが、踊り終わって手作りの横断幕を掲げて大きな声で挨拶を始めた。その輪の中にミノルがいるような気がした。

挨拶が終わると盛大な拍手が起こり、再びテルヒトが紹介され讃えられた。

「さあ、これからはカチャーシーなのよ。マホリさんも、洋子さんもいらっしゃい。舞台で一緒に踊るのよ」

「あなた、一緒に踊りましょうか」

「ダディ、一緒に踊ろうよ」

ハワイから一緒にやってきた妻のマホリと娘の洋子が、にこにこと笑って、テルヒトの手を取る。

賑やかな三線と太鼓の音が鳴り渡ると、テルヒトは、覚束ない足取りで舞台に上がり、マホリと洋子に支えられながら、モクマオウの樹のように天に向かって両手を上げた。


〈了〉

カラス（烏）

1

「タックルセー」

「殺せ!」

少年たちの鋭い声が、暗い亀甲墓の中で反響する。ときおり、叫ぶような甲高い少女の声が混じる。身体をぶつけ合い、もつれ合い、殴りつけるような音が、濡れた雑巾を叩きつける音のように反響する。砂利を踏みつけるような奇妙な音も混ざっている。

亀甲墓の入り口は、四角く小さく切り取られている。この中から音は反響してくるようだ。入り口は子どもでも身を竦《すく》めなければ出入りのできないほどの狭さだ。

墓内で言い争う声が聞こえてきたのは、激しい白昼の砲火が収まり、太陽が落ちて間もなくのことだった。桜が咲き終わり、イジュの樹の白い花が咲き始めた五月の夕暮れ時である。夕暮れ時のこの時間帯を、沖縄では「アコウ・クロウ」と呼ぶ。風が止まり、周りに静かな闇が漂い始め、外物が見えなくなる。木々がシルエットを作り、影絵のように揺れ始める時間だ。この時間を待っていたかのように、突然亀甲墓の中がざわめき、くぐもった声が聞こえ始めたのである。

「あれ、このおじいは、なかなかしぶといなあ」

「芋だけかと思ったら、おじいは、米も隠し持っているよ。今日は、ご馳走だぜ」

「おじい、年寄りは、イクサ世（戦争の世）を生きるのは、辛いよ。早く死ねよ！」

少年の蹴り上げた足にしがみつき、おじいは、白髪を振り乱し、数人の少年たちの脅迫と暴力に必死に抵抗する。

「アリ、ヌウスガ（何をするか）、このワラバータアは（子どもたちは）。米は、置いておけ。米は、おばあの分だよ。ここに寝ているおばあはヤンメードオ（病気なんだよ）」

「あれ、病気だったら早く死んだほうがいいんじゃないの。こんな戦争の世の中だし、生きていても、いいことはないよ」

「死にそうな人に、米を食べさせるのは、もったいないよ」

「ヌンディ、イイガ（何を言うか）」

「おじい、怒るなよ。でも、この戦争は、老人より、子どもが生き延びた方がいいと思わないねえ？」

「思いまーす」「思いまーす」

「ほれ、賛成多数です。学校で習わなかったのかねえ。賛成多数が正しいって。おじいのころは、無学でも、生きていけたの？」

「おじいのころだって、学問を積んで、立派な日本国民になりなさいと、先生からしっかり習ったはずだよ。なあ、おじい?」

「……」

「おじい、返事をしないか、返事を!」

また少年の一人がおじいを足蹴にする。

「正しい返事ができないと、立派な日本国民には、なれませんよ」

「ほんと、なれませんよ。方言だけだと、スパイに間違われますよ。正しい日本語で、正しいお返事を致しましょう。兵隊さんは頑張っていますよ」

「あれ、このおばあは、もう、ものも言わないけれど、死んでるんじゃないか。おばあ、起きてるか?」

「……」

「あれ、おばあは、身動きもしないから、もう死んでいるはずよ。おじい、よかったねえ。おばあの面倒、もう見なくてもいいんだよ。おばあは、相当弱っていたんだねえ。一回、蹴っ飛ばしただけで、だあ、もう、動かないよ。ものも言わなくなったさ」

「イッターガ、ムヌ言イシヤ(お前たちの言動は)、チュヌ道(人間の道)を外れているよ」

「ああ、もうやかましいなあ」

「タックルセー!」

少年たちが、再び、おじいを殴りつけ、足蹴にする音が聞こえてきた。

「おじいよ。おじいも、おばあのように、早く死んだらどうね。二人一緒に死んだら、かっこいいよ。お国のために、死にまする……ってね」

「おじい、早く、死んだほうが楽になるんだよ。こんな戦争、生き延びて、どうするんだよ。年寄りが、いつまでも頑張らないでいいんだよ。ほら、ほら、すぐに俺たちに感謝することになるって」

おじいの、呻き声が、再び発せられる。口からは血が噴き出した。

亀甲墓の中は、辺りの闇を吸い込み、さらに闇が深くなっている。しかし、少年たちの拳や足蹴りは、確実におじいの身体へ突き刺さっている。

亀甲墓は、亀の甲羅の型をした墓である。当然、墓なのだから、墓内には甕《かめ》や壺《つぼ》に入った遺骨が安置されている。しかし、遺骨は甕や壺に入っているだけではない。遺体が火葬され、壺に入れられるようになったのは、沖縄ではごく最近のことだ。火葬以前は、遺体は棺箱に収納され、この墓内で数年間、風葬された後、遺族によって海水や泡盛で洗骨され、再び墓に安置されることが多い。だから、この亀甲墓にも、火葬に付されなかった遺骨が、長いエビの手のように、狭い墓内の隅々から、にょきっ、にょきっと、突き出ている。

争う声は、もちろん、死者の声ではない。生命を有した人間の声だ。おじいと、少年たちの声だ。いや、もう人間としてはみんなが死んでいるのかもしれない。

やがて、息をゼーゼーと弾ませながら、消え入りそうな弱々しい声が泣くように発せられた。

「イッターヤ、センゾヌメーンテイ、クンナクトシ……（お前たちは、先祖の遺骨の前でこんなことをして）」

「ご先祖も、許してくれるさ」

「イッターヤ、マーカラ、チャーガ（お前たちは、どこからやって来たのか）」

「俺たちか？　俺たちは、イクサユー（戦争の世）から、やって来たさ」

その声が、終わらないうちに、おじいの痩せたみぞおちに、再び少年の拳が突き刺さる。ドサッと、おじいが倒れる。もう、身動きもしない。

「おじい、あんまり喋ると、天国に行けなくなるよ。地獄だよ、地獄。やな、ユンタクおじいや」

もう一度、おじいの脇腹に足蹴りが入る。

「食べ物は、これだけか」

「味噌も、あるぞ」

「よし、それも持っていこう」

「さあ、そろそろ、引き上げるぞ。食料を集めに行ったお母たちが帰ってきたら面倒だからな」

「今日は、大漁だな」

「大漁、大漁！」

「こんなときも、大漁と言うのか」

「気にしない、気にしない」

「なあ、やっぱり、俺が言ったとおりだろう」

数人の少年と一人の少女が亀甲墓から出てくる。

入口には見張り役の少年もいる。

「ここに、狙いを定めて正解だったな」

「当たり前さ。俺の言うことに間違いはないって」

数人の少年たちの声が亀甲墓の出入口で飛び交う。少年たちは、墓口の闇の中から姿を現すと、辺りを見渡すようなしぐさをした後、身を寄せ合って静まった。それから、オオカミのように身を竦め、群を作って一気に駆け出した。

2

亀甲墓は、頑強なコンクリートや石などを積み重ねて作られている。それゆえ沖縄戦では避難壕として利用されることが多かった。

しかし、少年たちの隠れ家は、おじいたちのように亀甲墓の中ではない。村人が避難した後に取り残された主のいない人家である。

少年たちにとって生命を永らえるためとはいえ、じめじめとした亀甲墓の中よりも、青空が見え、風通しのよい人家の方が、何倍も快適だった。

亀甲墓は、やはり気味が悪かった。遺骨が置かれているからだけではない。陰気臭くて息苦しいのが嫌だった。それに比べて、人家は快適だ。隠れていてアメリカ兵に発見されても、子どもだけの集団である。殺されることはないという漠然とした安心感もあった。

少年たちが大人たちと一緒に避難した亀甲墓やガマ（洞穴）を出て故郷の村に着いたとき、最初に選んだ隠れ家も人家であった。それぞれに抜け出してきた避難場所から、里の人家に隠れていて、いつの間にか意気投合し集団で行動するようになっていた。

亀甲墓を隠れ家にすることは知っていた。また、茅葺き屋根の人家より、トーチカのような造りの亀甲墓の方が大砲や銃撃には耐えられるとは思っていた。しかし、少年たちの中で、だれもそれを選ぶ者はいなかった。また、押し込められたガマの記憶も、少年たちのだれにも耐えられるものではなかった。それに少年たちの家族は、みんな既に戦争の犠牲になっていて、少年たちの行動を規制する者は少年たち自身だけだった。

人家を選んでも、もちろん、少年たちは、アメリカ兵に見られないように周到に対策を立て、準備をした。選んだ人家が、村を見下ろす斜面に一軒だけポツンと建っている茅葺き屋根の古い家であったのも、その理由の一つだ。ここからは、村全体の動きが一望に見渡せた。わずかに数十メートルほど離れた庭先には、大きなガジュマルの樹も生い茂っており、この樹に登ると、さらに展望は開けて、村の外れまで視界に入った。

実際、少年たちは、その樹を展望塔に使っており、そこから細い紐《ひも》を垂らし、家の中まで引っ張って、鈴を結わえて危険を知らせる工夫をも凝らしていた。幼い知恵での行動だったが、毎日が遊びではなく、生きることが脅《おびや》かされる戦争のただ中だということをも、だれもが理解していた。

さらに、危険を感じたら、家を捨て、山の中に逃げ込み、岩陰の下に蜥蜴《とかげ》のように潜り込む場所をも選んでいた。

「久しぶりの米のごはんは、やっぱり美味しいなあ」

長治《ちようじ》が、ぼさぼさに伸びた髪を、両手に持ったごはんが隠れるほど前に垂らして、笑みを浮かべながら満足そうに頬張った。

「やっぱり、俺の言ったとおりだろう。あの亀甲墓の中には、きっと食べ物があると睨んでいたんだ」

傍らから、清が得意そうに長治を見上げながら言う。

「食べ物がある、じゃなくて、人が隠れている、と睨んでいたんだろう。人がいる場所には、必ず食べ物がある。ゴミがあれば、必ずネズミがいるようなもんだよ」

義春《よしはる》の言葉に、素早く長治が反応する。

「ネズミがいれば、蛇がいる」

「俺たちは、蛇か」

「マングースーに近いかもよ」

「俺たちは、盗人カラス（烏）だよ。悪童カラスだ」

「ははは っ」

大きな笑い声が、辺り一面に響き渡る。みんな上機嫌だ。米に味噌に赤瓜《あかうり》の漬け物、それに黒砂糖まで手に入ったんだ。不機嫌なはずがない。

少年たちのボスの健太《けんた》が、鋭い目を周りに注ぎながら、清に向かい、感心したように言う。

「今回は、やはり清の手柄だなあ」

「でしょう。俺の眼に狂いはなかった。お母が食料探しに行く時間も、ばっちり当てたさ。あの墓の中で動けるのは、お母だけだったからなあ」

少しひょうきん者の清が、健太の言葉に、やや興奮気味にまくし立てる。清の髪は、やや縮れ毛で、目は丸く、くりくりとせわしく動く。

少年たちの仲間は、全部で五人だ。リーダー格の健太。健太と同じ歳の長治。健太と同郷で一つ年下の義春。それに清と春子の兄妹だ。健太が十六歳ぐらい、清の妹の春子が八歳ぐらいだろう。年齢を名乗り合って仲間を作ったわけではないので、およその見当だ。

義春以外は、みんなガマ（洞穴）で知り合った。そして、みんな一緒にガマを脱出した。ガマも亀甲墓と同じように密閉された息苦しい場所だった。もちろんガマの息苦しさは、風通しの悪さからだけくるものではなかった……。

ガマを出て、本島中部読谷《よみたん》のT村を目指した。そこは、長治の故郷であったからだ。しかし、故郷は、見事なまでに、もぬけの殻であった。だれ一人、残っていなかった。ときどき猫に出会うことはあったが、犬にさえ出会わなかった。大人たちに助けを求めようと思ったが、助けてくれる大人などいなかった。どこの村も、このような状態だろうと観念して、この村に居座ることにした。

そして、だれから言い出したわけでもないが、生きるために徒党を組んで悪さを働くようになった。そして、自然に役割も決まりつつあった。最終的な判断を下すのは健太で、健太が仲間のリーダーだ。太い眉を持ち眼光鋭い健太の判断は、これまで一度も間違えたことはなかった。だれもが健太を信頼していた。ガマを出ようと誘いの声をかけたのも健太であった。

二番ボスは、長治だ。長治は健太と同じ歳で、身体が大きいというだけの理由で二番ボスになった。少しぼーっとしていて、オツムが弱いことを自分でも自覚している。それだからか、健太に逆らうことは全くない。腕っ節が強いので、恐喝専門で、殴り屋長治だ。長い髪を振り乱し、大人を殴る姿は、もう立派な大人だ。

義春は途中から合流した。みんながガマを出てT村に向かう途中、大きなゆうなの木の下で死んだように横たわっているのを清が見つけた。その直前には、十数機の飛行機が低空で機銃を乱射して飛び去っていた。

機銃乱射後の道端には、いつものように避難する人々の死体が馬の糞のように転がっていた。そんな中で義春を見つけたのだ。

みんなが慌てて義春の元に駆け寄ったが、健太が、すぐに同じ村の幼馴染みだと気がついた。健太より一つ年下だという。もっとも、義春は、激しかった機銃掃射のせいか、記憶を一部喪失しており、健太のことを、よく覚えていなかった。ぼーっとして、遠くを眺め、焦点の定まらぬ視線を空中に泳がせていた。

しかし、周囲には家族らしい人々の死体はなかった。短く刈った髪は、ハリセンボンの針みたいに逆立ちしていたが、何日も洗ったことがないと思われるハリセンボン髪は埃だらけだった。

義春は亀甲墓を出た途端、家族が艦砲の餌食になり犠牲になった。それ以降一人で野山を彷徨っていたのだ。空襲ではなく空腹に力尽きていたのだ。その義春を励まし仲間に入れてT村を目指した。

やがて、元気になった義春が短気者で、すぐにキレ、だれにでも殴りかかるということは、仲間のだれもがすぐに分かった。切れ長の細い目も、狐のように不気味だった。

春子が、急にめそめそと身体を揺らし、鼻を啜り、涙をこぼし始めた。仲間内で、たった一人だけの女軍曹である。みんなの炊事係なのだが、一番年下で、仲間のみんなは、春子軍曹と渾名《あだな》を付けて呼んでいる。見知らぬおじいを殴りつけて、食料を調達するという過激な行動に参加したのも、今回で二度目だった。みんなは、すぐに慣れたのに、春子だけがまだ慣れない。そんなこともあって、元気を出してもらうために付けた渾名が軍曹だ。

陽気で、ひょうきん者の兄の清が、春子の突然の涙に戸惑っている。丸い目を見開いて、困った顔をして仲間たちを見回しながら、なだめている。

やがて、春子が肩を震わせながら、しゃくり上げるように小さな声で清に言う。

「お母に……」

「お母に、どうした」

「お母に、食べさせたいと思った……」

「うん？」

「あんまり、ごはんが美味《おい》しいからよ。お母に食べさせたいと思った……」

清は、そんなことで泣く妹のことが恥ずかしかった。しかし、ほっとしていた。みんなを見回して、奇妙な照れ笑いを作った後、春子に向き直った。

「知らないおじいを、殴ったことで、気分を悪くしたのかな、と思った……」

「そんなことはないよ」

「そうだよね……」

清が、今度は、はっきりと明るい笑みを浮かべながら仲間たちを見回す。

「お母のことは、忘れろって」

「そんなこと言ったって……。お母、どうしているかな。兄《ニ》イニイ、お母は生きているよね」

「知るか、そんなこと」

春子の問いに、清が、怒ったように答えて、春子の元を離れた。

3

隠れ家の床《ゆか》は、板床《いたゆか》である。長治が立ち上がった瞬間に、板の床がギーッと軋み音をあげる。床の上には薄い茣蓙《ござ》を敷いているが、やはり軋み音は、なくはならない。

長治が、清と入れ替わるように、春子の傍らに座って励ます。

「春子軍曹、お母は、この長治サマが、きっと探してやるからな。心配するな。泣いたら駄目だよ。泣いたら負けだよ」

長治は、身体が大きく腕っぷしが強い。同時に仲間内では、たぶん一番に優しい心遣いができる。特に、幼い春子には、兄の清以上に気を使い、可愛がっている。

「長治兄《ニ》イニイ……、お母は生きているよね」

春子がすがり付くように長治を見て、涙を拳でぬぐいながら尋ねる。

「当たり前だよ。生きているさ」

「本当?」

「本当さ」

春子が、やっと小さな笑みこぼして、再びご飯を食べ始めた。

清と春子の母親は、死んだわけではない。長治の家族や、健太の家族と違って、死体が確認されたわけではない。二人の目の前で、死んだわけではないのだ。まだまだ、望みはあるはずだ。

長治は、自分に言い聞かせるように、春子が母親とはぐれた場面を反芻した。

「春子……、お母と姉《ネ》エネエは、ガマから出ていって、戻ってこなかっただけだろう」

「うん……」

「そうだろう。そうだと、たぶん道に迷っただけだよ」

「何日も？」

「そう、何日もさ」

「何日も何日も迷うの？」

「うん、何日も何日も、道に迷うことがあるんだよ。キジムナーが悪戯《いたずら》するからだよ」

「キジムナー？」

「あれ、アカブサー髪（赤髪）の、樹の精さ。キジムナーも、戦争が長引いているんで怒っているんだよ」

「そうだね」

「そうだよ」

そんなはずがないと長治は思っているが、妹のような春子に、母親と姉の最悪の予想を告げることは酷いことだ。

春子たち家族は、母親と姉と清と春子の四人で、激戦地になっている南部の糸満を離れ、北部へ向かったという。北部の恩納《おんな》村には、母親の実家があったからだ。途中、身を隠していた亀甲墓の中から、母親と姉は食料探しに出ていったきり戻ってこなかったというのだ。

春子と清は、必死になって、亀甲墓の周辺を探したが、手がかりは何もなかった。もちろん、死体も見つからなかった。数週間、その墓の中に身を隠して母親たちの帰りを待ったが、やはり帰ってこなかった。アメリカ兵が近くに現れたので、このまま墓に隠れていると殺されるのではないかと思い、逃げ出した。逃げ出して隠れるために探し当てたガマで長治たちと出会った。春子や清の話をまとめると、そういうことだった。

それに比べたら、健太や長治の家族は、健太や長治の目の前で死んだ。いや殺されたと言っていい。

長治の家族は、北部へ向かう避難の途中、飛行機からの機銃掃射で殺された。祖母と母、二人の姉と乳飲み子の妹が即死だった。樹の陰に飛び込んだ長治だけが、辛うじて助かった。

長治の父は、徴兵されたままで、生死は定かでない。父が帰ってきたら、なんと言いわけしたらいいか。長治は、このことに四六時中、頭を悩ましている。時には、その悩みを解消したいが故に、父の死を願うほどだ。

長治の父は、女所帯になる家族を、しっかり守れと、何度も何度も長治に念を押して出征していった。それなのに、自分だけが樹の陰に飛び込んで助かったのだ……。

長治は、自分の意気地なさを恨んでいる。いっそ、自分も死ねばよかったのだと思っている。死ぬチャンスを失ってしまったと……。

「健太のお父は、日本兵に殺されたんだよな」

長治が健太の方を向いて尋ねる。自分の家族の悲劇を振り払うように話題を変える。健太は、小さく首を縦に振っただけで返事をしない。

長治は、春子に向いて言う。

「健太のお父はな、お父だけでないよ。お母も、おじいも、兄イニイもさ。急に家にやって来た日本の兵隊に一列に並ばされてから殺されたってよ。おまえたちは、スパイだ。非国民だって言われてね。アメリカの兵隊にではないよ、日本の兵隊にだよ。もう何が何だか分からないさ。健太は、たまたま家の外の便所に入っていたから、助かったってさ」

「ふーん」

春子が、ませた表情でうなずいている。先ほどの涙は、もう枯れたようだ。涙をふいてご飯を美味しそうに食べている。

清と義春は、庭のガジュマルの樹に登って、周りを偵察しているのだろう。今日の見張り役は義春のはずだが、室内には清の姿も見えない。

健太は、ご飯を食べ終わった後、相変わらず黙ったままで、ナイフで竹を削っている。

「春子軍曹、頑張っていれば、きっとお母に会えるからな」

「うん」

「俺たちと違って、春子はお母の死んだのを見ていないだろう。見てないってことは、お母は、生きているってことさ」

「そうだね」

「そうだよ。頑張るんだよ」

「うん」

長治は、少し強引な言い方かなと思ったが、春子の不安が少しでも解消されれば、それでいいんだ。たぶん、春子の母親も、姉エネエも、すでに死んでいるだろう……。

「日本兵は、どうしてあんなに乱暴だったのかなあ。沖縄の人も同じ日本人だろう？」

長治は、突然背後から声がしたので驚いた。振り返ると清が神妙な顔で背を丸めて、長治を見つめて座っている。清は義春と一緒に外に出ているものだと思っていた。ずーと背後に座っていたのだろうか。

「どうしたんだ？」

長治が振り向いて清に尋ねる。清が神妙な顔で逆に長治に尋ねる。

「日本の兵隊さんのことさ。ガマの中で、どうしてあんなに威張っていたのだろう」

「……」

「やりたい放題だっただろう。マサ子姉エ《ネ》は、俺たちの前で、ヤラレタんだぜ。あの、鬼塚軍曹に……。村の人たちは悔しくなかったのかねえ」

「……」

長治は、清の問いかけに言葉を返せない。

長治が見たものも、清が見たものと同じだ。いや、それ以上かもしれない。日本兵たちのたくさんの横暴を見た。たくさんの理不尽な仕打ちを見た。村人たちは、手元に残っているわずかばかりの米を供出させられ、芋を奪われ、水を奪われた。味噌を強奪され、寝床を奪われた。

「悔しいさ。悔しくてたまらないさ……」

健太が、ナイフで研ぎ続けていた竹の枝先の鋭さをかざし見ながら、清の方を見た。

「でも、悪いことをしていたのは、日本兵だけではないだろう……。ガマでは、みんな気が狂っていた。ミキのお母は、赤ん坊のミキの妹を抱き殺していただろう。見たか？　みんな、自分勝手さ……」

長治も、そう思う。日本兵だけではない。沖縄の人たちも同じだ。大人たちは、みんな勝手だ。子どもの言うことは何も聞いてくれない。自分たちで勝手に戦争をして、困ったら子どもを殺すんだ。自分たちが生きるためには、何をやってもいいのだ。

戦争を理解するのは簡単なことだ。ただ一つ、殺し合うことだ。それ以外は、みんなまやかしだ。生きることは美しくないんだ。醜いんだ。俺の悪い頭でも理解できる。

長治は、そう思った。そう思って顔を上げると、背後で清のすすり泣く声が聞こえてきた。

「泣くな！」

健太が、清の泣き声を聞いて、吐き捨てるように言う。あくどいことをやることに慣れてきたとは言え、まだみんな子どもなんだ。

「泣くな、清！　泣いたって、どうにもならないだろう。あのガマにいた者は、みんな自分勝手さ。みんな同罪！　だから俺たちは一緒に出てきたんだろう。清……、お前は、あのガマの中に残って、生き延びたかったか？」

清が、必死で首を横に振る。

「俺たちは、違うさ。強盗はするけれど、俺たちは、大人たちとは違うさ」

健太が、研ぎ終わったばかりの枝先を手首に強く押し当てる。

大人たちと違うさ、と言ったものを、どこがどう違うのかと問い返されれば、健太は答えることができない。今、徒党を組み、大人の真似をして戦場を生きている。生きるためには、ずるがしこいカラスになる。

幸いなことに、長治も清も、問いかけてはこない。しかし、健太は、大人の真似をするものの、どこかで大人と違うと思いたい。その答えを見つけられずに苛立った。強く押しつけた鋭利な枝先は、すぐに健太の皮膚を破り、赤い血が豆粒のようににじんで膨らんだ。

4

少年たちの行為は、日を追って残虐になっていった。路上を疲れ果てて弱々しく歩く避難民を襲撃して食料を奪った。さらに民家を荒らし、亀甲墓を荒らし、ガマを荒らした。

また、少年たちの行為は、日を重ねるに従って、巧妙にもなっていった。時には、子どもの弱さを装い、時には日本兵の強さを真似て、避難民に近寄り、ガマに入って食料品や衣料品、さらに日用品をも強奪した。みんなは、だんだんと逞しくなっていった。

標的として最も成功率が高く確実なのは、群を離れた家族連れだ。家族連れには、ほとんど若い男はいなかった。女、子どもと、老人だけだ。十六歳にしては体の大きい長治が、握り拳の一発を顔面に浴びせると、女、子どもはすぐにひっくり返った。さらに健太が、声変わりをしたばかりの野太い声で威嚇すると、皆が怯えて食料を出した。

少年たちは、それぞれの役割をも、体験から自然に学び取っていた。ひと月も過ぎると、めそめそしていた春子も、名実共に春子軍曹になっていた。かっぱらい屋の春子だ。おとなしい羊の群れのような避難民たちが身につけた所持品から、めぼしい食料を見つけると、目を血走らせ、容赦なくかっぱらった。

少年たちは、何よりも、逃げ足が早かった。ゆっくり近づいて、さあっと逃げる。もちろん、追いかけられることは、ほとんどなかった。羊たちは、だれもが疲れ切っていたのだろう。追いかける気力も体力もなかった。時々は、必死になった母親たちが、大声をあげて罵り喚《わめ》くことはあったが、そうであっても、その声を聞きつけ助けに来てくれる人は周りにはいなかった。

少年たちは、もちろん成功率の高い獲物を狙い、そのための場所や機会を狙っていた。戦争の砲弾や噴煙の中で、だれもが小賢《こざか》しく、逞しくなっていった。生きる知恵を身に付けたと言っていい。生きる力と言い換えてもいい。勉強よりも体験だ。みんな戦争のおかげだ。

少年たちのグループを、「ガラサー隊（烏《からす》隊）」と命名したのは、清だ。あの日も、砲弾が止んだ時間を選んで、避難民を襲ったのだった。

春子が、まず家族の群れに近寄って蹲《うずくま》る。

「お腹が痛い……」

春子が小さく叫び、泣き続ける。

家族連れが、春子に近づく。幼い子どもが家族連れに加わっているほど、春子に近づく確率が高い。こんな中でも、親は、見知らぬ子どもの泣き声を気遣うのだ。

親たちは、春子のもとへ近づくと、背負った荷物を降ろし、担いだ天秤棒を降ろして春子に話しかける。それを見届けて、健太たちがゆっくりと群れに近づく。そして一気に荷物を奪って走り去るという計画だ。

荷物を略奪するときに、一番手こずるのは、身につけた荷物を剥ぎ取るときだ。殴っても、殴っても、身につけた荷物を必死に掴んで放そうとしないからだ。だから、身につけた荷物を放した瞬間を見届けてから、奪った方がいい。これも、身につけた知恵の一つだ。

もちろん、殴りつけ、脅して、食料だけを、奪っていくこともある。でも、この方法でも、なかなか食料を奪うことは難しかった。食料を奪われることは、命を奪われることになるからだ。手間を省くためには、春子の演技が欠かせなかった。春子は立派な演技者だ。そして、立派な兵士だ。

「長治兄イニイ、あたしは悪いことをしていないよね」

「あたしは、大人の真似をしているだけだよね」

春子はいつの間にか物分かりのいい子どもに成長していた。

戦争の瞬間にも、青い空は頭上に広がっている。曇りの日もあれば、雨の日もある。

清たちは、強奪した菓子パンや黒砂糖を分け合って食べ終わり、村外れにある小さな学校の校庭で寝転がって空を見上げていた。学校は、もちろん、砲弾を受けて破壊され、あっという間に無人の廃墟と化していた。

「ほら、あれを見ろよ」

最初に、黒いカラスを見つけて指差したのは長治だ。

「ここにはさ、カラスがたくさんいたんだよ。みんな騒がしく鳴いていたんだよ……」

長治だけが、この学校で学んだのだった。少年たちが隠れ家にしているT村は、長治の村だ。

少年たちは、退屈なときは、琉球松の並木に囲まれたこの校庭の片隅で、寝転がったり、砂場を耕して高飛びをしたり、教室に入り込んで懐かしい品々を探したりして退屈を紛らしていた。凶暴な少年たちが、一瞬、純朴な少年に返る時間だ。

「今、気づいたんだけどさ、どうしてカラスは鳴かないんだろう……」

「えっ？　そう言えば……、そうだね。どうして鳴かないんだろう」

義春が、背中を起こし、座り込んで辺りの木々を見渡した。それを合図に、みんなも同じような姿勢で座り込んで、辺りを見回した。

「戦争前は、喧《やかま》しく鳴いていて、時々、石を投げて追っ払ったんだぜ」

長治が不思議そうに、木の枝にいるカラスを数え始めた。

「五羽もいるのにさ……。どうして鳴かないんだろう」

長治が真面目な顔で首をひねっている。こんなときの長治は、女、子どもや老人を痛めつける長治とは別人のようだ。

「カラスも、戦争を怖がっているんじゃないか」

「鳴いたら、機銃掃射に遭うんだよ。アメリカーたちは、弾が余っているからな。泣いたら撃たれるんだよ。だから鳴かないんだ」

清と、義春が、それぞれの考えを述べあう。それを聞いた長治は、手を叩いて笑っている。

「春子軍曹、お前はどう思う？」

長治は、笑いながら、春子に尋ねる。

春子は、盛んに小首を傾けながら考えている。

「春子軍曹には、難しかったかな」

そう言った途端だった。

「分かった」

皆が一斉に、春子を見る。

「鳴いたらね、捕まって食べられるからだよ」

それを聞いて、皆が一斉に笑い出した。笑いながら草の上にバタッと再び仰向けになった。

しばらくカラスを見つめていたが、琉球松の枝に留まったカラスは、長治が言うように、容易には鳴かなかった。いつまで待っても鳴かなかったと言ってもいい。カラスのことが、皆の頭から消えようとしたころ、健太がつぶやくように言った。

「カラスも、俺たちと一緒だな……」

それを聞くと、清が、勢いよく飛び起きた。まるでその言葉を待っていたかのようであった。

「ガラサー隊だ。ナカンガラサー隊だよ」

「……」

みんなは、呆気にとられて、声を飲んだ。

清は、みんなの驚きに気遣うこともなく、眼を、キラキラさせて興奮している。清のよくやるしぐさだ。

「兄イニイ、どうしたの?」

春子が、驚いて清に尋ねる。

「どうした、清……」

長治の、言葉に、さらに清は眼を見開いて答える。

「俺たちの部隊名さ。カラスはガラサーと言うだろう。でも今は鳴かない。戦争だから鳴かない。俺たちも泣かない。だからナカンガラサータイ。鳴かないカラス隊だよ。ほれ、ちょうどカラスも五羽、俺たちも五人さ」

「ナカンガラサータイか……。カラスは、頭がいいんだよな」

「もちろんさ」

義春の質問に、即座に清が答える。

「だれかよりも、ずーと頭がいいはずよ」

二人は、口に手を当ててひとしきり身体を捩って互いに笑いあった。それから、健太の意見を訊くために振り向いた。続いて春子が、そして、長治が健太を見る。

健太が、草の芯を噛み切って言う。

「ナカンガラサータイか。よし、カラスと同じだ」

「泣いたら、負けだよ」

「よし、決まり！」

命名者の清は、得意がって立ち上がった。

5

突然、隠れ家の部屋に備え付けた鈴が鳴りだした。庭のガジュマルの樹からつながった紐が、床板の上で撥ねている。今日の見張り当番は長治だ。それを見て、すぐに健太が飛び出した。続いて、義春、清、春子の順に、健太に釣られたように、慌てて外へ飛び出した。

「どうした？　長治」

健太が樹上の長治を見上げ、樹の陰に身を隠しながら小声で尋ねている。清たちが、ガジュマルの樹の元に辿り着いたときには、既に、長治は降りる態勢を取り始めていた。

「しいーっ、静かに……」

長治が、右手の人差し指を唇に当てて、清たちに合図をする。それから、再び態勢を整えて、幹を抱きかかえるように、ゆっくりと降り始めた。

長治は、村の方角から自分の姿が見えないように、注意を払い、身体《からだ》を樹の幹に隠しながら、蝉のようにゆっくりと降りてきた。長治の足が地面に着くと、皆がその瞬間を待ちかねていたように一斉に身を低くして長治の元に集まった。

久しぶりの非常事態出現である。ナカンガラサータイは、全員が緊張し、興奮していた。

「兵隊だ、日本兵が、村にやって来た」

長治が声を潜めて言う。

「何人だ？」

健太が、長治の言葉を受け、間髪を入れずに尋ねる。

「二人」

「たった二人か……」

「二人と一人」

「二人と一人？」

「そうだ、なんだか様子がおかしい」

「何が、おかしいのか？」

「女を一人、捕虜にしているようだ。若い女を引きずるようにして、あの村外れの家に入っていった」

「捕虜って、……アメリカ女の捕虜か？」

「それが、どうも、ここからは、よく見えなかった。たぶん、軍服を着けていなかったようなので、アメリカ女の捕虜ではなかったような気がする……」

「お前は、アメリカ女を見たことがあるのか？」

「ないよ」

みんなは、少し顔を見合わせて、くすっと笑った。

しかし、だれもがアメリカ女を見たことはなかった。馬のような大きな尻と、赤い口紅を口の周りいっぱいに塗って、白い歯を見せ大きく笑っている絵を、清は、何かの本で見たことがあった。しかし、それだけだ。それ以外の知識はない。

「アメリカーは、女まで兵士にして、沖縄を攻めに来ているのかなあ」

「そんなこと、分からんさ」

「いや、きっとそうだよ。戦争に女は必要だって言うからな」

「でもこっちだって負けないよ。春子軍曹がいるんだからな」

「二人の兵士に、一人の女か……」

清が、ませたような口を利いて腕組みをした。

「食料調達の獲物にはなりませんね」

長治も、腕組みをしながらつぶやいた。

「でも、興味はある。行って確かめてみるか」

「あれ、日本軍の兵士は、危険ですよ。俺たちの隠れ家を気づかれないようにしなければ」

義春が、心配をそうに口を挟む。

「うん、そうだな」

健太が、用心深く答える。

「ガマでは、本当に威張っていたからなあ」

みんなの頭にガマでの嫌な想い出が甦る。日本軍の兵士の横暴を、なぜ、大人たちは止めなかったのだろう。どうして、みんな手をこまねいて見ていたのだろう。

健太に、いつもの疑問が浮かび上がる。それだけではない。老人や女、子どもだけを執拗に殴り続ける兵士に、健太が掴みかかろうとしたのを、大人たちは必死に押さえつけたのだ……。

日本の兵士のやることは、正しいことだけじゃない。兵士は人間じゃない。人間の仮面を被った悪魔だ。簡単な真理だ。このことが健太の心だけでなく、たぶん、みんなの心にも浮かんでいたはずだ。

「しかし……」

長治がさらに続ける。

「もし、アメリカ女だったら、見たいなあ……」

長治が遠慮がちに、健太の顔色を窺う。長治以外のだれもが、長治と同じように、アメリカ女に興味を抱いていた。

「行ってみようか、健太……」

長治の言葉に、健太が辺りを見回してうなずく。

みんなも、即座にうなずいた。戦争のただ中とはいえ、少年たちの心には、危険を回避する選択肢よりも、好奇心がいっぱいに渦巻いている。ナカンガラサータイは、すぐに隠れ家を飛び出した。

村の間道は、先刻から降り出した雨に、少しだけぬかるんでいた。垣根代わりに植えたハイビスカスの傍らを、少年たちは身を屈め、ネズミのように駆け抜けた。

長治が示したように、その家に着くと、やはり人の気配が感じられた。みんなは、緊張して身を屈《かが》めた。

健太が中の様子を窺うために、身を屈めたままのみんなを残し、偵察のために、一人で庭の中に入っていった。しばらくして、健太は再び姿を見せると、左手の人差し指を口に当てた後、そーっとみんなを手招きした。

みんなは、健太がそうしたように、ネズミよりもさらに素早く身を屈め、目配せしながら前進し、軒下に近寄って息を殺した。

やはり、人がいた。すぐに二人の兵士だと分かった。二人は、健太たちの方に背中を向けて奥の方を向いて座りこんでいる。兵士にしては随分と不用心だと、清は思った。

しかし、清たちが見たいのは兵士ではない。アメリカ女だ。用心深く眼を蛇のように鋭く細めながら、そーっと部屋の中を見回した。

突然、二人の兵士が話しだした。

「よし、もう、イッパツいくか」

「えーっ……。貴様も、好きだなあ」

「久しぶりだからな、女は……。でも、たまには、こういうお恵みにでも、あやからないとな。戦場では、やっていけないよ」

「たまには、じゃないぜ、貴様は……。村の女たちだって犯していたじゃないか」

「女たちだって、死ぬ前の楽しみだって分かっていたさ」

「いい加減な理屈だな」

「理屈じゃないよ。戦争は理屈なんか通用しない」

「偵察中に手に入れた女だとはいえ、ここまでくれば、もう立派な犯罪だよ」

「ま、どうせ死ぬんだ。あの世への、手土産というところだよ」

「しょうがないなあ……」

「まあ、まあ、お堅いことは言わないで。貴様も、もう同罪なんだから」

「……」

「何だか、故郷に残してきた女房や子どものことなんか、もうどうでもいいことのような気がするよ。もちろん、我が日本帝国もな」

「我が日本帝国も大東亜共栄圏も、女の前には形無しか。しかし、考えてみると、これも戦争のお陰か」

「もう何人なんだろう」

「何が?」

「貴様が手込めにした女さ。貴様は年齢なんて関係ないからなあ。ええっと、琉球人、朝鮮人、一人、二人……」

「ひぃひぃひぃ……」

二人の兵士の、卑猥な笑い声がする。同時に、兵士たちの背中に隠れて見えなかったが、確かにもう一人、向こう側に横たわっている女がいる。

兵士たちは、銃を傍らの床上に置き、日本刀を置き、上着を脱いで、下半身もフンドシ姿である。それを見ると、少年たちにも、兵士たちが何をしていたか、また何をしようとしているのか、はっきりと理解できた。

長治が、春子の傍らに行き、春子を引きずるようにして、庭の外へ追いやる。これから始まることを、春子には見せたくない。長治たちが、ガマの中でも、墓庭《ハカナー》でも、何度か見てきた光景だ。

「ヤメテ、ヤメテ、クダサイ！」

確かに女の人の声がする。しかし、たどたどしい日本語だ。

その女ににじり寄った兵士の右手が上がったかと思うと、一気に振り降ろされて顔を叩く音がした。

「お前が泣こうが、喚《わめ》こうが、だれも助けにはこんよ。分かっているだろうが」

「日本軍人に奉仕することが、日本国家に奉仕することになるのだ」

「……」

「分かっているのか」

「分かっているのか、この野郎！」

また、右手が振り下ろされる。

「日本軍人に奉仕するために海を渡ってやって来たのだろうが。自分に素直になれ。素直に……。さあ、貴様も楽しめ！」

しかし、女の人は、兵士の言葉に逆らって、上半身を起こし、後ずさる姿が見える。兵士が一気に女の人を抱き締め、強引に衣服を剥ぎ取る。たどたどしい日本語だとはいえ、アメリカ女ではないようだ。

女は兵士を突き放し、悲鳴をあげながら必死に逃げる。それを、楽しむかのように、二人の兵士が両手を広げながら、女を部屋の隅に追いつめる。女は、まるで浅瀬に追いつめられた魚のようだ。

清が、そう思ったときだった。目の前を人影がよぎったと思った瞬間、義春が体当たりをするように兵士の体にぶつかっていた。

「だれだ……」

兵士が、眼を見開いて、義春を睨みつける。

義春が、傍らに置かれた兵士の刀を抜き取った。

「貴様……、子どものくせに……」

義春が、刀を握りしめ、目の前の一人の兵士に突き刺した。

兵士がうめきながら倒れうずくまった。裸の脇腹から血が噴き出す。脇腹に突き刺さった刀を抜き、隣で驚いて眼を見開いたまま後退っているもう一人の兵士に歩み寄る。

それを見て健太がイノシシのように突進して一気に部屋に駆け上がった。健太が、もう一つの日本刀の鞘を抜き、義春の傍らから兵士に向かう。続いて長治と清が、どたどたと床板を踏みならしながら部屋に上がった。

恐怖に声をからして後退する兵士の声が部屋中に響き渡った。

「貴様ら……、何をするか」

健太が、その声を無視して兵士の首筋に、頭上から力いっぱい刀を振り下ろした。鈍い音を立てて、一気に血が飛び散った。倒れた兵士の胸をさらに義春が突き刺す。軍服を脱いだ兵士たちの身体は、いとも簡単に血を吹き出した。

義春に刀を突き刺された最初の兵士は、脇腹を抑え熊のような叫び声を挙げながら立ち上がり、暴れ出した。

「ズドーン」

いきなり、銃声が聞こえて、辺り一面に硝煙の匂いが立ちこめた。兵士が眼をかあっと見開いた後、どすんと仰向けにひっくり返った。

「弾が、出た……」

春子が、いつの間にかやって来ていて、銃を持って立っていた。ナカンガラサータイは、五羽のカラスでなく立派な五人の兵士になっていた。

兵士に組み敷かれていた女が、慌てて身繕いをすると、健太たちの傍らをすり抜けて庭に飛び降りた。一瞬立ち止まって振り返り、健太たちを見た後、再び意を決したように逃げ出した。

健太たちも、呆然とそれを見送った。なんだか目の前の出来事が、不思議な浮游感と同時に、とてつもなく重い石で、がんがんと身体を打ちつけられているような現実感に揺さぶられながら過ぎていった。手や顔に飛び散った血、目の前で呻きながら息絶えていった二人の兵士が横たわってい る。確かに、これは現実なんだ。

少年たちは、やがて、我に返った。村のおじいやおばあをいたぶるのとは、わけが違う。無抵抗な避難民たちを恐喝して、食料を奪うのとも、わけが違った。少年たちが、始めて人を殺した瞬間だった。まさかこのような瞬間が、これから先にも、何度か訪れるとは思わなかった。

健太の指示で床板を剥がし、兵士たちの遺体を足で蹴って床下に転がした。それから、何事もなかったかのように、再び床板を元に戻すと、しっかりと釘を打ち付けた。なんだか達成感と解放感があった。みんながこそ泥ではなく、英雄になった気分を手に入れていた。

ナカンガラサータイは、この日を境に、さらに獰猛《どうもう》に、狡猾になっていった。戦場で銃を持ち日本刀を持った少年盗賊隊になったのだ。

6

「お母はな、俺の腕の中で死んだんだ」

夕食に、みんなで芋粥を食べている最中に、突然、義春が大声を上げて叫び出した。それから、すぐに、顔をくしゃくしゃにして泣き出した。

「俺はな、俺はな……、手のひらにあふれるお母の内臓を、何度も何度も、お母の身体に押し込んだんだ」

義春の傍らに座っていた健太が、立ち上がって義春をなだめるように肩を抱いた。

義春は、仲間に入った当初から、どこかでマブイ（魂）を落としたように記憶が曖昧であった。あるいは、記憶を封印したかったのかもしれない。それが、突然、封印を解かれたように話し出したのだ。

やはり、思い出したくない体験であったのだろう。日本の兵士を殺したことが、封印を解く契機になったのだろうか。返り血を浴びたことで、お母の死の場面を甦らせたのかもしれない。滝の水が音立てて落下するように、記憶が一気に吹き出したのだ。

「思い出さなくてもいいんだよ、義春……」

健太が、義春の顔を覗き込むようにして励ましている。義春は、健太より一つ年下だ。戦争が始まる前は、きっと一緒に、村の広場や野原を駆け回っていたのだろう。

「お母はな、俺が水汲みに行っている間に、日本兵にだよ。スパイ容疑で手榴弾を投げ込まれたんだ。俺が帰ってきたときには、墓の中から、まだ煙が出ていた。慌てて墓の中に入ったら、お母のお腹が割れていたんだ。お母の内臓は、まだ暖かくて、たくたくと波打っていた……。姉《ネ》エネエと弟のマサルは、お母の傍で死んでいた。でも、お母はまだ息をしていたんだ。お腹から、内臓があふれていたけれど、確かに生きていたんだ……」

「義春、いいんだよ、もういいんだよ」

「俺のせいなんだ。いつもお母が水汲みに行っているのに、お母を休ませようと思って、その日に限って、俺が水汲みに出たんだ。弟のマサルも一緒に行きたいというのを、俺が危ないからって止めたんだ。そしたら……みんな死んだ。俺が、みんな殺したようなもんだ。俺が……」

「そうじゃないよ、義春。お前のせいじゃないよ」

健太が、しきりに義春を励ましている。義春は、しゃくり上げながら、もう涙が止まらない。

「墓を後にして、歩いて行く日本軍の軍服姿が見えたんだ。俺たちの国の軍だぜ。許せないよ」

周りの長治も、清も、そして春子も瞬きもせずに、箸を止めたままで黙っている。義春が真っ先に飛び出して日本兵に刀を突きつけた理由が分かったような気がした。

だれのせいなんだろう……。だれのせいで、戦争が起こったのだろう。どうして、義春がこんな辛い目に遭わなけりゃいけないんだろう。清も考えてみる。きっと長治も、妹の春子までもが、考えているに違いない。

もちろん、義春のせいではない。そんなことは、分かり切っている。大人のせいなんだ。そこまでは、清にも分かる。その先が、分からない。だれが戦争を起こし、何のために互いに殺し合うのか、分からない。アメリカ兵と、日本兵は憎しみあっているのか。沖縄の人たちは、見たこともないアメリカ兵を、憎まねばならないのだろうか。そして、憎しみを抱かなくても、人は人を殺すことができるのか。

戦争が始まる前、学校の先生たちは、天皇陛下という言葉を、何度も発していた。やはり天皇陛下のために戦争をするということか。よく分からない。それではアメリカ兵は、何のために戦争するのだろうか。

「アメリカにも、天皇陛下がいるのかなあ」

清は、思いついたままの言葉を、そのまま発していた。

皆が、顔を上げて、清の方を向いた。

「分からんよ、そんなこと……」

長治が、怒ったように答えると、思い出したように手に持った芋を口に入れた。

それから、二日後のことだった。あの女が、清たちの所にやって来たのだ。

「私、行く所がないの、助けてください」

女は、力のない声で、健太たちに懇願した。たぶん、年齢は健太たちよりも一回りも上だろう。いや、はっきりとした年齢は分からない。女は何日も充分な食事を取っていないのだろう。すっかりと頬は痩せこけ、身体は細くなっていた。

女は、アメリカ女ではなかった。日本人でもなく、もちろん沖縄娘でもない。女の人は朝鮮から連れて来られたのだと言った。

「朝鮮？　どこにあるのそんな国……」

「それ、日本の近くにあるの？」

「どうして、お姉さんは、沖縄まで来たの？」

「お姉さんも、戦争をしているの?」

「名前は、なんと言うの?」

「お姉さんは、捕虜になったの?」

「どこから逃げてきたの?」

少年たちの好奇心が、次々と質問を浴びせた。

女は、どのような質問にも答えなかった。答えられなかったのだろうか。あるいは、日本語を、よく分からないのかもしれない、と健太たちは思った。

「行く所がなかったら……、ここにいてもいいよ」

健太の言葉に、女は奇妙な笑顔で感謝をした。ほっとしたのだろうか。健太たちの前にぺたりと、座り込んだ。春子が台所に走り、鍋に残った芋を持って来て女に渡した。

女はひもじいはずなのに、笑顔を浮かべただけで食べようとはしなかった。今度は清が走って水を汲んできた。女は茶碗のその水を少し口に含んでそして飲んだ。

女の服は破れ、汚れていたが、色の白い、きれいなお姉さんだ。

女は、健太たちを見回し、小さく微笑を浮かべ、寂しそうに視線を泳がせた。

「カムサムニダ。有り難う。有り難う」

「私を、助けてくれたのよね。有り難う」

「私を、初めて助けてくれた日本人」

「沖縄人だよ」

健太の言葉に、女の目から涙がこぼれた。

「お姉さん、疲れているみたいだし……、いろいろ、訊くのは止《や》めようよ。後で、ゆっくり教えてもらうさ……」

健太が、自分から言い出した質問に、ばつが悪くなったのか、尋ねることをためらい、みんなの質問をも取り止めさせた。

しかし、本当にそうだったのだ。女は、だれの目にも疲れ切った様子に映っていた。むしろ、今にも死んでしまうのではないかと思われるほどに衰弱していた。

健太たちの質問が止むと、女は思い出したように、わけの分からない言葉でつぶやいた。それから、健太たち一人一人に、すがるように向き直った。

「クニ（故郷）に、帰りたい……」

女は赤く目を腫らしながら、哀願するように、何度も何度も同じ言葉を繰り返しつぶやき続けた。

やがて、諦めたように、身体を床に横たえると、放心したように目を空中に泳がした。

春子が、芋粥を作って、碗に入れて差し出すと、座り直して春子を抱き締め頬ずりをして感謝したが、食べようとはしなかった。

「少し、眠りたいの……」

女は、横になると、しばらく泣き声を押し殺して涙を流し続けた。それから、小さな歌声が静かに流れた。故郷の歌なんだろう。みんなは、そう思って、黙って聞いていた。やがて、歌が止んだかと思うと、死んだように眠りに落ちていた。

春子が、つぎはぎだらけの粗末な寝具を掛けてやった。女の足裏は皮膚が切れて血がにじんでいた。黒く腫れ上がって腐っていると言った方がいいだろう。よく見ると色白の顔にも、青い血筋も、赤い切り傷も、はっきりと見える。子ども目にも、無惨な様子に、少年たちは改めて声を詰まらせた。

女が、寝入ったのを見計らって、少年たちは、またそれぞれの憶測を語り合った。多くは的を射たものではなかったはずだ。しかし、結論だけは一致した。ここにしばらく置いて、皆で面倒をみてやろうというのだ。春子が一番に喜んだ。そして、自分から進んで、女の傍らに潜り込んで寝具を被り、身体をくっつけるようにして横になった。

だが、少年たちの思惑どおり、ことは運ばなかった。みんなが、春子の泣き叫ぶような声を聞いたのは夜明けと同時だった。

「兄イニイ、大変だよ、お姉ちゃんが死んでしまうよ」

春子は、自分よりも大きなお姉ちゃんを抱きかかえて座っていた。しかし、女の体重は春子よりも軽かったかもしれない。

朝日が、床板を斜めから矢のように射し始めていた。みんなは、薄手の夜具をはね除けて飛び起きた。春子の周りに寄り合い、女を見守った。

春子が言うように、本当に、もう死んでしまうかもしれないと思った。女は、ほとんど息をしていなかった。

「死んでは駄目だよ。頑張れ！」

「頑張れ……」

だれからともなく、そんな言葉が飛び出して、バトンを手渡すように言い継いだ。こんなとき、どういう言葉をかけてやればいいのか。実際、少年たちには思いつく言葉もなく、経験もなかった。

女は、涙を浮かべ、嬉しそうにうなずきながら、つぶやいた。

「私の、名前はね、ヨウファ……。みんなに、迷惑がかかるかなっと思って、名前、言わなかったけれど……、名前、ないままで死ぬの、寂しいから、言うね。みんな、大丈夫だよね」

ヨウファは、そう言って力なく笑った。

「大丈夫だよ。ヨウファ……。きれいな名前だね」

「アリガトウ……。日本に来て、はじめて誉められたよ」

ヨウファが、健太のところを向いて微笑んだ。それから、またつぶやくように唇を動かした。

「一人で……」

ヨウファが、薄く目を開けて、みんなを見回した。

「一人で、死にたく、なかった……。だから、ここへ来たの。アリガトウ、みんな……」

春子の小さい腕に凭れていたヨウファの首が、がくんと折れるように腕から滑り落ちた。

「姉エネエ……」
「ヨウファ！」
「ヨウファ！」
春子が、大声で泣き出した。

7

朝鮮という遠くの国の女性が、日本にやって来て、そして独りぼっちで死んでいった。このことは、ナカンガラサータイにも少なからず動揺を与えた。特に、春子は、だれの目にも元気をなくしているように見えた。

ヨウファの死を看取った後、みんなでヨウファを天国へ送るための儀式を行い、葬るための墓地を裏山に造った。鍬やスコップを持ち、みんなで汗を流して土を掘った。

義春は村の家々を回って、ヨウファを包む柔らかな白い布を探してきた。痩せ細ったヨウファの身体は、死んだ後、さらにまた縮んだようで、小さく枯れ葉のように干涸らびていた。みんなで土を掛けながら、まだ見たこともない遠い朝鮮国の方角を定めて、ヨウファのマブイ（魂）が、故郷に無事に帰れますようにとお祈りをした。

上空に、飛行機の機影を見ることが多くなった。アメリカ軍の飛行機であることは、すぐに分かった。砲弾の音が一日のうちで数回、計ったように時間を定めて聞こえてきた。砲弾は、時々、村の近くに落ちて、炸裂することもあった。

春子は、ヨウファの埋葬が終わって数日経っても、まるで大人のように顔をゆがめて、ため息をつくことが多くなった。

「お母は、元気かなあ……」

春子は、砲弾の音の回数が増えるにつれて、お母のことを頻繁に思い出し、心配するようになった。無理もないことだ。まだ、八歳だ。砲弾の音に、ヨウファの死の無惨さを重ねているのだろう。ため息の原因は、たぶん、このことに、多くはあるのだろう。

「お母は、もう、死んでしまったのかなあ」

「死んでないって。どこかで、きっと頑張っているよ。だから、春子も頑張らなければ……」

長治が、いつものように春子を励ますが、今度ばかりは、なかなかうまくはいかなかった。春子は、再びすぐに泣き出すようになった。

「ナカンガラサータイが、泣いてばかりいてどうするんだ」

長治の叱責に、顔を伏せたが、春子の目からは、涙がぽろぽろとこぼれていた。前髪が、眉を隠すほどに伸びている。

「泣くな。お前のお母は、みんなで、きっと探し出してやるからさ、なあ、健太」

長治が、振り向いて健太に言う。

健太が、顔を上げ、黙ってうなずく。長治も健太も、春子の母親は、すでに死んでしまったと思っている。しかし、そうでないかもしれない。

傍らの、義春が、突然、笑いながら大声で言う。健太と長治が義春の方を見る。

「俺さ、見つけたんだ……」

「何を？　何を、見つけたんだ？」

長治の問いかけに、春子も興味を示したのか顔を上げる。

義春が、春子の注意を十分引きつけたのを確かめるようにして、春子に向かって言う。

「俺さ、水中めがねを見つけたんだ」

「なーんだ」

「なーんだじゃないよ。村の家々を回って、食料を探しているときに見つけたんだ。きっと、川や海で魚を捕ったり、貝を捕ったりするときに役に立つよ。海に行くのは危険だからさ、みんなで、久しぶりに川に行ってみないか？　川なら木の陰になっていて上空から見えないだろう。なあ、川で泳ぐんだよ。もちろん、春子も一緒だよ」

「そうか、長いこと泳いでないもんね……」

長治が、義春の誘いに答える。義春は、春子を元気づけようとしているのだ。

長治がそう思い、次の言葉を発しようとしたとき、砲弾の落ちる音が聞こえてきた。それほど近くではないが、それほど遠くでもない。いよいよ、米軍は、この村にもやって来るのかもしれない。米軍の飛行機が、頻繁に空を飛んでいるのに、日本軍の飛行機は、まだ一度も見たことがない。きっと、戦いは負けてしまうんだろう。そんなふうにも思われた。

でも、戦争なんかに負けられない。川で泳ぐことは、戦争に負けないことなのかもしれない。長治は、そんなふうに思った。それよりも、春子を元気づけるために、義春は泳ぎに行くことを思いついたのだろう。そんな義春の心遣いが長治にも嬉しかった。

「よーし、行こう」

長治の気持ちを、見通したかのように、傍らから健太が答える。

「いつ?」

長治が健太を見る。

「今、すぐだ。義春……、見張り役の清にも、そう言ってこい」

「分かった!」

義春が、すぐに庭に飛び降りた。春子の前で一瞬立ち止まると、にっと笑って、再び駆け出した。

川に着くと、浮かない表情をしていた春子の機嫌は、みるみるうちによくなった。春子だって、伸び伸びと、川で泳ぎたいと思っていたのだろう。義春の作戦は、まんまと成功した。

春子も、戦争が始まる前は、ちいちゃんたちと、よく川遊びをしたことを思い出していた。いつまでも、飽きなかった。ちいちゃんたちは生きているだろうか。

春子は、ちいちゃんたちのことを考えるとまた感傷的な気分に陥った。慌ててそんな気分を振り払った。春子にも、みんなの気遣いは痛いほど分かったのだ。

みんなは、すぐに服を脱いで、冷たい水に飛び込んだ。水を掛け合い、川底に目印の石を沈め、石取りに夢中になった。義春は、水中めがねを掛けて、川エビを捕まえた。みんなが戦争のただ中にいることを忘れ、いつの間にか大声を出し合って、騒いでいた。

周りを、銃を持ったアメリカ兵に囲まれていることに、だれも気づかなかった。アメリカ兵は、笑って子どもたちの水遊びを見ていたのだ……。


ナカンガラサータイは、全員が河原でアメリカ兵に捕まった。頭を撫でられ、クッキーを配られた。それから抱えられるようにしてトラックに乗せられた。もちろん、アメリカ兵を身近で見るのは初めてのことだ。彼らの言葉を耳にするのも初めてのことだった。

アメリカ兵は、身体がやはり馬のように大きく、鼻が粘土細工でくっつけたように顔の中央で盛り上がっていた。清たちを見て始終笑っていた。

清たちは、当初、トラックに乗せられても、どこへ行くのか、よく分からなかった。殺されるのではないかと思った。一時間ほどトラックに揺られて、収容所と呼ばれている場所に到着した。集められている多くの人々を見て、収容所とはどういう所なのか、だいたいの見当がついた。

隠れ家に残してきた食料や、集めた衣類などのことも気になったが、ナカンガラサータイは、黙ってトラックに乗った。日本刀や鉄砲などが見つかったら殺されるかもしれない。そんな不安からだれも言い出せなかった。健太が目配せをして首を横に振ってこのことを制止した。

トラックに乗ることは、だれもが初めてのことで、みんな興奮していた。道は何日か降り続いた雨でぬかるんでいた。時には水たまりの中にタイヤを沈ませることもあったが、止まることなくどんどん進んでいった。トラックのエンジン音は、砲弾の音と違い、なんだかとても心地よく感じられた。もうすぐ梅雨の季節に入るはずだ。

健太たちを驚かせたのは、トラックのこと以外にもいくつかあった。その一つは、町や村の変わり様だ。トラックが町や村を通過するときは、だれもがあっけにとられた。雑貨店や飲食店の看板は、台風の後のように、ことごとくめくれて飛び散っていた。

また、どの家も当然のことながら、住む人もなく荒廃し、戸板が外れ、あるいは斜めにゆがんだまま放置されていた。室内は、風に吹き晒されたままで、塵が部屋の中まで入り込んで渦を巻いていた。家屋が焼けたことを示すかのように、数本の柱だけが黒い卒塔婆のように突っ立って残っている家もあった。

健太たちの隠れ家のある村は、攻撃の少なかった例外の村だったのだ。どの村や町も、人家だけでなく、木々さえも、爆風で枝が折れたままで無惨な姿を晒していた。焦げた臭いが漂い、あちらこちらで、今なお煙が上がっていた。そんな町や村をいくつか過ぎた後、到着したのが収容所のあるG村だった。

G村に来る途中で見たのは、町や村の無惨な様子だけでない。しなびた茄子《なす》のような家族連れの隊列にも出会った。どの家族も疲労困憊していて、ナカンガラサータイには、いとも簡単に襲うことができそうだった。

しかし、どの家族も、もう食料なんか持っていそうにもなかった。そして、隊列には、常にアメリカ兵が銃を持って一緒に歩いていた。戦争は、もう日本が負けて、間もなく終わるのかもしれないと思った。

収容所には、老弱男女、様々な人々が、米軍の設置したテントの中で暮らしていた。毎日毎日、その人数は増えるようであった。歩き疲れて倒れ込むようにやって来る者もおれば、トラックから投げ出されるようにしてやって来る者もいた。

収容所には、どうやら二種類があるようだった。大人たちの話によれば、一つは日本軍の戦闘員だった兵士たちの収容される捕虜収容所、そしてもう一つは民間人収容所だ。

G村の収容所は野戦病院が併設された民間人収容所だった。兵士たちは当初から捕虜収容所に収容されていたが、時々、村人の服装をした兵士たちが紛れ込んでいた。兵士であった若者や元兵士であった男たちは、身分がバレると間引かれて近くのY村にある兵士だけの捕虜収容所に移されていた。もちろん長治たちはG村の収容所に留まった。五人は収容所内でも行動を共にし寝食を共にした。だれも頼りにする親族はいなかった。

「なんで、大人たちは戦わないんだろうね。捕虜になって悔しくないのかね」

清が、まず最初の疑問を健太たちに投げかけた。そう言えば、河原で捕まってトラックに乗せられる際に、思い切り暴れたのは清だけだった。

「アメリカ兵たちと親しくして、日本兵が隠れている場所を教えている大人たちもいるらしいよ。これ、裏切りだよね。負けると、分かっていても、最後まで戦うのが大和魂だろうが。おかしいんじゃないの。ねえ、健太兄ィニィ……」

健太が黙っている。その言葉を長治が受けて、清に向かって答える。

「清は、最後まで戦うつもりか?」

「当たり前さ、ナカンガラサータイは、最後の一兵まで戦うさ。その覚悟が大切さ。そうだろう?」

「どうして、最後まで戦うの? もう勝敗は決まっているのに」

「それは……」

長治に問いつめられて、清が答えに詰まる。

収容所のテントの中は蒸し暑いので、昼間は、多くの人々が外に出て木陰を求めたり、テントの脇の陰になった地べたに座り込むようにして話し込んでいる。長治たちも例外ではなかった。昼間の暑い日射しを避けるように、テント脇の陰に身を寄せ合っていた。

清が思い出したように抗弁する。

「大人たちは、最後まで戦うのが、大和魂と言っていたからさ。だから戦うんだ」

「大人たちは正しいのか?」

「それは……」

「お前はこれまで何を見てきたか？　戦争を見てきたのじゃないか。戦争はだれが始めたのか？」

清が答えられない。

義春が、清に向かって問いかける。

「清は、ヨウファーを忘れたのか？」

「忘れてない……」

「河原で捕まって怯えていたくせに、勇ましいことをよく言うよ」

義春が清を小突く。清の興奮した顔が、急激に冷めて青白くなっていく。

収容所の中では、子どもだけでなく大人もチョコレートや食料を奪い合っている。若い女たちの中には、アメリカ兵のハーニー（恋人）になって食料品を貰っているという噂も流れていた。

「でも……、俺は、絶対日本を裏切らないよ……」

「へえー、ヨウファーが死んだときは、絶対日本の兵隊は許さないぞと言っていたくせに。言っていることが、くるくる変わるんだな、清は……。チョコレートをもらって気が変わったか」

清が、その言葉に堪えきれなくなって義春に飛びかかった。義春が、尻餅をついて、ひっくり返る。その義春に馬乗りになって殴りかかるが、すぐにひっくり返されて形勢が逆転してしまう。

清は、義春に両手首を握られて、身動きとれないままで涙を、ぽろぽろとこぼしている。

「義春、もう許してやれ」

健太が、義春を諭すように言い放った。

義春が、その言葉にすぐに答えて、手首を離す。

清は、さらにべそをかいて、引きつるように声を殺して泣き続ける。

そこへ、春子が汗だくになった顔を曇らせながらやって来た。春子は、泣いている兄の清には一瞥もせず、地べたに座り込む。

「お母は、やっぱりここにはいないよ。テントの中を、みんな見て回ったのに……、いないよ。どこにいるんだろう」

春子は、いつの間にか、ため息春子になってしまっている。

長治が、春子の傍らに寄って、慰めるように言う。

「春子、お母は生きているよ。だからここにいないんだ。みんなでお母を探しに行こうな。それまで、負けるなよ」

「本当?」

「本当さ。だから、元気を出すんだよ。ため息春子じゃなくて、春子軍曹だよ」

「うん、分かった。約束だよ」

「うん、約束する」

「指切りげんまん」

「うん、指切りげんまんだ」

長治が、真剣な顔で、春子の小指に自分の小指を絡ませた。

8

ナカンガラサータイの戦いは、G村の収容所の中でも途絶えることはなかった。強奪や窃盗をすることは、戦争の時代を生きるためには仕方がないことだ。仕方がないことをする知恵は、大人たちから学んだ。

瀕死の重傷者から水筒を盗み取り、母親から粥を強奪したのは義春だ。食料庫から菓子パンを盗んだのは清、老婆から黒糖をだまし取ったのは春子、アメリカ兵の宿舎に忍び込んで、ナイフやたばこを盗んだのは、健太と長治だ。

それぞれの盗みのテクニックと強奪のすばしっこさは、最初のころより数段も進歩しており、逃げ足も早かった。みんなは、持ち寄った戦利品を見せ合い分け合うとき、大人たちのだれもがやっていることなのだと誉め称え、笑顔を浮かべて納得しあった。回を重ねるごとに、少年たちの心からは罪の意識も薄れていった。

ナカンガラサータイは、むしろ、戦争が終わったら、どうなるのだろうか。生きていけるのだろうかと、こちらの方の不安が大きかった。戦争は続いてほしかった。ただ、今を精一杯生きること。そんなふうに自分たちを納得させていた。そういう意味では、大人たちよりも誠実だったといっていいだろう。

G村の収容所の中では、敵はアメリカ兵ではなかった。明らかに同胞であった。日本人やウチナーンチュ（沖縄人）同士が、ひと碗の粥を巡って、つかみ合いの喧嘩をすることは日常茶飯事だった。貧しい住民同士が、盗みあい、騙し合うのは、既に戦場やガマで見てきたことだ。何も不思議なことではない。

そのようなことがあっても、収容所の中では戦場を離れ、生き延びることができたという安堵感があふれていた。行く末の不安を抱き、互いに疑心暗鬼に陥りながらも、やはり、ほっとしていたのだ。同時に、生き延びた者同士、奇妙な笑みを浮かべながら、互いを蔑視しあう憎悪の視線もあふれていた。もちろん、うまく立ち回れば、戦場よりずっとここの方が、居心地がいいことも、また、互いによく知っていた。

G村の収容所だけでなく、収容所は本島中北部の数か所に、既にいくつか設置されていると噂されていた。収容所の数が増えることは、負け戦を意味するのだ。そんな当たり前の理屈も囁《ささや》かれ始めていた
G村の収容所は、海浜近くの松林の中にあり、日が暮れると、涼しい風が吹き渡った。次々と送り込まれてくる収容者たちは、健太たちがいた数週間で、数千人にも膨れ上がっていた。夜になると、収容所を抜け出して、浜辺の木陰で涼を取る者もいた。民間人の収容所だからだろうか。フェンスの仕切りも簡素なものだった。六月の末とはいえ、沖縄の日中は、もう真夏のような日射しが

差していた。

ナカンガラサータイが収容所に来てから、三週間ほどが過ぎたころだろうか。健太の目が、一人の女性に注がれているのに最初に気づいたのは義春だ。それも、憎悪の目だ。その意味が、義春にはすぐに分かったが、みんなには黙っていた。その女は、義春にも見覚えがあったからだ。

「純子ネエだよね……」

義春の言葉に、健太は黙ってうなずいた。その女は、健太の兄の許嫁《いいなずけ》の純子ネエに間違いなかった。

健太には兄が二人いた。義春は、健太と同郷なので、二人の兄のこともよく知っていた。二人とも、村でも一、二位を争う屈強な体格をした若者だった。義春もよく可愛がってもらった。また、義春も二人の兄が大好きだった。

下の兄は、スパイ容疑で、両親と一緒に殺されたと健太から聞いた。上の兄は徴兵されて、南洋戦線で戦っているはずだ。いや、もう死んでいるかもしれない。その兄と、出征前に結納を交わした女が健太の見据えている純子ネエだ。

純子ネエは、どこで収容されたのだろうか。そして家族はどうしたのだろう。純子ネエの身内は、だれもいないのだろうか。親しい人は、みんな死んでしまったのだろうか。義春は、あれこれと想像を巡らしたが、答えは見つからなかった。また、純子ネエに聞くわけにもいかなかった。

純子ネエは、トムと呼ばれているアメリカ兵といつも一緒だった。それが、健太の憎悪の理由になっていた。

最初、純子ネエのあまりの変わり様に、義春は人違いだと思った。たぶん、健太もそうだったのではないか。戦争は人間の心だけでなく、容貌も変えてしまうのだ。

純子ネエと同じように、健太たちも、随分と変わっているのだろう。それだから、純子ネエも義春たちに気づかないのだろう。あるいは気づいていても、気づかない振りをしているようにも思われた。

「殺してやる……」

健太が、小さくつぶやいた。つぶやく目線の先には、やはり純子ネエがいた。純子ネエは、トムと腕を組みながら、得意そうに、収容所内を歩いていた。義春は、健太の殺気だった様子を見て、だれかに気づかれはしないかと、思わず辺りを見回したほどだ。

健太が、純子ネエへの殺意を、実行に移そうと決意したのは、純子ネエが、収容所の住民を蔑むようにチョコレートを住民の頭上にばらまいたときだった。

「絶対に、殺す」

「俺、手伝っても、いいぜ」

健太の言葉に、義春も、思わず同調していた。義春には、健太の憎悪を野放しにしておくことはできなかった。また健太の心を推し量ると、純子ネエの振る舞いは許せなかった。

「二人だけでやろう。みんなには黙っておけ」

健太の言葉に、義春が黙ってうなずいた。

純子ネエのテントは、健太も義春も知っていた。アメリカ兵の宿舎の傍らにある。それでも、健太や義春にとって、そこに忍び込むのは簡単なことだ。ナカンガラサータイのみんなが、寝静まった夜、健太と義春は、そーっと孤児専用のテントを抜け出した。

収容所内では、徐々に規則やきまりができあがりつつあった。それらの規則が徹底しているとは、お世辞にも言えなかったが、それでも立て看板やチラシなどで配られたその取り決めは、徐々に効果を現し始めていた。

健太たちと同じような境遇の少年たちも一か所に集められた。テントは、孤児専用テントと命名されたが、見る見るうちに、次々と増えていった。

健太たちのテントの中でも、例にもれず、すぐに少年同士の権力争いが起こった。しかし、対抗馬のボスを、長治が一発で殴り倒してからは、健太たちが支配者だ。

三十名ほどの少年たちが、ぎゅうぎゅうと詰め込められ、雑魚寝をしているテントの中では、いまだ戦場の恐怖をぬぐい去れない怯えた視線や不安な視線が充満していた。同時に健太たちナカンガラサータイに媚びる視線も漂っていた。

孤児たちは、だれもが痩せ衰えて、虚ろな目を宙に泳がせていた。家族を喪ったショックから立ち直れずに、健康状態も悪かった。そんな孤児たちに比べれば、健太たちの健康状態は、はるかに優れていた。仲間に入れてくれと懇願する者もいたが、長治が一喝して断った。

義春が小声で健太に言う。

「純子ネエは裏切り者だ。まだ健太の兄イニイが死んだと分かったわけではないのに……」

「死んでる！」

義春の気休めの言葉を、健太が一喝した。

「何も言うな！　分かっているだろう。俺一人でやってもいいんだぜ。お前は帰ってもいいんだぜ」

健太の言葉に、義春は身を竦めた。いつもとは違う。全身に怒りが煮えたぎっている。健太は本当に純子ネエを殺すつもりに違いないと思った。

純子ネエのテントの中には、予想したとおり、簡単に忍び込むことができた。しかし、忍び込んだ後からは、予想外の事態に直面した。

まず、テント内は健太たち孤児専用のテントとは全く違っていた。スチール製のベッドが横に十個、整然と並べられていた。そして仕切りのカーテンが吊されて、ベッドのいずれにも、純子ネエと同じ年ごろの女たちが寝ていたのだ。

闇の中で目を凝らす。枕元に小さな電灯が点いているベッドもある。甘い香水の匂いが鼻をつく。やはり、どのベッドに純子ネエがいるか分からない。薄手の毛布を頭からすっぽり被っている者もいる。それだけではない。いくつかのベッドには、女たちが薄着を着てほぼ裸体のままの姿で横になっている。そのベッドを一つずつ点検して純子ネエを探すことは無理なことだ。出直そう。義春がそう思って健太を振り向いた時だった。

テントの入り口が開いて、外の光が射し込むと、シルエットを背負って大柄の一人の兵士が入ってきた。健太と義春は、思わず後ずさりベッドの下に身を隠した。

兵士は、ためらうことなく一つのベッドに直進すると、一人の女の肩を揺するようなしぐさをして、顔を近づけた。それから、奇妙なくぐもるような声を上げながら二人は抱き合った。

しばらくして、兵士が起きあがり大きな軍靴を苛立たしげに脱いで、ベッドの脇に置いた。女がベッドの上で上半身を起こし甘えるような声で、兵士の上着を脱ぐ。健太と義春は思わず目を見張った。純子ネエだ……。女は探していた純子ネエだ。男はトムだ。トムに間違いない。

健太と義春は、身動きの取れないままで、声を殺して、じっと二人のしぐさを見続けた。健太にも義春にも辛い時間だった。

9

健太は自分のテントに戻ると、夢を見た。いや、夢ではない。たんに過去の記憶を甦らせただけだ。それは、兄イニイと珊瑚礁の連なる海へ出て、釣りをしたときのことだ。

健太の夢は、自分のサバニをもち、ウミンチュ（漁師）になることだった。兄イニイは、そんな健太の夢を手伝うかのように、健太にせがまれると、嫌な顔を見せることもなく、よく一緒に釣りに出掛けてくれた。

その日も、健太は兄イニイに無理を言って釣りへ出掛けた。大潮の日で干満の差が大きく、絶好の釣り日和《ひより》だった。

健太たちは、沖の珊瑚礁に渡って大物のイラブチャーを狙った。釣り糸を垂れて間もなくだった。突然押し寄せてきた高波に、健太は身体のバランスを崩して、さらわれてしまったのだ。

健太の身体は一気に珊瑚礁に叩きつける波に弄ばれた。波は白い泡を吐き出しながら、容赦なく健太に襲いかかった。健太は、たくさんの海水を飲み込んで、目の前が真っ暗になった。

気がついたときは、干上がった珊瑚礁の上に寝かされていた。健太の目の前には兄イニイの顔があった。そんな兄イニイが、今、必死で遠い南洋でアメリカーと戦っているのだ。いや、もう死んでいるかもしれない。

健太たちナカンガラサータイは、一度だけ、アメリカ軍と日本軍が戦っている戦場を見に出掛けたことがある。それは、好奇心旺盛な清の提案だったが、砲弾が村の近くで炸裂する音を聞き、みんなは、砲弾のする方角へ忍び寄ったのだ。

三十分ほどしてたどり着いた場所は、アメリカ軍の戦車が轟音を上げて砲弾を撃ち、火炎放射器がサトウキビ畑を焼き払う光景だった。健太たちは、度肝を抜かれた。身を竦めて、目の前の光景を眺めた。アメリカ兵の持つ手榴弾が、山裾のガマ（洞穴）へ容赦なく投げ込まれる。その度に、爆音とともに、白い煙や黒い煙が、突風のようにガマから吹き出してきた。健太たちは、だれもが言葉を失っていた。遠い風景だったが、妙に生々しかった。

その日を境に、戦場に行こうと言い出す者は、もう、だれもいなかった。あの光景の中で、人々は死んでいくのだ。危険は海にもある。でも海の危険は避けられるが戦場の危険は、だれもが避けられないんだ。兄イニイだって、兄イニイだって、避けられなかったはずだ。

健太は、アメリカ兵も、純子ネエも憎かった。正しくは、戦争が憎かったと言うべきだろう。しかし、どこへ怒りを向けるべきか。その方角を見失っていた。それが戦争なんだろう……。

「健太、俺たちにも手伝わせてくれよ。水臭いぞ……」

長治が、笑いながら健太に告げた。あの晩から数日経っていた。周りに気づかれずに、どうやって純子ネエを殺すか。健太はその方法ばかりを考えていた。その異様さに長治が気づいたのだ。

しかし、長治の言葉で、突然、健太に殺害の計画が思い浮かんだ。純子ネエをおびき出せばいいんだ。今までテントの中に忍び込むことばかり考えていたが、長治や清が手伝ってくれれば、おびき出して殺すことができる。そう思うと、たぶん義春が約束を破って長治に純子ネエのことを漏らしたことを咎める気もしなくなっていた。

「俺たちナカンガラサータイは、一致団結が誇りだ」

「みんなの約束だよ」

そんな約束をした覚えはないが、春子までが、長治の後ろで、拳を握りしめて頭上に突き出した。その素振りを見て、思わず健太の表情が緩んで笑みがこぼれた。

健太は、膝を折って思いついたばかりの計画を話した。話しながら、計画が、より具体的になっていった。純子ネエを殺すことに、ナカンガラサータイ全員の目が輝きだした。

健太のひととおりの説明が終わると、健太と同郷の義春が勇ましく申し出た。

「よーし、俺がおびき出すよ。純子ネエは俺の顔、覚えているはずだ。俺の誘いに、きっと乗るよ」

「よし、決まりだ。義春にお願いしよう」

「で、純子ネエが、トムと散歩をしているときに誘い出せばいいのか？」

「違う、純子ネエが一人になるところを見計らうんだ。これからは、おまえは純子ネエのテントの近くに張り付いておけ」

「分かった」

「俺もついていく」

清の申し出に、健太がうなずく。

「私も行く」

「春子は、残っておけ！　人数が多すぎると目立つぞ！　それに、だれが食事を作るんだ。腹が減っては戦はできん！」

長治の、言葉に春子がうなだれる。

健太もうなずきながら、春子に笑みを送る。それから再び義春たちを見て義春に言う。

「誘い出す場所は、分かっているな」

「分かっている」

「まず、夜に会う時間と、場所を約束するんだ」

「うん」

「駆け出すなよ。ゆっくりと歩いて行くんだ。駆けると気づかれるぞ！」

「分かっている」

義春と清が、一歩ずつ一歩ずつ、健太たちの元を離れていった。

チャンスは、すぐにやって来た。純子ネエは、義春のことを覚えていた。もちろん、健太のことを話すと、懐かしそうに笑みを浮かべ、会う約束をしてくれたという。

「俺がやる。みんなは、手出しをするな。俺一人だけで十分だ」

健太は研いだナイフを、暗闇の中で光らせた。収容所内の米兵のテントから盗み出したナイフだ。

純子ネエが、約束の場所にやって来ると、健太は、みんなを背後へ押しやった。一人で純子ネの前に立ち、そのナイフを一気に、純子ネエの胸に突き刺した。話し合おうともしなかった。

純子ネエは、抵抗もせず、悲鳴も上げずに倒れ込んだ。健太が馬乗りになって、二度三度と仰向けになった純子ネエの首筋や胸にナイフを突き刺した。

「兄イニイの……、兄イニイの仇《かたき》だ！」

健太は、ナイフを強く握り、思い切り最後の一撃を頭上から一気に純子ネの胸をめがけて、振り下ろした。温かい血が、健太の手や腕を染めていく……。

純子ネエが、小さく息を吐きながら、健太にすがるように、手を二、三度上げたかと思うと、目を薄く開き、瞬きながら小さくつぶやいた。

「健太……、健太だよね。あんたの姿を見たときから、私はこうなることを望んでいた」

健太が膝を折ってしゃがみ、純子ネエに覆い被さるように耳を寄せた。

「私はね、死んでもいいのよ、健太。健太のお兄ちゃんに会わせる顔がないもんね。父さんも母さんも、妹も……、みんな死んでしまった。そのとき、私も死んだんだ……」

純子ネエの周りに、いつの間にか、ナカンガラサータイのみんなが集まっている。

「健太、有り難うねえ。私は、感謝しているんだよ。でも……、健太の兄イニイは許してくれないだろうねえ……」

純子ネエは、それだけ言うと、目を閉じ、二度と開けなかった。

健太は、それを見届けると、憤るように純子ネエの脇下に手を入れ、持ち上げた。それを見て、慌てて長治が腰下に手をやり、義春が脚を持って立ち上がった。純子ネエの身体が、一気に宙に浮いた。健太の上着が赤い血で染まる。

清と春子は、スコップを持った。だれもが黙って歩き続けた。ハマヒルガオの這った目的地の浜辺に到着した。純子ネエを下ろし、穴を掘った。

打ち寄せる波の音が、いつもより大きく聞こえた。いつの間にか月が出ていて、ハマヒルガオの青白い花が輝いて見えた。その下に純子ネエの遺体を埋めた。血に染まった上着も脱ぎ、新しい上着を春子から受け取った。

健太は、何だか心にわだかまる思いを、振り払いたかった。自分のだけではない。仲間たちの思いもだ。

純子ネの遺体に砂を掛けながら、一連の行為を反芻する。すべてがうまくいったのだ。予定どおりの行動だ。純子ネエにお礼を言われたことは、予定外のことだったが、どうってことはない。死にたがっている人を、殺してやったんだ。

「純子ネエは、兄イニイと、あの世で一緒になれるんだよね」

「うん、そうだよ」

春子の言葉に、長治がすぐにうなずいた。春子がそれを聞き、ハマヒルガオの花を手折って、純子ネエの墓に、そおっと置いた。その行為に釣られるように、みんなも薄青く輝いている花を探し、一つずつ手折って、純子ネの墓に並べた。それから健太の合図で腰を下ろし、みんなで合掌した。

その日の翌日から、数日間、雨が降り続いた。雨期に入ったのではないかと思われるほどの激しい雨だった。その雨が止み、からっと晴れ上がった天気が続くと、テントの中までも心地よい浜風が吹き込んだ。柔らかな砂地帯の土壌に立てられたテント村とはいえ、激しい雨で辺り一面にぬかるみを残していたが、その水気も一気に地中深く隠れて、跡形もなくなった。

純子ネエがテント村から消えたことに、トムをはじめ、だれも頓着する者はいなかった。

10

収容所では、一人の女性が消えても、何事もなかったかのように毎日が続いていた。一人、二人の人間が消えることは、よくあることだ。死人は毎日のように出ていたし、収容所と言っても名ばかりで、実際には病者や孤児や難民の避難場所だった。そして、いつの間にか収容所という名前も消え、Gテント村と呼ばれるようになっていた。テント村への出入りは、民間人だけの収容所であるだけに割と自由になっていた。

ナカンガラサータイも、何事もなかったかのように、相変わらず、盗みや強奪を続けていた。そして、活躍の場はテント村の外にも広がっていった。

近くの村々まで出かけていき、家人が留守の空き家は、片っ端から土足で入り込んで食料を物色した。死体を見つけると、着服できるものは、なんでも剥ぎ取り、着服した。しかし、身近で銃声を聞いたときは、さすがに驚いた。

その日もテント村の近くの集落まで出かけて行き、空き家を物色していた。そのとき、久しぶりに近くでカラスの鳴き声を聞いたのである。

カラスの姿を見るのは、隠れ家を造り、最初に避難した村の校庭で見かけたとき以来である。戦争でカラスも鳴かなくなったのだろうと言い合ったのだ。懐かしかった。みんな、庭に飛び出してカラスの姿を探した。

　カラスはすぐに見つかった。近くのリュウキュウマツの枝で、一羽だけ、羽を畳み、時々身体を揺するようにして大声で鳴いていた。

「久しぶりだなあ、カラスの鳴き声は……」

「どうして、一羽だけなんだろう」

「仲間たちと、はぐれてしまったのかなあ」

「それで鳴いているのかなあ」

「他のカラスは、どこへ行ったのだろう」

「みんな戦争で死んでしまったのかなあ」

「……」

「カラスも、ナカンガラサータイを作ればよかったのになあ」

「鳴いたから、ナチュンガラサータイ（鳴くカラス隊）だよ」

　清の言葉だ。みんな、笑顔で思い思いの感慨を述べ合った。様々な感慨が、それぞれの心に渦巻いていた。なんだかみんな幸せな気分だった。だれもが枝にとまった一羽のカラスを応援したくなるような感傷的な気分にも捕らわれていた。

　しばらく沈黙が続いたが、春子がぽつんとつぶやいた。

「もう、戦争が終わったのかなあ」

春子の感慨に、義春が即座に尋ねた。

「どうして？」

「だって、カラスが鳴けるようになったもん」

その返事が、まだ終わらないうちだったかもしれない。カラスが大きな声で鳴いた。みんな笑って拍手をした。それとほとんど同時だった。

「ズドーン」

大きな銃声がした。カラスが首を垂れて一気に落下した。

「あっ」

みんなが、同じような声を発した。息を止めてカラスの落下を見届けた。そして、一斉に銃声のした方角に目を遣った。

一人のアメリカ兵が、わずか二、三十メートルほどの距離に立っていた。その傍らには、沖縄女性が一人立っている。アメリカ兵は、構えた銃を肩から下ろすと、にこにこと笑いながら、健太たちを見た。

トムだ。純子ネエと一緒にいたトムだ。トムは、健太たちに手を上げ、何事かを叫んだ後、得意そうに連れの女性に接吻し、腰に手を伸ばし、身体を寄せ合うようにして立ち去った。

健太たちは、しばらく呆然としていた。気がついたときには、みんな一斉に走り出していた。もちろん、カラスが落下した場所を目指してだ。

カラスは、だれの予想も裏切らなかった。リュウキュウマツの根元に無惨な姿で息絶えていた。呆然としていたみんなは、やがてその場所の落ち葉を掃き払い、土を掘ってカラスを埋葬した。ついい先ほどまでは、この枝で鳴いていたのだ。信じられない瞬時の出来事だった。小さな木の枝を墓標にして突き立て、手を合わせ黙祷した。何度目の埋葬になるのだろうか。

それから四、五日後、テント村の孤児たち全員が、広場に集められた。数人のアメリカ兵と、数人の大人たちが孤児たちを並ばせ、説明した。孤児の全員を、新しくできたK村の孤児院へ搬送するというのだ。すぐに荷造りを始めよ、日が暮れたら出発するという。

荷造りといっても、どの孤児も着の身着のままだった。出発の時間が来るのを、痩せた身体で、ただ待つだけだった。

健太たちは、待っている間、新しい孤児院の情報を手に入れようと、大人たちの間を駆けずり回った。K村はどこにあるのか、孤児院とは、どのような施設なのか……。

しかし、大人たちは、だれもが、口を濁すだけで、よくは知らないようだった。

すぐに日が暮れ、出発の時間がやって来た。

健太たちは、来たときと同じようにトラックに乗せられて出発した。闇の中を、二つのヘッドライトが前方を照らし出していた。

トラックは、四台、孤児たちを乗せて一列になって走っていた。

健太は、トラックに揺られながら、先送りしていた結論を、長治に話した。

「逃げようか」

「もちろん」

健太の言葉に、長治は即座にうなずいた。

「あんなふうに栄養失調になって死ぬのは、ごめんだね」

長治は、周囲の孤児たちを見回し、吐き捨てるようにつぶやいた。

「俺は……、トムを殺す」

健太の言葉に、長治は一瞬驚いた様子を見せたが、すぐ笑みを浮かべてうなずいた。

「俺も、手伝うよ。孤児院へ行ったら、自由なんかないに決まっている。大人たちは、嘘つきさ。ひもじい思いをしなくて済むようになるっていうけれど、信用なんかできないさ」

長治は、投げ捨てるように言い続けた。それから、声を潜め、健太の耳に手を当てるようにして、言った。

「清たちは、どうしよう」

「うん、俺も、このことを考えていたんだ。だから、トラックに乗るまでも、結論を出せないでいた……」

「何も言わないで姿を消したら、心配するぞ」

「そうだよなあ……」

「話をして、あいつらに選んでもらおうか」

「うん、そうするか」

長治と健太は、揺れるトラックの荷台で脚を踏ん張りながら、ぼんやりと座っている義春、清、春子を呼び寄せた。

清が、すぐに答えを出した。

「トムはガラサーの仇だ。俺も逃げて手伝うよ。大人は信用できないよ」

義春も、続いた。

「孤児を集めて、アメリカーに連れて行くかもしれないって、噂していたよ。俺は、いやだなあ。アメリカグチ、話せないもんな。兄イニイたちと一緒の方がいいさ」

「私が行かなきゃ、だれが炊事をするのよ」

春子も、ませた口を利いて微笑んだ。

「決まりだ。みんな一緒だ」

「よーし、みんな一緒に逃げよう」

みんなの顔に笑みが浮かんでいる。

「トムだけでなく、アメリカーや、ムル、タックルサヤ（全部、叩き殺そうなあ）」

「ヤマトー（日本人）から、タックルスシガ、先アラニ（先ではないか）」

「ワッター伯父さんや、ヤマトーカイ、スパイと言われて、殺サッタンドー」

だれかが漏らした決意に、みんなが拳を握りしめる。

「ナカンガラサータイは、永遠に不滅です」

清が、目を生き生きと輝かせてそう言った。先ほどまでの、ぼーとした目はとうに失せている。

「よーし、いいか、合図をしたら、飛び降りるぞ」

「分かった」

「でこぼこ道だ。トラックの速度が、必ず遅くなるときがある。そのときが、飛び降りるときだ。用意しろよ」

みんなは、一斉に、身体をトラックの隅に擦り寄せた。

「何だか、わくわくしますね。やっぱりナカンガラサータイですね」

義春が、緊張しながらも笑みを浮かべて小声で言う。

「春子……、みんなで、お母を探しに行こうな」

「うん」

長治が、春子の肩を抱く。

「春子は、俺が抱いて飛び降りる」

長治の肩を、背後から、うなずきながら健太が叩いた。

トラックが大きく揺れ始めた。でこぼこな道で速度を落とし始めたのだ。幸い後続車のヘッドライトも遠かった。

「今だ！」

健太の合図に、一斉に飛び降りた。周りの孤児たちは、あっけに取られていたが、だれも言葉を発する者はなく、ただ黙って見つめていた。

五人の少年たちの姿が、闇の中で数回、転げ回った。と思うと、すぐに立ち上がり、手をつなぐようにして闇の中へ消えていった。少年たちの姿はまるでオオカミの群れのようだった。

〈了〉

やちひめ

1

短い草の生えた斜面は滑りやすかった。実際目の前で何人かの人々が足を滑らせ尻餅をついた。でも、だれも笑わない。不思議な緊張感が辺りを包んでいる。時計を見る。開会の時間まではまだ余裕があった。

めくり上げた袖口の腕に汗がにじんでいる。リュックからタオルを取り出して腕の汗をぬぐい首筋の汗をぬぐう。空を見上げると青空だ。雲は全くない。青色の絵具を水で溶かして薄く塗ったような空が一面に広がっている。しかし、すぐに剥がれるような危うい青さだ。どこにも切れ目やつなぎ目がない。数年前、旅行で訪ねたトルコの空を思い出した。

眼下の歩道には次々と多くの人々が集まってきた。ここに来る十数分前に、辺野古《へのこ》の旧集落からの坂道で追いついた老夫婦の姿を探したが見つからない。帽子を取って額の汗をぬぐう。坂道での老夫婦の会話を思い出す。

「幽霊が出てくるんだよ。どうしたらいいのかねえ……」

そう言ったのは、おばあちゃんだった。

おじいちゃんが腰に手を当て、背伸びをするようなしぐさをして息をつぎながら答える。

「アイエナー（ああ）長い人生、年を取ると幽霊を見ることもあるさ」

「あれ、嘘じゃないよ。本当だってば」

「だれの幽霊？」

「だれのって……、だれかは分からないさ。でも生きてはいないみたいだから幽霊だよ」

「アイエナー、生きていないから幽霊か？」

「そうさ、生きていないで、この世にいる人を幽霊って言うんでしょう」

「あれ、沖縄の人は、幽霊が多いのか？」

「そんなことはないよ。生きている人が多いさ」

「昔に死んだ人が、幽霊になって、今の世に出てきたというわけか」

「そうだね、そういうふうにも考えられるね」

「なんでかな？」

「なんでかなって、私にも分からないさ。でも、最近は本当によく見るのよ」

「俺を見なくなったから、幽霊を見るようになったんじゃないか」

「あれ、おじいよ、幽霊に嫉妬しているの？」

「そんなことはないさ」

「わたしはね、おじい、あんたも見ているよ。シワサンケー（心配しないでよ）」

私は、追いついた老夫婦に自然に歩調を合わせて背後で二人の会話を聞いていた。なんだか禅問答のようだ。嬉しいような気分にもなるが、寂しいような気分にもなる。

盗み聞きしているような気がして傍らに歩み寄り、声をかけて会釈をする。

「こんにちは」

「こんにちは」

「暑いですね」

「暑さんや、歳を取ると、こんな小さな登り坂もきついよ」

「お疲れ様です」

「お互い様や。ダア、息フーフーシイヤ（息が上がるよ）」

「歳のせいだけではないですよ。私もきついですよ」

おじいの言葉にそう返事したが、苦笑がこぼれた。思わず出た「私もきついですよ」の言葉に戸惑ったからだ。私は自分のことを若いと思っているのだろうか。私も老人だ。こちら側とあちら側に分ければ、私もおじいと同じあちら側に属する人間だ。二年前、六十五歳での定年退職を済ませた。確実に高齢者の側に入るはずだが、その自覚はあまりない。「私もきついですよ」は、「若い私でもきついですよ」という意味で使ったような気がして、少し恥ずかしくなった。大きく息を吸う。

でも、老夫婦は、私よりさらに一回りは年上のような気がする。私の言葉を善意に解して笑顔を浮かべてくれた。おじいが私に言う。

「休んだら歩けなくなりそうだなあ。特に暑いときに坂道を登るのはきついよ」

「そうですねえ、日陰もないですからねえ」

「そうだよなあ。おばあとフリユンタクしても、暑さはヒンギランヤー（逃げないなあ）」

「アリ、フリユンタクじゃないよ。沖縄の先祖は、みんな目を覚ましているんだよ。起き出して幽霊になっているんだよ。幽霊を見るのはそのせいだよ。今、分かったさ」

「あり、またフリムニーシイ（馬鹿なことを言って）」

「フリムニーじゃないさ。ワジィワジィーするんだよ、ここに新基地を造るっていうんでしょう。造らせてはいけないよって、先祖が怒っているわけさ」

「ええ、そうですね……」

　私は、思わずうなずいて、おばあの言葉を聞く。

「私は思うんです。海のほうにだけ神風が吹いてくれればいいがねえって。そうすれば埋め立て工事ができないのにねえって」

「あり、またフリムニーシイ。神風はヤマト（日本本土）の考え方だろう。ヤマトにとっていいように吹く風じゃないか」

「あい、おじいよ。神風はヤマトの考え方だけではないよ。神ンチュ（神人）は、沖縄の方が多いんだよ。沖縄には琉球王国の時代から神ンチュがいて、琉球王国を守ってきたというよ」

「今は琉球王国じゃないよ。それに守るっていうけれど、何から何を守ればいいか、神ンチュも分からないんじゃないか」

「アイエナー、おじいはこう言えばああ言う。守るのははっきりしているさ。命さ。それも分からないの。おじいは歳取テーサヤ（歳を取ったね）」

「ヤートゥ、イヌ歳ヤサ（あんたと同じ歳だよ）」

二人は大声で笑う。笑った後、コンクリートの塀の内側からわずかに枝を伸ばしたブッソウゲの陰で立ち止まり、塀に身を寄せて息を整える。なんとも微笑ましく、なんとも切ない。

私は二人に小さく会釈をして声をかけて歩き出す。

「先になります」

「とう、先ナレー（先に行きなさい）」

私は二人に手を上げて微笑む。立ち止まれば、私も歩けなくなりそうだ。

ゲート前の人混みの中に、やはり二人の姿を見つけるのは難しかった。たぶん、八十歳に手が届いているのではないか。幼少期に沖縄戦を体験した世代だろう。その体験を背負って生きてきたのだろう。家族には戦死者が出たかもしれない。戦争で犠牲になった人々の幽霊が出てきたかは定かでないが、辺野古の坂を過去を背負って歩いてきたのだろう。

腰を下ろした斜面からは、正面に辺野古米軍基地が見下ろせる。遠方には海が見える。この海を埋め立てて日米両政府は新基地を造るというのだ。沖縄では、先ほどのおばあの言葉を借りれば、幽霊も、生きている人もワジィワジィーして新基地建設に反対しているというのに、「辺野古が唯一」と、日本政府は繰り返している。もちろん日本は私たちの国だ。

基地のゲートは、しっかりと閉められている。フェンスの中には物見遊山のように笑顔を浮かべてくつろいでいる米兵の姿があちらこちらに見える。さらに、沖縄県警や本土から応援に来た機動隊員が、五十名ほどずつ一塊《ひとかたまり》になって隊列をつくり、あちらこちらに直立不動の姿勢で立っている。ゲートの前には、二重にも三重にも立ちふさがった機動隊百人ほどが盾を持って横一列に隊列を整え身構えている。

フェンス沿いに道路が左右に伸びて自動車が行き交っている。基地建設反対の抗議集会を主催した実行委員会の人々だろう。十数名ほどの交通整理員が出て、手旗を持ち、ベルを吹き、マイクを持って懸命に集会に参加した人々を誘導している。人々は道路を挟んで両側の沿道に立って集会の開会を待っている。

やがて開会が告げられた。大会役員や、国会議員などの挨拶が力強く述べられ、その度に拍手が起こる。集会の終了前には決議文が朗読されて、シュプレヒコールが発せられる。お決まりの進行表が滞りなく進められて大会が終了する。

この集会の決議や参加者の声はどこまで届くのだろうか。海を越えられるだろうか。青い空まで届くだろうか。せめて海を越えて本土の同胞には届けと祈りたいが、遠くに眺められる海の様子は変わらない。神風は吹いてない。フェンスは大会前と同じように色褪せないし、動かない。

やはり、集会に集まった人々の声はフェンスを動かせないのだろうか。多くの人々がそんな疑問や虚脱感を抱いているかもしれない。それだけではない。集会に参加しない人々や右翼からは、自己満足だと誹謗され中傷される。「抗議集会を開催しても、状況は変わらないよ、無力だよ」と。

それでも、希望を捨てるわけにはいかないのだ。いつの日か届くと信じて続けるしかない。絶望の中でも人は生きている。生きていれば希望を求めて声をあげる。たくさんの声が集まれば、やがては力になる。今は届かなくても、声をあげ続けるしかないのだ。

でも、何か他に方法はないのだろうか。老いれば、いつか坂道は息切れがして登れなくなるのだ。

閉会を合図に眼下の沿道に立っていた人々の群れが動き出した。流れは一定しない。左右へ分かれて動き出す。互いに体がぶつかるのを避けながら三々五々に歩いていく。

私の傍らに座っていた老婦人が、立ち上がったかと思うと斜面を二、三メートル滑り落ちた。何人かの人々が手を差し伸べたが、はにかんだ笑みを浮かべて自分で立ち上がった。

「有り難うやあ。大丈夫だよ」

一人でこの集会に参加したのだろうか。傍らに連れ合いらしい人はいない。

手を差し伸べていた男の人が独りごちるようにつぶやく。

「負キテー（負けては）ナランドーヤア（いけないよな）」

それを合図に周りの人々がうなずきあってつぶやく声が交差する。

「私は、集会に来るといつも泣いて帰るよ」

「沖縄の歴史が頭をよぎるんだ。いつもいじめられてばかりで、報われない。それでも、先輩たちは頑張ってきた」

「沖縄戦では、あんなにたくさんの人々が死んだのにねえ」

「新基地は百年の耐応年数があるらしいよ。新基地ができると子や孫たちは、また百年基地被害に苦しめられるんだ」

「基地がある場所が攻撃される。沖縄戦の教訓だ。みんながそれを知っている」

「知っているから反対するんだ」

押し黙っていた斜面の参加者たちは、立ち上がるとそれぞれに思いを語り始めた。互いに見知らない者同士だ。つぶやきの輪が広がっていく。

「ワジィワジィーするよね」

「一つ一つだよ。小さい石でも、積み上げると大きな石になる」

「大きい石が、辺野古の海では機械で積み上げられているよ」

皮肉や自嘲とも取れるこのつぶやきには、だれも答えられない。もちろん、私も答えられない。

眼下を、私の郷里「大宜味村」と記した幟《のぼり》が通過する、何人かの見知った人々が幟の周りを歩いている。とっさに私は斜面を滑り降り、幟の元に駆け寄った。私は村人に労をねぎらう言葉をかけたかった。何名かが振り返り私を見つけて立ち止まる。私より先に私が労をねぎらわれた。

「ご苦労様」

「お疲れ様です」

そんな中からひときわ高い女性の声が聞こえた。その声の方に目を向けると、驚いた。米寿を超えた奥島菊江さんがいる。奥島さんは九十歳になるはずだ。

「奥島さ〜ん……」

私の声は人混みに飲み込まれた。後が続かない。でも奥島さんは私に気づき、額に汗を浮かべた顔に、いつものように笑みを浮かべて私の方に近づいてきた。

奥島さんのお父さんは、ニューギニアで戦死していたはずだ……。

2

私が奥島菊江さんに初めて会ったのは、もう四十年余も前のことだ。私は大学を卒業してその翌年に教職に就いた。卒業後の一年は働くことが嫌で、両親の心配をよそに家を飛び出して浪人生活を送った。働くことは体制を維持することだと極端な思想に囚われていたのだ。岡林信康の「山谷ブルース」の世界に憧れた。もっとも日々の生活を維持しなければならず、日雇い労務をして間借り先の家賃や食費に充てた。

「感性のテロルもある。意志を持続することが大切だ」

尊敬する先輩から酒を酌み交わしながら激励もされたが、日雇い労務は長くは続かなかった。下水道工事の穴掘りを三か月ほど続けた後、建築現場に移った。ところがそこで五寸釘を踏んだ。運動靴を履いていたのだが足裏から足の甲まで貫通した。すぐに病院に担ぎ込まれ治療を受けたが松葉杖をついての生活を余儀なくされた。天井を眺めながら、社会を憎み人間を憎んでいた。死を夢想しカウントダウンしたが実行する一歩の勇気が出なかった。

やがて、父の世話を受け教職に就いた。半年ほど補充生活を続け、教員採用試験を受けて合格した。最初の赴任校は本島北部でヤンバルと呼ばれる大宜味村立塩屋中学校だった。大宜味村は私の故郷だ。だが故郷と言っても小学校二年生までを過ごした故郷だ。教職に就いていた父の仕事の都合で故郷を離れなければならなかったのだ。

塩屋中学校に着任したその翌年、縁あって地元にある県立のH高校へ転勤した。その学校で用務員をしていたのが、私と郷里を同じくする奥島菊江さんだった。

奥島さんは、職員室へ湯茶を運んだり、校長室や応接室の掃除をしたり、あれやこれやと忙しそうに働いていた。教員から印刷物などを依頼されても嫌な顔を見せずに、むしろ喜んで引き受けていた。

学校には職員の休憩室があったが、多くの職員は休憩室は利用せずに奥島さんの働いている湯茶室の畳の間で、あぐらをかいたり、横になったり、おしゃべりをしたりと、気ままにくつろいでいた。そんな職員のために、奥島さんは手作りのお菓子や漬け物などを準備して笑顔を浮かべて迎えていた。奥島さんのいる湯茶室は、だれもが居心地が良かった。いつしか弁当を持ち込んで昼食をる職員も増え社交の場にもなっていた。

H高校は本島の最も北端にある高校で、教員は大学を卒業したばかりの新米教員が多かった。奥島さんは新米教員の母親役だった。単身で赴任してくる新米教員の寂しさを紛らし、愚痴や泣き言を聞き、励ましの言葉をかけるのも奥島さんの役目だった。

「H高校は、まるで教員養成所だな」

「一年目は新人だが、二年目は中堅、三年目はベテラン教員だよ」

在職の教員たちは、そんな冗談を言いながら、互いに励まし、互いに夢を語り合い、仲間や学校での日々を過ごしていた。

奥島さんのことを、みんなは「コウチョー先生」と呼んでいた。だれがそんな風に呼び始めたのかは分からない。私が赴任したときにはそう呼ばれていた。そう呼ばれていることに私も違和感はなかった。若い教師を励ますもう一人の「校長先生」というイメージが、奥島さんには似合っていたからだ。

奥島さんはいつも屈託がなかった。学校行事や生徒会行事にも積極的に参加していた。小柄な奥島さんは学校全体のマスコット的存在だった。いつも笑顔を浮かべている元気者の奥島さんは生徒たちからも慕われていた。卒業式が終わると、数十人の卒業生たちが湯茶室に立ち寄り、涙を流しながらお礼を言い、花束を渡している光景はいつの間にか恒例になっていた。教員からだけでなく、生徒たちからも、もう一人の「コウチョー先生」と慕われていたのだ。

たまに開催される教職員のレクレーションなどでは、皆から何度も選手宣誓役を押しつけられたが、いつも嫌がらなかった。小さな体でトレパンを着け、右手を挙げて明るく宣誓する姿にみんなが癒やされた。生徒会主催の行事にも率先して参加した。学級対抗の駅伝大会などでは、職員チームのアンカーなどを勤めた。たすきを掛けて小刻みに一歩一歩を進め、両手を挙げてゴールインする姿は、今でも脳裏に焼き付いている。

ところで、私は奥島さんと郷里を同じくするが、父の仕事の都合で郷里を長く離れていたので、奥島さんのことは、よく知らなかった。しかし、奥島さんは私のことをよく知っていた。父も母も、奥島さんと郷里を同じくしていたからだろう。その息子である新米教員の私には、特に目をかけてくれたのだ。

「サダトシ先生、元気だしてよ」

奥島さんは私を「サダトシ先生」と呼んだ。新米教員の私は先生と呼ばれることに慣れていなくて照れくさかったが、職員室でぼーっとしている私に「サダトシ先生」と何度も声をかけ、湯茶を勧めた。時には授業に必要なプリントの印刷をも請求されて手伝ってくれた。

またそっと耳打ちをされて湯茶室に招待されたときは、パパイアやバナナなどの果物や手作りのサーターアンダギーなどが皿に盛られていた。私も、いつしか湯茶室の常連になった。湯茶室で小さな座卓を囲んで、おしゃべりをするのは楽しかった。みんなが冗談を言い合い、時には奥島さんをからかった。奥島さんは教師仲間の冗談に、いつも明るくやり返していた。

「私はね、コウチョーといってもね、夜のコウチョーだよ。宴会コウチョーさ」

「私はね、働くのが楽しいんだよ。先生方や生徒を見ているとね、私は幸せになるんだよ」

「身体を動かしているとね、悩みは吹っ飛ぶよ」

「歌や踊りをすると幸せになるよ。皆さんも、歌や踊りをしなさいよ」

当時、私は奥島さんが戦争で父親を亡くしていることを知らなかった。六人姉弟の一番上で、母親と一緒に人一倍苦労をしていることも知らなかった。宴会の席などでみんなから請われて舞台に上がり、滑稽な踊りをする奥島さんだけを知っていた。

大学を卒業して間もない私たち全共闘世代の鬱々とした心情を、奥島さんは察していたのかもしれない。実際、私は青春時代の体験や思念からうまく抜け出すことができずに、他者に関心を払うことができなかった。私は、私自身にしか関心がなかった。政治の季節のただ中で過ごした学生時代の気分を就職後も払拭できずにいたのだ。教職に就いて学級の子どもたちと正面から向き合い、進路指導をする自分に戸惑っていた。多くは苦虫を噛みつぶしたような顔をしていたのかもしれない。

「サダトシ先生、笑うんだよ。笑えば福が寄ってくるよ」

奥島さんにそう言われたのは、いつだったたか……。

私は三年後に職場を移ったが、今やっと、この言葉の有り難さに気づいている。

3

奥島さんの退職激励会は二度開催された。一度目は退職当時の三月に学校職員が開催した。二度目は退職後、数か月経った夏休みに、H高校を巣立っていった教職員有志の呼びかけで開催された。奥島さんが勤めた一九六九年から一九九一年までの二十二年間にお世話になった教職員同士が呼び掛け合って実現したものだ。会場は大宜味村農村環境改善センターになった。

二度目の退職激励会を開催した有志は、七十年代半ばにH高校に勤めた教師が中心になった。私が勤めた時期と重なった。もちろん私も発起人に名を連ねた。大きな会場であったが、当日は懐かしい顔であふれていた。

奥島さんにまつわる様々なエピソードや感謝の言葉が次々と披露された。宴席では、泡盛やビールが飲み交わされたこともあってか、飛び入りでスピーチをする人も多かった。また、当時の新米教員同士が久しぶりに会って近況を語り合う場にもなり、活気づいた賑わいが三時間近くも続いた。「お母さん」「お姉さん」「コウチョー先生」「初恋の人」などとそれぞれが勝手に呼び合って思い出を語った。フィナーレでは、参加者全員が肩を組み合い、「北国の春」など、いくつかの歌を合唱した。そして、最後には舞台に上がり記念撮影をした。私にとっても懐かしい貴重な思い出だ。

私はH高校で一九七五年から三年間勤めた後、続いて石川高校、北谷高校、開邦高校などで勤務した。H高校時代は二十代であり、かつ郷里に在る学校であっただけに、思い出はひとしおである。

それは学校だけでなく、郷里の人々との交流を深める機会にもなった。この期間を契機にして、両親の故郷が私の故郷にもなったのである。

私はH高校へ赴任する前の年に結婚していたが、妻の職場が首里にあったので単身で赴任した。そして郷里大兼久の母方の伯父の家に下宿した。それだけに、多くの村行事にも参加した。今ではお世話になった伯父伯母も他界してしまったが、私が寝泊まりをした家はまだ残っている。その家を見る度に、伯父伯母の優しさを思い出す。

村の豊年祈願行事の一つであるアブシバーレー（畦虫払い）では、誘われてハーリー（爬竜船）を漕いだ。作戦会議と称して開催されるバーリ（班）の懇親会にも何度も参加した。私は私自身にしか関心がなかった日々が、郷里の人々との交流で徐々に目が開かれ心が開かれていった。

とりわけ小学校三年生から離ればなれになった郷里の友人たちとの再会と交流は、時間の壁を一気に越えた。懐かしい思い出を語り合い、子どものころと同じように無茶をやった。

辺土名の漁港から与論島に渡ったのも楽しい思い出だ。養鰻場からウナギを買い込んで飽きるほど食べてみたいというだれかの発案をみんなで実現した。ウナギの腹を裂き、友人の家の庭で焼いた。だがウナギはうまく焼けずに焦げ付いた。苦い思い出の一つだ。

H高校を去った後も、村人や郷里の友人たちとの交流は続いた。友人たちは、折に触れ、機会を見つけて、様々な連絡をしてくれた。私も村行事などには、できるだけ故郷に帰って友人たちと一緒になって参加した。私の故郷は間違いなく大宜味村大兼久になったのである。

奥島さんとも、新たな出会いと発見があった。村行事では、奥島さんはいつも目立っていた。村人は奥島さんが加わった「やちひめグループ」の余興を楽しみにしていた。奥島さんら何人かの婦人会員で結成されている「やちひめ」は、「やちひめ劇団」とも呼ばれ村のアイドルだった。

村行事の豊年祭や成年祝い、また新年会や結婚祝いなどは、奥島さんたちの格好の出番になった。それだけではない。アブシバーレーには、奇抜な衣装を着け、手作りの幟を持って爬竜船競争を応援した。その姿は、みんなの笑いを誘い、恒例の楽しみになっていた。だれもが奥島さんたちの応援ぶりに腹を抱えて笑った。

奥島さんたちは、ときには酒の入った徳利《とつくり》を腰に下げ、頬に白粉を塗り、唇を口紅で色濃く隈取ったり、墨で大きな眉を描いたり、ちょび髭を付けたりして、仮装行列のような格好で村を練り歩き、浜辺で踊った。私も徳利からの泡盛を口に押しつけられ強引に飲まされたことがある。

私は、故郷大兼久への思いがどんどん大きくなっていた。父や母がついに帰ることのできなかった故郷は、私にとって愛すべき故郷になっていた。父や母の故郷への思いがどのようなものであったのかは詳しくは知らないが、私は故郷へ恩返しがしたいと思った。

その一つに、退職後に郷里の先輩たちの戦争体験を聞き取ることがあった。それを編集して出版し、郷里への恩返しにしたいと思ったのだ。その作業は退職後すぐに始めた。

作業の途次で、大宜味村史編集委員会の出版による『新大宜味村史　戦争証言集　渡し番―語り継ぐ戦場の記憶―』（二〇一五年）があることを知った。早速取り寄せて頁をめくった。大宜味村の人々の戦争体験が各字ごとに編集されている。字の一つである大兼久の体験者の証言も掲載されていた。

私は驚いた。その証言の一つに奥島菊江さんの証言も掲載されていたのだ。奥島さんは戦争で、父親を亡くしていたのだ。

私は呆然とした。あの笑顔いっぱいに村人を笑わせてばかりいる奥島さんが、こんな辛い人生を歩んできていたことなど思いも寄らなかったのだ。奥島さんは終戦当時は十八歳。戦争のさなか、本人は、大分や宮崎、佐賀の紡績工場で挺身隊員として働き、戦死したという父親の遺骨を求めて原爆後の広島の街を彷徨ったというのだ。戦後は郷里に戻り、長女であるが故に一家の大黒柱として七人の妹弟の面倒を見ながら、寡婦になった母親を支え一〇九歳での天寿を全うさせたと記している。

奥島さんのこんな人生の軌跡は、H高校在職中にはもちろん知らなかった。困難な戦後に母親を助け、自らも二人の娘を立派に育て上げた奥島菊江さん。私は奥島さんの歩んできた人生を想像するだけで胸が熱くなった。

奥島さんは、昨年、八十八歳の米寿を迎えている。高齢にもかかわらず辺野古新基地建設に反対する奥島さんの行動にはこのような体験が根拠にあったのだ。そう思うと改めて胸が熱くなった。

同時に奥島さんの人生への強い関心も沸き起こってきた。このような辛い体験を背負った奥島さんが、なぜあのような明るい笑いを振りまきながら生きることができるのか。辺野古新基地建設に反対する奥島さんの行動は腑に落ちたが、やちひめグループのリーダーとして村人を笑いの渦に巻き込む行動は腑に落ちなかった。むしろ不思議な感じがした。私は、奥島さんの体験を知ったとき、もう一つの思いが沸き起こってきた。

それは、過去の戦争体験の記憶を悲しみで彩るだけではなく、その悲しみの体験を乗り越え、明るく生きてきた人々がいる。たとえば奥島さんがリーダーになっている「やちひめ」グループのようにだ。彼女たちの思いや生き様を少しでも理解したい。笑顔を浮かべ歌い踊っている彼女たちの明るさの拠点を探すことができれば、私たちにもまた明日を生きる力になり得るのではないか。このことは戦争体験者の証言集と同じほどに意味のあることのような気がしたのだ。

この思いを叶えるために、私は奥島さんにインタビューを試みることを決意した。

4

奥島さんは最初、私の申し出に戸惑っていた。「自分の人生なんか、なんの参考にもならないよ」と。それに体調を崩していると言われて断られた。

奥島さんは米寿を過ぎている。無理もないかなと思った。しかし、今日、明日、訪ねるのではなく、体調が回復してからでもよい。今回は戦争体験でなく、奥島さんや元気なやちひめグループのことを教えて貰いたいのだとお願いすると、やがていつもの明るい奥島さんに戻っていた。最後には笑って承諾してくれた。訪問日を数週間後に設定して、私は受話器を置いた。

奥島さんは刺身を準備して待っていた。冷たい麦茶も持ってきた。終始、笑顔だった。いつもの奥島さんだ。手作りだと言ってパンケーキも持ってきた。「カメー、カメー（食べて食べて）攻撃」だ。戦争で食べるものが何もなかった時代を生き延びてきた沖縄のおばあたちは、来訪者へ「カメー、カメー」と家にある一切の食べ物をあれこれと出して勧める。おばあたちの優しさだと、何かの本に書かれていたことを思い出す。

私は、カメーカメー攻撃を受けながら奥島さんの体調が回復していることを確認した。嬉しかった。私も笑顔を浮かべながら兼久川で見た魚影のことを話した。

「珍しいことだ。魚はなかなか見られないよ。サダトシ先生を歓迎しているんだよ」

奥島さんは屈託なく笑った。

部屋の中に、奥島さんの退職記念パーティの写真が額に入れられて飾られているのに気がついた。私は立ち上がって、さらにその写真を念入りに眺めた。私の姿もある。もう四十年近くも前のことだ。

「これは私の退職記念の写真だよ。私の宝物だよ。退職のときは、生徒や先生方からたくさんメッセージをもらったよ」

奥島さんは、文集や写真集を私の前に広げて見せた。準備をして待っていてくれたのだろうか。そう思うと嬉しくなって食い入るように見つめた。

「これは退職記念の文集。校長先生や職員の皆さんが作ってくれたんだよ。この文集には、私の幼いころのことも書いてあるよ。書かされたんだよ」

奥島さんは、照れながらも笑顔で次々と説明してくれる。

「これは、やちひめグループの写真だよ。ワーケー（私たち）村の老人会や婦人会の皆さんは元気だよ」

「ちょっとだけ、ご飯入れようか。食べてから帰りなさいよ」

またまたカメーカメー攻撃だ。私は今度は、すぐに手を振って遠慮する。実際、もう満腹だった。

奥島さんは残念そうな顔を見せたが、すぐに気持ちを切り替えてくれた。

「村の公民館ではね、一週間に二回、デイサービスがあるんだよ。そのときに、お年寄りの健康をチェックしてくれるんだ。私たちも余興なんかをして楽しむさ。家に座って黙ってばかりいると、ぼけるからね（笑い）」

「あのね、やちひめでね、この前は宜野座《ぎのざ》の老人施設に慰問に行ったよ。やちひめのメンバーのヒロコさんの娘が宜野座に嫁に行っているんだけどね、職場は介護施設だからお願いされたわけよ。お願いされたというよりも、私たちがお願いしたようなものだけどね」

奥島さんは明るい笑みを浮かべる。

「今、辺野古は大変さねえ。私たちやちひめは、できる限り応援に行っているよ」

「小浜島にもおばあたちの合唱団があるというのでね。大兼久のやちひめは交流をかねて小浜島に行ったんだ。マサヨやミチエが切符の手配をしてくれたんだよ」

「なんというグループだったかね。白百合《しらゆり》合唱団だったかね。でもね、白百合合唱団より、やちひめグループが結成は先で、伝統もあるんだよ。でも、やちひめにはマネージャーがいなかったからね。有名にはなれなかったね（笑い）」

「あっちと対決してきようと行って出かけたんだよ」

「白百合合唱団は、私たちと交流した後、シンガポールの公演にも出かけたんだよ」

「サダトシ先生、あんたとタバ先生と一緒になってやちひめのマネージャーにならないね」

タバ先生は、戦争体験を一緒に聞き取りに来た後輩の教師だ。

「タバ先生は最初来たときにこの写真を見てからね、自分の知り合いがいるって喜んでから、この先生と一緒に私の家にいらっしゃって、昔話に花を咲かせたよ」

「やちひめには校長もいたが教頭もいたよ。書記もいたさ。でもね校長といったら学校の校長と間違われて失礼だからね。漢字だけは変えようねえってからね。校長のこうは、べにの紅にしよう、ちょうは蝶々の蝶、だから私たちは紅蝶先生って言っていたんだけどね。だれも漢字までは想像しないさ。結局私は校長先生て言われ続けたんだよ（笑い）」

「私は恥ずかしいから、夜の校長だよって言い直していたけれどね。しまいには、もうどうでも良くなったさ」

「他にも自分たちで、いろいろ名前を付けて楽しんだよ」

「一度ね、やちひめのメンバーから、職場の私に電話があってね。学校にだよ。事務の人にね、ウヒジ（いつもの口癖で）、コウチョー先生お願いしますって言ったって。そしたらね、本当の校長先生がね、はい代わりました、校長ですが、って」

「うちのメンバーは、びっくりしてからね、いえ女の校長先生ですって言ったって。これからますます私は、校長先生って呼ばれるようになったわけさ。校長先生にも冷やかされたよ。みんな、大笑いさ」

「私はね、戦後間もないころ米軍施設の奥間ビーチにも勤めたことがあるよ。また嘉手納の将校クラブにも勤めたよ。あの当時は、みんな軍作業に駆り出されていたからね」

「まだ二十代だったけれど。嘉手納に家を借りて住んでいたよ」

「英語も分からなかったけれどね、毎日コーヒー作って、テーブルまで持って行くだけの仕事だった。難儀ではなかったさ」

「嘉手納将校クラブには長くはいなかった。何か月かだよ。その後、すぐに金城組という建築屋、土建屋に勤めたんだ。金城組にはね、饒波《ぬうは》の人とか、平安座《へんざ》の人とかが多かったよ。饒波はね、戦前は裕福な村だった。川も大きくてね、船も入りよったよ」

「私の父はね、ウミンチュ（漁師）だったけどね。召集されてニューギニアで戦死したんだよ」

「大兼久はウミンチュが多かったからね。父も、召集される前はみんなと一緒にウミンチュをしていたわけさ」

「父はいつも海に出ていたので父との思い出は少ないよ。鹿児島だけでなく、朝鮮の近くの海までも行ったはずよ。家にはあまりいなかったね」

「父は子どものしつけには厳しかった。妹を箒を持って追いかけていたのを覚えている」

「私はね、小学校六年生の時に南洋にも行ったんだよ。パラオさ。パラオには一年半、いたよ」

「あのね、パラオに行っている伯父さんがね、親の具合が悪いといって沖縄に戻ってきたんだがね。パラオに帰るときに、クヮームヤー（子守）を一人捜して連れてきてって、ゾーセイ叔父さんに言われているといってね、私に声をかけてくれたわけさ。ゾーセイ叔父さんは私の母の弟。私はすぐに、はい、はい、って返事したさ」

「はいって言ったものの、お母に相談すると怒られてね」

「私は大きな船に乗ることに憧れていてね。南洋がどんな所かも分からないのにね。絶対行くって言い張ったわけさ」

「母も呆れてからね。ヤンミー（兄さん）、ウッサイチンキカンクトゥ（これだけ言っても聞き分けないから）、なあ南洋かいソウティイケー（連れていって）ということになったわけさ」

「パラオまではね、船で横浜から十二日間掛かったよ。気分が悪くなってね、大変だった」

「パラオのコロールに上陸するとね、椰子の木が、ずらっと並んでいてね。コロールは本当に生活しやすい所だった。暑くもないし、寒くもないしね」

「コロールには南洋庁があったから賑やかだったんだろうねえ。料亭もいっぱいあったよ。戦争前だったからか海軍さんもいっぱいいた。小さい町に、一つ、二つ、三つ……、いくつぐらいあったかねえ。私たちの家の近くにも料亭があったよ。座布団投げ合って騒いでいる兵隊さんたちを見たこともあったよ」

「戦争がなければね、パラオは本当に天国みたいな所だった。現地の人もウチナーンチュも、みんな仲良く暮らしていたよ」

奥島さんは笑顔を浮かべて話し続けた。

奥島さんは、沖縄戦のこと、母親との暮らしのこと、やちひめグループのことなど、自らの人生を振り返って、思いつくままに様々なことを語ってくれた。語ることを嫌がっているのではないかという私の不安は杞憂に過ぎなかった。

しかし、語ってくれたことが断片的であったが故に、まだまだ私の脳裏でうまくつながらないことも多かった。悲しみを閉じ込めて笑顔で踊る。その原因や理由、根拠や結果が、奥島さんの現在の暮らしとうまくつながらないのだ。うまくつながる人生など、どこにもないと思う一方で、なんとかつなげたいとも思った。

やちひめグループと奥島さんとの関わりをもっと聞けば、うまくつながるか、とも思ったのだが、奥島さんの年齢や体調を気遣って、インタビューを切り上げた。

奥島さんもこのことを察していたのか、準備していた資料の中からやちひめグループの活躍している写真や、退職時に学校が作ってくれたＤＶＤや記念文集などを貸してくれた。

私は、借り受けたその資料を返却する目的で二度目のインタビューの約束を取り付けた。

5

二度目のインタビューは、一度目よりは遙かにリラックスした感じで受け応えてくれた。私は、やちひめの誕生や、やちひめの活動について多くは尋ねた。奥島さんもそれに答えてくれた。

「やちひめという名前はね、私がつけたんだよ。最初のメンバーは八人だったからね。可愛い名前をみんなで考えたんだよ。女性は姫がつく名前がいいんじゃないかねって。そして八名だから、やちひめにしようかって、なったわけよ」

「最初のメンバーはね、キヨコさんたち。前田キヨシ先生の奥さんさ。みんな活動的な人だったよ。その後でね、若い人たちもどんどん入ってきてね、今は十五人ぐらいかな」

「キヨコさんはね、名護の福祉事務所に勤めていたんだが忙しくしていてね、なかなか一緒に活動ができなくなった。それで私たちはね二次募集、三次募集って、シマ（村）の若い娘を捕まえてね、あんた、やちひめのテスト受けなさい、と言ってね、からかってからテスト受けさせたわけさ。ヒロコさんたちも二次募集で合格してグループに入ってきたんだよ」

「あのときはツイストが流行《はや》っていたからね、ツイストを踊らせてから合格を決めたんだよ。腰を振ってね、足で何かを踏みつぶすようにして踊ってごらんって（笑い）」

「よっし、分かった！　父ちゃんを踏みつぶす気分だねってからね、腰を大きく振ってから踏みつぶして、合格した人もいたよ（笑い）」

「マサヨたち、ミチエたちはずっと後から入学してきた新人さ。二人は若いからね、やちひめでどこか旅行へ行くときは、みんなマサヨたちが切符買ったり、ホテルを予約したりしてくれるさ。若いと言っても、もうすぐマサヨたちも七十歳だよ（笑い）」

「おばあもね、やちひめには理解があったよ。おばあって、あり一〇九歳まで生きた私のお母さ。名前はウシさん」

「ウシさんはね、百歳過ぎても元気だったからね、いろんなところから取材に来たよ。でもね、嫌とは言わなかった。ただ笑って座っていればいいんだよ。みんなおばあの健康にあやかりに来るんだからねって。おばあに言い聞かせていたんだよ。笑えばＪＡ（農協）も来るよ、幸福も来るよってね。半分冗談で、半分本気でシカして（おだてて）いた」

「実際ＪＡ沖縄からね、ゴーヤーの宣伝をしたいから、おばあにモデルなってくれないかって話がきたよ。モデルってヌーヤガ（モデルってなんだ?）って言うからね、ただゴーヤー握って笑って座っとけばいいんだよおばあって言ったわけさ」

「父はウミンチュで、いつも家にはいなかった。ハニク（大兼久）の人たちと船団を組んで、あちこちの海に行っていた。そんな父から、手紙が届いたことがあるよ。鳥羽という所からだった。私が大分にいるときだ。友達と一緒に沖縄から大分にやって来て女子挺身隊といって紡績工場に勤めているときだった」

「菊江、お父は戦争に行く。お父は必ず勝って帰ってくるからな、お利口にして頑張っておきなさいよって。それがニューギニアだったんだね」

「私はね、戦争が始まってから、大分から宮崎に引っ越したんだよ。会社ごとね。宮崎の都城《みやこのじょう》には連隊の基地があったからね。そこが安全だろうということだったんでしょうねえ。でもね、そこも安全ではなかった。よけいに空襲があってね。焼け野原になってしまったんだ。戦争が始まると安全なところは、どこもなくなるんだよ」

「そこで、会社に勤めていた人たちは解散させられた。沖縄から来た人たちは、四、五人いたけれど、そこからまた佐賀に避難したんだよ。もう働くことはなかったが、会社が面倒を見てくれたんだ」

「戦争が終わったときは佐賀にいた。沖縄の人たちは、沖縄に引き揚げる準備をしたんだがね、私のところに、本土に渡ってきている親戚から連絡があったの。あんたのお父さんがニューギニアで戦死して広島に遺骨が届いている。詳しいことは大阪にいる伯母さんが知っているはずだ。伯母さんに教えて貰いなさい、ということだった。私はすぐに大阪に行った。ウシさんが次女で、大阪の伯母さんは長女だった」

「私は二十歳だった。汽車で行ったんだが、お金もなくてね、窓から飛び乗った。汽車は兵隊たちで満席だった。途中山口県の宇部というところで停車した。宇部には大兼久から紡績に働きに来ている人たちも多かった、だれが連絡したのか、私のヤンバルの友達が駅で待っていてね、宇部で一時、下車したんだよ」

「あんたの従兄のサダオさんと、伯父さんのカミタロウさんも宇部にいた。サダオさんは予科練で訓練を受けているときに終戦を迎えた。カミタロウさんは海軍で負傷して病院で治療を受けている時だった。二人は翌日も、駅まで見送りに来てくれた。私は二人に汽車の窓から車内に押し込められたんだ。汽車はやはり帰還兵でいっぱいだった」

「どうして父の遺骨が届いているのが分かったかというとね、父の戦友が大阪の人で戦地から引き揚げてきたんだが、戦友の親戚と大阪の伯母さんは知り合いでね、それで父の遺骨が広島の援護局にあるということが分かったんだよ」

「大阪に行って伯母さんにお礼を言って、すぐに広島に向かった。広島は原爆が落ちた後だったから焼け野原だった……。ハメー（あれ）、本当に何もなかったよ。どのようにして援護局まで行ったかもあんまり覚えていないがね、駅でぼーっとしていたらね、後ろに立っていただれかが教えてくれたように思う」

「でもね、援護局に着いたら父の遺骨はなかった。沖縄の人の遺骨は沖縄に送り返すといってからね、長崎の佐世保から沖縄行きの船が頻繁に出ているので、そこに移しましたよというわけ。またすぐ長崎に向かった。私はお金もなかったけれど、体も小さいから、みんなの脇の下をすり抜けて知らんふりした。無賃乗車さ。小さいと得をすることもあるんだよ」

奥島さんは、屈託なく笑う。私も、遠慮なく目の前に用意された麦茶を飲み、お菓子を食べた。奥島さんは、話すことにも屈託がなくなった。私には興味深く身を乗り出すようにして聞き続けた。

6

「父の遺骨を抱いてヤンバルに戻るとね。大兼久は焼け野原でね、昔の面影はなかった。バスを乗り過ごしてね、隣の饒波《ぬうは》で降りたんだよ。大兼久に着くとね、私が父の遺骨を持って帰ってくるのを知っていたんでしょうねえ。おばあをはじめ、みんなが待っていた。おばあには、よくお父を連れて帰ってきたねって褒められたよ。でも遺骨を入れた箱には何も入っていなかった。小石が入っているだけだった」

「今考えるとね、よくこんなことができたねと思うよ、父が見守っていたんだと思う。そしてね、行く先々で、シマの人たちをはじめ、たくさんの親切な人たちに出会ったんだよ。大変なときは、みんな親切になるのかねえ」

「私はね、ヤマトから引き揚げてきてからね、しばらくは嘉手納基地に勤めたんだよ。沖縄の人もたくさん働いていた。飛行場を造っていたはずよ」

「嘉手納にはね、友達三人と働きに行ったんだよ。嘉手納から帰ってきてね、兼久に水産組合ができたから、次はそこの事務員になったわけさ」

「事務所で働いているときにね、B円の切り替えがあったんだよ、B円って軍票さ。軍票からドルへの切り替えさ。辺土名に行ってね、トクゾーさんと二人だった。組合のお金を持って切り替えに行ったわけよ。そこでね、那覇に行くトラックを見つけてね、途中、大兼久まで乗せてくれると言うから、私とトクゾーさんは荷台に乗ったわけよ。そしたらね、運転手と助手席に乗っている人がね、私に向かってね、ネエサン、ヤーヤ、那覇までソーティイカヤ（那覇まで連れて行こうね）って、にやにやして言うわけよ。私はそれを真に受けてから、怖くなってね、喜如嘉でトラックがストップしたとき、逃げようと思って荷台から飛び降りたわけよ。そしたら大怪我して、脚も折ってね、そのまま診療所に担ぎ込まれたよ。それから三か月間、松葉杖をついて水産組合で働いたよ。あんたは冗談も分からないのって、みんなには笑われたけれどね。こんなこともあったよ」

「おばあはね、ほんとに働き者だった。人の三倍働きよった。人が一回魚を売るのに、おばあは走って三回売りに行きよった」

「船主からハナ貰ったよって自慢することもあったよ。ハナっていうのはね特別報酬さ。よく頑張って人の何倍も魚を売るからといって褒美というわけさ。おばあの足はね、走ってだけいるから鍛えられていてね。大きくて象の足みたいだったよ」

「私はね、踊りが大好きだった。いつでもどこでも体を動かすのが大好きだった。大分に行っていたころはね、夕ご飯などを早く食べてから、部屋に戻って障子を閉めて隠れてから踊りの練習をしたよ。歌はほとんど軍歌だったが、それに振り付けて一人で踊っていたんだ。即興でさ」

「何で踊りが好きなのかは、よく分からないよ。手や足だけでないよ。尻も腰も勝手に動くんだよ。歌を聴くとね、歌に合わせて踊りたくなるの。悲しい歌も、寂しい歌も、楽しい歌も、何でもかんでもよ。歌の内容に合わせて身体が自然に動くのよ。すると幸せさ。寂しさも悲しさも吹っ飛んでしまうんだ」

「私はね、やちひめのコウチョー先生と呼ばれたときもね。はい私は煙突学校の卒業生ですって言っていたよ。煙突学校というのはね、大分の紡績工場で働いているときにね、会社の敷地内に大きな煙突があったからね。それで煙突学校の卒業生って言ってたわけさ。煙突はね、蚕の繭から糸を紡いでいたからね、お湯をいつも沸かしていた。その煙が出ていたんだよ」

「私はトーハキ（米寿）過ぎたけれど、まだまだ歩けるからね。歩ける間は、頑張れるさ」

「私たちはね、やはり戦争反対だからね、やちひめのみんなでね、高江にヘリコプターの基地を造るトラックが大兼久の前の道路を通るからね、道路のそばに立ってね、基地建設反対って、プラカード持って立っているんだよ。前は毎日立っていたが、今は毎日は立てないさ。今は金曜日だけになっているけれどね」

「私の娘たちはね、私がみんなの前で即興で踊ると、上の娘は最初は恥ずかしがっていたけれど、下の娘は、踊れ、踊れって、応援していたよ。今では二人とも応援してくれているけれどね」

「私はね、今でも流行歌に合わせて、自己流の振り付けをして踊っているよ、尻むっくりむっくりさせてね。自然に体が動くんだよ。踊るのが好きなんだよ。最初のころの出し物は、かもめの水兵さんやマドロス酒場なんかだったよ。今は代わったけれどね。レパートリーはいっぱいあるよ」

「次にはタバ先生と一緒にいらっしゃいねえ。タバ先生と来るときは、この部屋の向こう側の部屋を舞台にしてウドゥイソーブ（踊り勝負）をしようね。やちひめのみんなも呼んでおくよ。大歓迎するからね。必ずおいでよ」

「同じハニクンチュ（大兼久の人）だからといって、こんなに話しやすいかね。だあ、今日はご飯でも食べてから帰りなさいよ。いいね」

奥島さんは、笑って台所に消えた。私も黙って奥島さんのなすがままにした。なんだか、話を聞いただけで幸せな気分になっていた。

7

再々度の奥島さんの訪問は、後輩のタバさんを誘った。奥島さんとの約束だったからだ。タバさんは万葉集が専門の国語教育の大学教員だが、琉球芸能にも造詣が深い。身体表現という視点から組踊にも一家言を持っており、琉球舞踊の踊り手でもある。今回の奥島さんの訪問は、奥島さんではなく、やちひめグループへのインタビューになる。その際は、やちひめのメンバーで踊りも披露したい。ついては、是非タバさんを誘って来てくださいというのが奥島さんの希望であった。

タバさんが琉球舞踊の踊り手であることを、奥島さんは知っていた。タバさんは大兼久の村行事のハーリー（爬竜船）競漕に学生を引率して参加してくれていたし、慰労会にも参加して踊りを披露してくれていた。郷里での戦争体験の聞き取りにも何回か私に同行してくれた。

タバさんに、やちひめへのインタビューのことを伝えると即座に快諾してくれた。琉球舞踊の披露も承諾してくれた。今回は、やちひめとタバさんの踊りの賑やかな交流になると思った。

奥島さんへ、タバさんが了解してくれたことを伝えると、とても喜んでくれた。タバさんの誠実な人柄は、奥島さんも気に入ったようだ。しかし、やちひめの他のメンバーはタバさんと会うのは初めてである。今回はやちひめグループの取材だと、奥島さんには伝えていた。

私とタバさんが約束した日時に奥島さんの家を訪ねると、六人ほどのメンバーが既に待機していた。テーブルには飲み物や手作りのお菓子や果物などが所狭しと並べられていた。

奥島さんはリラックスしてタバさんを迎えたが、他のメンバーは少々緊張していた。

奥島さんは、開口一番、まじめな冗談を言った。

「私がコウチョーです。夜のコウチョーです。コウチョーは紅の蝶と書きます。奥島菊江です」

奥島さんの自己紹介を合図に、やちひめのみんなも自己紹介を始めた。奥島さんはさすがにリーダーだと思った。だれに強いることもなく自然にそんな流れになった。

「私は、新城ヒロコです。やちひめの三期生です」

「私は、山川カズコです。よろしくお願いします」

「初めまして、私は最初からやちひめグループです。サダトシ先生とはバーリンチュ（同じ班）だよ。私は一期生です。八名でスタートした最初からのメンバーです」

「私は、五期生です。平良マサヨです」

「私は前田ミチエと申します。よろしくお願いします」

「私は喜如嘉から大兼久に嫁に来ました。平良テルコです。最初のころは子どもを、おんぶしてやちひめに参加しました。大変でしたがいつも楽しかったです」

「私は、タバ先生とは初めてではないけれど（笑い）、宮城タエコです。親子共々お世話になっています。よろしくお願いします」

タバさんも冗談を交えながら、自己紹介の口上を述べる。タバさんの冗談もあって、みんなはすぐにリラックスした。さすがにおばさんパワーだ。私の質問にも返事を奪い合って答えてくれた。言葉が途切れることなく飛び交った。互いの記憶を修正したり、補ったりと賑やかな宴のようなインタビュー取材になった。

「やちひめができたのは戦後です」

「あんたよ、戦後って長すぎるよ、戦後のいつねえ、戦後はもう七十二年余になるよ」

「そうだね、戦後は戦後でも、復帰前です」

「復帰前のいつだったかね」

「いつだったかねえ。分からないさ」

「私も思い出せないさ。アイエナー、ホントにいつだったかねえ」

「えーっ、みなさん、乾杯してから始めましょう」

再び奥島さんの登場だ。その言葉にまたもやみんながうなずく。私とタバさんもうなずいてコップを手に持った。みんなも賑やかに賛同している。

「さあ、みなさん、ウーロン茶は淹れましたか。ジュースでもいいですよ」

奥島さんのユーモラスな司会進行が続く。

「それでは乾杯しましょう。いいですか」

「今日は、皆さんよく集まってくれました。やちひめの行くところ常に笑いあり。笑いあるところ常に健康あり。健康あるところ常に幸せあり。さあ乾杯しましょう。はい、乾杯！」

「乾杯！」「乾杯！」「乾杯！」

再び座が盛り上がった。乾杯後に大きな拍手も沸き起こる。

「やちひめにね、しっかりしたマネージャーがいるとね、いろいろ交流ができたはずだがね。今ごろはテレビに引っ張りだこだったはずよ」

「去年は小浜島に行って交流をしてきましたよ」

「腰の曲がったおばあちゃんたちとね。小浜の合唱団だった」

「あんたよ、私たちもおばあだよ（笑い）」

「鹿児島にも行ったことがあるよ」

「復帰した年より、七年も前かね」

「何が?」

「やちひめが結成されたのは」

「えー、あんたよ。急にねえ(笑い)」

「新聞に載ったのはいつだったかね」

「何が?」

「石垣に行ったのがさ」

「小浜島に行った時だから去年さ」

「やちひめグループのこと、NHKに取り上げられて放送されたこともあるよね」

「まだ若かったよね」

「あれ、五十歳過ぎても若かったよって言えるかね」

「あい、五十歳はワラビ、子どもだよ」

話題は三々五々に飛び交う。それぞれの脳裏に記憶の渦ができて水があふれだしているようだ。

8

「私たちがやちひめに入ったのはね、バレーの村大会がきっかけだったね」

「やちひめが大宜味村のバレー選手の中心メンバーだったんだよ」

「あんたよ、メンバーが足りないで私たちが入ったんだよ。中心メンバーって言えるかね」

「国頭郡体協主催の球技大会」

「他の球技も一緒だったから、バレーボールはアマイヌクサー（選別した余り）」

「あれ、最強メンバーだったよ（笑い）」

「でもバレーボールは長くは続かなかったね」

「今日はバレーボールの話ではないよね」

「私は子どもを背負って売店に行くところを、コウチョーにいつも待ち伏せされて捕まった。えー、踊ってごらん。あんたは上手だはずよって、いつも私をすかしよった」

「はい、って返事をして、またやる人も、おかしいよね」

「今、入《はい》らないと、入れないよって言うんだよ」

「練習して、やがて合格できました」

「踊りはね、煙草の火を踏みつぶすようにね、足をねじって、腰も振るんだよって。そう言ってコウチョーは教えよったよ」

「本当に煙草の吸い殻、私の前に落としてからよ、これを踏みなさいって。はい試験だからねって。右の足で踏みつぶさせよったんだよ」

「手を振るのはね、タオルで背中を擦《こす》るようにするんだよって（笑い）」

「あっていたかね」

「分からんけど、みんなでそんなふうにして練習したね」

「山男の歌でね」

「そう、山男、よく聞けよ、娘さんにゃ惚れるなよってね（大笑い）」

「ハワイアンの踊りもよくやったね」

「蓄音機もなかったが、マッサーグヮー（松下小）から借りてきて、蓄音機も鳴らしたよね」

「音楽は流行歌とか、民謡とか、いろんな曲を流した。これに即興で振り付けをして踊るわけよ。楽しかったね。いつも幸せな気分になった」

「お富さんとか、マドロスものとかも、よくやったね」

「衣装も自分たちで、みんな準備したんだよ。あちこちの宴会から声がかかって呼ばれるようになったからね」

「振り付けも自分たちで考えるんだよ。こうしようとか、ああしようとか。だれも正式には習っていないさ」

「とにかく人を笑わせたかったね」

「笑えば元気が出るからね。福の神がついてくる」

「私たちの舞台は笑わせに行くんだからさ。笑わせることが目的」

「最初から最後まで大笑いさ」

「観客よりも自分たちが大きな声で笑っていたんじゃないかね」

「ヤマトに旅行するときも衣装を持って行ったよ。旅館の広間でね、自分たちで演じて自分たちで楽しむわけ。そして大笑い」

「最近は宜野座《ぎのざ》にも行ったね。宜野座の介護施設を慰問したのよ。お願いされてね」

「宜野座には人を笑わすやちひめ劇団みたいなものはないから慰問してちょうだいって連絡が来たわけよ」

「普通は慰問といっても、ちゃんとした踊りを披露するけれども、私たちのものは違うの。笑わしに行くんだから。私たちの踊りを見て年寄りは一所懸命笑うわけ。あれを見たら、またやりたいなあって思うよね」

「いかにして笑わすかって踊りの振り付けも考えるからね。だから今日やる踊りと明日やる踊りは違うわけ。同じ音楽でもね」

「ハーリー（爬竜船）競漕なんかでも、笑わすために化粧して、おかしい格好して応援するんだよ」

「バーリ（班）ごとに衣装勝負さ」

「大田知事に知事室に招待されたのも思い出すね」

「そうだね、やちひめのみんなで那覇南部に遊びに行ったときだったね」

「県庁に行ってみようって訪ねて行ったの。一階ロビーにいるときにね、ちょうど知事が玄関から入って来たわけよ。みんな並んで拍手で迎えたさ」

「そしたら知事さんが笑顔で近づいてきてね、皆さんどこからですかって聞くもんだから、大宜味村からですって答えたわけさ」

「そしたら後から、秘書がやって来て、大宜味婦人会の皆さん、知事が呼んでいます。知事室にどうぞ、というわけよ」

「タマシヌギタネエ（びっくりしたねえ）」

「いい経験だから、リッカ（さあ）みんなで行ってみようかってことになったわけよ」

「知事は優しかったね。私たちはみんな大きなソファーに座ってからね。知事と対談したんだよ。今でも信じられないさ」

「あんたよ、あれ対談とは言わないはずよ」

「なんというの？　座談会ね（大笑い）」

「写真もあるよ」

「知事の前で踊りを披露できなかったのが心残りだね」

「みんな緊張していたからね。思いつかなかったさ」

「ワーケー（私たち）の踊りを見たら、知事はなんと言いよったかね」

「マブイ（魂）、落としたはずよ（大笑い）」

「大田知事も亡くなったね……」

「ワーケーに頑張れよって、沖縄のために頑張れよって、声かけてくれてね……」

「大田知事が亡くなった後、新聞なんかで特集記事が出たけれど、読んだら涙が流れてきたね。知事は鉄血勤皇隊の生き残り。戦争は絶対してはいけないって……」

「復帰後の難しい時期に、よく頑張ってくれたよね」

「帰ってきてから、みんなでシークヮーサー（みかん）も送ったよね」

「大田知事の県民葬があるっていうからね。みんなで一緒に行こうねって話し合っているんだよ」

「あんたの同級生、マサヨもミチエもいつも一緒だよ。あれたちもやちひめのメンバーだからね。知事室も一緒に行ったんだよ」

「今のところ、この二人がマネージャーみたいなことをやってくれているから助かるさ」

「マネージャーみたいでないよ。マネージャーさ」

「踊りで落第したからね」

「あれ、合格しているよ（笑い）」

みんなの話は実に屈託がない。大田知事との面談には驚いたが、みんなはこの出来事を誇りにしているようだ。誇りにしてもいいと思った。思い出を取り出して、このようにユンタク（おしゃべり）することも元気の源なんだろう。歌や踊りと同じようにユンタクも福の神だ。記憶を取り出すことは、幸せの神を呼び寄せるようにも思われた。

「ダンカを、聞かそうね」

「ダンカというのはね、やちひめ劇団の団歌さ。知事室で歌えばよかったのにね。急だったからね。みんなドゥマンギテ（戸惑って）しまってね」

「やちひめのはっぴ（法被）もあるよ。ほらこれだよ。着けてみようねえ（拍手）」

「これは支那の夜の衣装。やちひめには衣装を作る人もいるんだよ。ナーメーメー（それぞれ）特技があるからね」

「みんな踊りが好きなんだよね」

「笑わすのが好きなんだ」

「両方さ。ムル、ナマチャービケー（みんな、剽軽者《ひょうきんもの》だけ）。互いに笑い合うとね、笑う人も、笑わせる人も、みんなが幸せになる」

「衣装はね、みんな体型が違うから手作りだよ。これは私の専門」

「私の専門は、衣装の下から白い太もも出して笑わせること（大笑い）」

「年甲斐もなく」

「あい、あんたよ、セックスアピールだよ」

「あれ、お客さんは逃げて行くんじゃないの」

「あんたよ、今でもさらバンジ（いつでも現役）だよ」

大きな声での笑い声が何度も立ち上がる。話だけでもこれだけ楽しいのだから、踊れば、もっと楽しいのだろう。楽しみの少ないヤンバルの地で、こんなやちひめが、みんなを笑いの渦に巻き込みながら、戦後の苦難な日々を生きてきたのだ。やちひめの結成は復帰の七年前だというから一九六五年だ。もう半世紀にもなる。驚くべきパワーだ。

私もタバさんも、やちひめのパワーに圧倒されて、しばらく言葉がつなげない。笑い声だけをあげていた。

「あり、ヒラヤーチーもポーポーも食べてよ。美味しければお代わりしなさい」

「冷たいのも召し上がってください」

「あり、コウチョー先生がスガッテ（扮装して）きたよ」

「ハメハメ（あれあれ）、九十歳とも思われないさ（笑い）」

「踊れば寂しさも吹っ飛ぶ。悲しさも吹っ飛ぶ。幸せがやって来る」

「だから、シマ（大兼久）の人にも披露した。見る人も踊る人も、寂しさも悲しさも、悩みも苦しみも、みんな吹っ飛ぶ」

「生きている人たちだけでないよ。死んだ人たちも励ますんだよ。この村には戦争で亡くなった人たちも多いからね。この人たちのマブイも見に来ているから、頑張ろうねって……（涙ぐむ）」

「やちひめに対抗してね、お父たちのグループもあったけれど、私たちに負けてからね、すぐ解散。集まって酒ばかり飲んでいたんじゃないかね」

「やちひめには、歴史があるんだよね。お父たちのように思いつきだけではないんだよね」

9

「私たちは、まだあちこち慰問に行くよ。ありあけの里（老人ホーム）にも行ったしね」

「西表にも行ったよね」

「石垣にもね」

「石垣には親戚がいたからね。やちひめ劇団、歓迎！って、横断幕で迎えられた」

「どこの劇団が来るのかねって、空港にいたお客さんは思ったんじゃないかね」

「リッカ（さあ）、そろそろ踊ってみようか」

「テープ（音楽）準備しているね？」

「ぼける、ぼけないの踊りからやったらいいさ。テープがなくても踊れるでしょう」

「衣装はみんな揃えているよ。舞台裏で衣装替えるといってもね、時間を空けるとお客さんを退屈させるからね、みんな裸になってアワティ、ハーティして（急いで）着替えるんだよ。私たちはプロだからね。お客さんが第一。はあ、見られても平気さ、お互いの裸、だれも気にしていないよ、（笑い）」

「ハメ（あれ）、この歳だのにもうだれも見ないさ（笑い）」

「分からんよ、ねえ、タバ先生。見たいねえ？」

「衣装はね、時代のそれぞれの流行の服を作るのよ」

「ゴーヤー節というのがあるがね、これは大兼久が発祥の地。私のダンナが作ったのよ。カラオケにも入っているよ。みんなで踊りも振り付けたよ。緑の衣装を着てね」

「戦争の時代はみんな山に逃げたが、子どもが泣いたらみんな口抑えてね」

「泣き声が飛行機まで聞こえるから泣かすな。子どもが泣いたら爆弾落とされるって言いよったけれどね、今考えたら、飛行機まで泣き声は届かないんじゃないかね」

「あんたよ、当たり前さ」

「それだのに、お母たちはみんな子どもたちの口、抑えよったよ」

「口に布詰めたり、食べ物詰めたり……」

「黒砂糖食べさせたり……」

「私のお父の骨はまだ見つからないよ。本部《もとぶ》の八重岳辺りで戦死したと言われているけれどね。私はもう諦めているけれど、兄さんはまだ諦めてない。諦めきれないって……」

「日本軍が来て、アメリカ軍が来て……、そして戦争が終わった」

「昔はね、村の真ん中に車が通る道路があったんだよ。今の海岸道路じゃなくてね」

「バスも通りよったね」

「バスだけじゃないよ、種ブタも通ったよ（笑い）」

「エイソンケーが鞭持ってね、種ブタのチビ（尻）叩きながらね。隣村まで歩かして行きよったね」

「男の子たちは追いかけて行きよったよ。アレ見るためだったんでしょうね」

「アレ？」

「あんたよ、種ブタだのに、アレしかないさ（大笑い）」

「とう、スガッテ（衣装を着けて）ごらん。話はどこに飛んでいるか」

「話は飛んでも踊りは飛びません。足腰使うからね、健康が第一」

「私は毎朝、ウォーキングしているよ」

「あり、また話が飛ぶよ」

「あり、コウチョーの踊りが始まったよ」

音楽が鳴った。奥島コウチョーが見事な衣装を着けて台所から登場した。姿を消していた奥島コウチョー、軽快な曲に乗って登場、裾の切れた白いワンピースを着け、赤い花の付いた黒い帽子を被り、目をくりくりさせながら踊り出す。

「はい始まりましたよ。美空ひばりの素敵なランデブーです」

私の好きなあの人が　昼の休みに言いました
いつもの所　いつものようにあなたの来るのを待っている
ランランランラン　ランデブー
ランランランラン　ランデブー
若い心　弾む今宵　囁くは
アイアイアイアイ　アイラブユー

ユーユーユーユー　ユーラブミー
若い生命　燃やす今宵　ランラン　ランデブー……

みんなの笑い声と拍手が鳴り止まない。その中で、奥島コウチョーは軽やかなステップで科《しな》を作りながら踊り続ける。裾を上げて脚を見せるセクシーなポーズも。舞台狭しと軽やかに踊り続ける。私もタバさんもあっけにとられて目を見張り笑い転げる。もうすぐ九十歳だ。

そぼ降る雨のたそがれは　静かな路地の喫茶店
甘いレモンの香りのような とても素敵な夜でした
ランランランラン　ランデブー
ランランランラン　ランデブー
若い心　弾む今宵　囁くは
アイアイアイアイ　アイラブユー
ユーユーユーユーラブミー
若い生命　燃やす今宵　ランラン　ランデブー……

大拍手が鳴り響く中で、ステップを踏みながら、奥島コウチョーが台所へ退場する。見事な七変化だ。笑い声が家中にあふれ拍手が鳴り止まない。

「アイエナー、もうすぐ九十歳とは思えないよ」

「若いよね」

「今日の踊りと明日の踊りはまた違うんだよね」

「かわいい踊りもあるけれど、憎たらしい踊りもあるんだよね」

「みんなイイブサカッティ（言いたい放題）だね（笑い）」

「コウチョーは昨日は眠れなかったはずよ」

「何で？」

「あい、若いタバ先生の前で踊るんだのに」

「血湧き、肉躍る」

「アイエナー、あんたよ」

笑い声も明るいが、ユンタクも明るい。

「はい、次は新城ヒロコさんの番です」

「踊りは浜千鳥です」

琉球民謡に合わせて、衣装を着けたヒロコさんが台所から登場して踊り出す。（拍手が続く）。さらに琉球民謡が続き、複数人での踊りも披露される。

「では、次はタバ先生の番だね」

「やちひめは、男はいないからね。タバ先生は今日はもう帰さんよ（笑い）」

「だあ、ちょっと触ってみよう（笑い）」

タバさんが照れながらも稽古着に着替える。音楽が鳴る。軽快な調子の鳩間節だ。みんな拍手で音頭を取る。

「イヤサッサ、ハイヤ、サーッサ、ハイヤ」

タバさんの勇壮な本格的な踊りにやちひめのみんなは驚嘆の声をあげる。これほどまでの本格的な踊りとは思わなかったのだろう。賞賛の拍手が鳴り止まない。

「いやあ、素晴らしい。来年は大兼久の踊イマール（豊年祭の年）だからね、是非村の豊年祭で踊ってよ」

「そうだね、約束しなさい、タバ先生」

「もう一つ、なにか踊ってよ」

「せっかく、稽古着に着替えているんだからね。踊って損なことはないよ」

タバさんは照れながらもうなずく。今度は「加那ヨー」を踊る。みんなＣＤの音楽に声を合わせる。声だけでなく、ヒロコさんが立ち上がって一緒に踊り出す。

「加那ヨー、面影ヌ立ティバヨ、加那ヨー……」

みんな笑いながら手拍子を取り続ける。二人が踊り終わってまたもや大拍手。

「ハイハイ、ハナよ、ハナ」

そう言って、麦茶を差し出す。

「来年は、是非踊りなさいよ」

「アリ、負ケテェーナランド（負けてはいけないよ）」

「やちひめの皆さん、タバ先生に負ケテェーナランド」

「踊っているとね、みんな楽しいんだよね。飛んだり跳ねたりしてね」

「コウチョーは、宝塚ヌ、ナイハンジャー（なりそこない）。もっと背があって、カーギ（器量）がよければね。今ごろは宝塚の大スターだったね」

「あんたよ、今ごろって、もう九十歳だよ（大笑い）」

「はい奥島コウチョー再登場です」

奥島コウチョー、今度はステッキを持ち、丸眼鏡を掛け、山高帽を被り、吊りバンドのズボンを着て、赤いネクタイで登場。チャップリンの扮装か。歌に合わせて身振り手振りで踊り出す。

俺は村中で一番、モボだと言われた男
己惚《うぬぼ》れ、のぼせて得意顔
東京は銀座へと来た……

再び、部屋中が一気に笑いと拍手の渦に包まれる。題目は「エノケンのモダンボーイ（洒落男）」

だという。コウチョーの舞台は続く。

私とタバさんは、圧倒されっぱなしだ。奥島コウチョーの踊りが終わると、やちひめのメンバーは次々と立ち上がって踊り出す。やがてタバさんも踊りの中に引っ張られ、一緒に琉球舞踊を踊る。

笑えば福、願いは幸せ、踊れば悲しみが取り払われる。戦後を生きた女たち母たちは、みんなそんなふうにして自分を励ましてきたのだろうか。生きる喜びの糧に、笑いを取り入れてきたのだろうか。私はやちひめの踊る姿を見ながら、なんだかそんな思いに囚われて胸を熱くしていた。

10

やちひめとの愉快な時間から数週間後、私は那覇市内でハリウッド映画「ハクソーリッジ」を観た。メル・ギブソン監督の作品で、沖縄戦での前田高地を舞台にした戦争映画だ。

ハクソーリッジは「鋸崖《のこぎりがけ》」と翻訳されている。前田高地の鋸状になった険しい崖に縄ばしごを掛けてよじ登り、侵攻してくる米軍と、それを迎え撃つ日本軍との一進一退の攻防を描いた作品だ。

実際、沖縄守備軍の総司令部がある首里を目前にして、前田高地や傍らの嘉数高地は血なまぐさい肉弾戦の様相を呈した激戦地であったという。

映画を観終わった後、その戦いを誇張したハリウッド版の、よくできた戦争映画であったという印象だった。機関銃を乱射し、手榴弾を投げ合いながら数日間に渡って展開される戦闘シーンは残酷で人間が人間を殺す戦争の真実をよく描いていた。

しかし、私にはどこか沖縄戦の実相から離れ、作り物の映画であるという印象をぬぐい去れなかった。相手の姿を目前にしての接近戦はあり得ないように思われたからだ。

腑に落ちない自分の感慨を確かめるために、前田高地を舞台にして展開された沖縄戦記を読みたいと思いインターネットで検索した。すると『私の沖縄戦記―前田高地六十年目の証言』があることを知った。著者はあの「沖縄学」の発展に寄与した外間守善《ほかましゅぜん》さんだ。

私は、すぐに購入して頁をめくり読み始めた。そして驚いた。前田高地では映画以上に悲惨な戦いが展開されていたのだ。外間さんも、至近距離から何度も手榴弾を投げたという。日本軍は、さらに武器や弾薬がなくなると石をも投げたというのだ。

爆風に吹き飛ばされ、機関銃の乱射を受けながら身を挺し、隙を見て反撃する。繰り返される肉弾戦。八〇〇人余の日本の守備軍は生存者が二十九人となったところで終戦を迎えたという。その中の一人に、重傷を負った外間守善さんが含まれていたのだ。外間さんが命を永らえたのは奇跡だと思われた。巻末に解説を書いた波照間永吉《はてるまえいきち》は、「沖縄の神は、著者にその仕事（＝沖縄研究）をなさしめるために前田高地の地獄でも生かしてくれたのかもしれない」と記している。

私は、この書物を読んで戦慄した。ハクソーリッジの戦いは、虚構ではなかったのだ。映画以上に血なまぐさい戦闘が行われ、そして先人の確立した沖縄学を継承発展させた外間守善さんを巻き込みながら展開されたのだ。

ハクソーリッジの戦いを描いた本書は、外間守善さんの手記だけでなく、戦史を引用して紹介したり、その現場にいた他の人々の証言を集めたりして多角的な視点から描かれている。結果として生と死に分けられる人間の命のはかなさ、それ故の尊さにも触れられているようで愕然とする。

解説を書いた波照間永吉は、私の大学時代の友人である。首里のキャンパスで共に学んだ仲間の一人だ。私たちは団塊の世代で、七〇年の復帰反復帰闘争のただ中で、思想的な洗礼をも受けながら政治の季節を共に過ごした。波照間永吉は、今では外間守善さんの後継者としてその努力が認められ、沖縄学研究の第一人者としての地位を確立している。

ハクソーリッジを観た数週間後に、偶然にも私の詩友たちが波照間君の案内で、神島と称される「久高島」に渡るという。私も手を挙げて同行を願った。みんなも、また波照間君も喜んで了解してくれた。十人ほどのグループである。

久高島に着くと、自転車を借りてみんなでシマの史跡を巡った。波照間君の案内でウタキやアシャギ、祈祷が行われる神聖な場所や、土地にまつわる様々な信仰やセジ（霊力）の由来を聞いた。強い夏の日差しの下を、私たちは汗をぬぐい、砂利道が照り返す熱気を受けながら久高島を移動した。やがて島の西海岸にある「伊敷浜」に到着した。伊敷浜は、黄金の壺の流れてきた霊地として知られているという。私たちは海風を受けながらその浜にまつわる波照間君の話しに耳を傾けた。

「島の食物として魚介類と木の実しかなかったころのことです。ある日、一組の夫婦が食物豊饒と子孫繁栄を願ってこの浜で神様に祈りを捧げていたところ、黄金の壺が流れてきました。夫婦は喜んで家に持ち帰り中を開けました。すると壺の中には麦、粟など七種の種子が入っていたのです。以来、人々は豊饒の世を享受したと伝えられています。その由緒の浜が伊敷浜です」

伊敷浜は、まばゆいばかりの白い砂浜が遠くまで広がっていた。上空には雲一つない。顔を上げると日差しは顔に刺すようで痛さを感じるほどだ。前方に目をやると青い海が広がり、白い波頭が時々現れては消える。

その時、突然私の脳裏に、ハクソーリッジの映画が甦ってきた。海上を埋めた戦艦が居並び、一斉に砲火を浴びせる沖縄戦の映像が浮かび上がってきた。同時に連想ゲームのように、海の彼方から沖縄に上陸してくる太古の先祖の姿が想起された。さらに、やちひめが語ってくれた幾つもの戦争の物語が浮かんできた。

そして、やちひめのみんなの笑顔が浮かんできた。やちひめのみんなが白いしぶきを上げている珊瑚礁の海に横一列に並び、手を挙げて踊っている。滑稽なしぐさで腰を振り、尻を振って踊っている。奥島コウチョーが笑っている。奥島コウチョーのお父さんはニューギニアで戦死した。ヒロコさんのお父さんは八重岳で戦死した。それでも踊っている……。

当初、何の脈絡もないように現れたやちひめの姿は、なんだかしっかりと一つの糸につながっているようにも思われた。大きな歴史の糸だ。

海はまばゆく、波は繰り返し押し寄せる。この海や空は、パラオやニューギニア、ブラジルやヨーロッパまでつながっているのだ。大きな人類の歴史は、土地に刻まれ、土地の声となる。それと変わりはない。やちひめの歴史も、土地に刻まれ、土地の声となるはずだ。陽は沈みまた陽は昇る。笑えば福、踊れば幸せ。願うことがあれば幸せな人生なのだ。「やちひめ心得」として示された五つの言葉が甦ってくる。「いつでも笑顔」「派手に美しく」「みんなで酒を」「どこでも芸を」「いつまでも乙女で」——思い出すと、つい笑顔がこぼれる。打ち寄せる波の音は、いつしかやちひめの踊りの音楽に変わっていた。

私の好きなあの人が　昼の休みに言いました。
いつもの所　いつものようにあなたの来るのを待っている。
ランランランラン　ランデブー
ランランランラン　ランデブー……。

白い波間で奥島さんのおどけた姿が、私の目には、はっきりと映っていた。

〈了〉

十六日

◇

父の骨を墓内にこぼしたのは、もう二十五年余も前のことだ。トンボの羽根のように薄くなった父の骨は、さらさら、さらさらと、音立ててこぼれていった。祖父の骨や祖母の骨の上に、そして亡くなった多くの親族たちの骨の上に覆いかぶさった。死者たちの骨もまた、笑顔を浮かべて父を抱き締めるかのように応えていた。

父の遺体は、火葬に付した後、その骨を拾って骨壷に入れた。ぼくらの村では、骨を収める墓は一族が一緒に使用する門中墓になっていた。そのために、親しい親族同士が身を寄せるようにして、骨を一か所に定めて、骨壷からこぼす慣わしになっていた。墓内の数か所に、何十年にも渡ってこぼされてきた骨の山が築かれていた。

ぼくと兄は、父の骨をこぼさずに、骨壷のまま墓内に置かせてもらいたいと考えた。門中墓は一族が末広がりに増え続けたがゆえに、当然のことのように利用する人も多くなっていた。法事や、節目折り目の行事等には、墓前はあふれるばかりの人の混みようだった。顔を合わせても、だれがだれだか分からなくなっていた。

村には「十六日（ジュロクニチ）」と呼ばれる行事がある。墓の正月とも呼ばれている。長い間、続けられてきた村の慣習で、毎年一月十六日に行われる。この日には村を離れて遠隔の地で働いている人々も里帰りし、墓前で重箱を広げ、亡き人を偲び、語り合うのが慣わしだ。正月には帰らなくても、十六日には帰らないと親不孝者だと言われた。年に一度のことだったが、墓前は大いに賑わった。

しかし、墓前での懇談の時間も、昨今は分刻みで交代して、慌《あわただ》しく過ごしていた。重箱を広げたかと思うと、すぐに畳んで、次の家族に席を譲らなければならなくなったのである。

そんな事情もあって、ぼくと兄は、将来新しく家族で墓を造ることを考え、骨壺に骨を入れたままでしばらく墓内に置かせてもらいたい。新しく墓を造った際に父の骨壺を移したい。骨をこぼすとだれの骨だか分からなくなってしまうと思ったのだ。

ぼくも兄も郷里を離れて生活していた。ぼくたちは、いずれは兄の住んでいる金武《きん》に土地を購入し、墓を新築する方向で考えていた。その思いを父の兄である長兄の伯父へ伝えた。しかし、伯父の言葉は思いも寄らないものだった。

「お父《とう》を、寂しくさせるのか？」

ぼくと兄は、一瞬何のことだか分からなかった。伯父はぼくらの戸惑いを見て、次のように言葉を継ぎ足した。

「お父の骨をこぼすのは、お父を寂しくさせないためだよ。墓には、おじいもおばあも、戦死した伯父さんも、亡くなったお前たちの兄さんもいる。その骨の上にお父の骨をこぼすんだ。お父があの世でみんなと仲良く暮らせるようにするためなんだ。お父を独りぼっちにさせるのか。それでもいいのか？」

ぼくは、死んだ者が独りぼっちで寂しがるなんてことは、考えてもみなかった。

「もちろん、私が亡くなったら、私の骨を、お父の骨の上にこぼしてもらいたい」

ぼくと兄は、伯父の言葉をやっと理解できた。骨の山は死者たちをつなぐ山でもあったのだ。

しかし、やはりすぐには言葉を返せなかった。ぼくたちは墓内のスペースのことや、墓前を使う便利さのことを考えただけで、死者の寂しさにまで考えは及ばなかった。そんなことは思ってもみなかった。また、伯父の寂しさにも思いが及ばなかったのだ。

ぼくと兄は顔を見合わせ、返す言葉が見つからないままに、伯父に言われたとおり、父の骨を墓内でこぼすことにした。

父は男だけの四人兄弟だ。父が末っ子の四男で、ぼくたちの相談を聞いてくれた伯父が長男。次男は海軍で戦死し、三男の伯父は県立の師範学校を卒業して、父と同じく教職を全うした。

長男伯父は、戦前パラオに渡り、漁船を仕立てて成功した。財をなして貸家業を始めたが、これも時流に乗った。現地人を雇い、養豚業や砂バラス販売業も開始した。増え続ける財産の管理を、弟の父にも手伝って貰うつもりで父を呼び寄せたのだ。

父は、当時金武尋常小学校高等科で教師をしていた。五年目だった。二人の娘もいたが、父は伯父の呼び寄せにパラオへ行くことを決意した。しかし、伯父の世話にはならずに、日本国派遣の農業技師として福岡門司からパラオへ渡った。父は県立嘉手納農林学校を卒業しており農業技師の資格を持っていた。また、県立青年学校教員養成所を卒業し、教員免許も持っていた。卒業直後は県の農業試験場へ就職したこともある。父には父の目論見があったのだろう。それでも伯父は喜んだ。

パラオに渡って間もなく、父は教職の経験を買われて現地の公学校で教員として採用された。伯父の計らいもあったようだが、特に強いためらいもなかったようだ。もちろん、植民地化された学校での教育を行うに際して、父にどのような思いがあったかは分からない。

長男の伯父は、特に父を可愛がっていたように思う。父の通夜には、父の遺体を抱いて寝た。娘たちが帰ろうと手を引っ張るのを、振り払って父の遺体の横で、同じ布団を被りながら、すがるように一晩中、父の遺体をさすっていた。

ぼくと兄は伯父の言葉に従って墓内に入った。長い時間をかけて築かれた骨の山に父の骨をこぼした。父の骨は、さらさら、さらさらと優しい音を立てながら、その骨の上に重なり、山の頂点を築いていった。ぼくはその音を聞きながら、涙がこぼれそうになった。

その数年後に伯父も亡くなった。伯父に言われたとおり、伯父の骨を父の骨の上にこぼした。やはり、さらさら、さらさらと優しい音を立てて、伯父の骨は父の骨に重なった。

◇

「クワディサー（モモタマナ）の樹は、どうして墓場に植えるんだろうねえ」

「それは、ハカナー（墓庭）に陰を作るからだろう」

「それだけかなあ」

「それだけだよ。クワディサーの樹は枝が横に広がり、大きな葉を付ける。その枝葉が陰を作ってくれる。それだから、ぼくらはこのように墓庭に座って、その恩恵に浴しているんだ」

「冬には葉を全部落としてしまうよ」

「冬には暑さも気にならないからさ、それでいいんだよ」

「そうだね、よくできているんだな」

「クワディサーの樹は、死人が好きだとも言うよ」

「おい、おい、変なことを言うなよ」

墓庭に座って話し合っている従兄姉《いとこ》同士の会話は、時としてあらぬ方向へ脱線する。死者を弔う会話としては不謹慎であるが、悪意があってのことではないからだれもとがめる者はいない。このことは、みんなの了解事項だ。亡くなった従兄《いとこ》の広幸《ひろゆき》さんを偲んで十人ほどが集まったのだが、会話は自由に飛び交う。もちろん、死者を弔う気持ちはみんな十分に持っている。だが話はついつい脱線する。

「しかし、広幸は本当に酒が好きだったからなあ。君たちにも随分、迷惑をかけただろう？」

「いえいえ、そんなことはないですよ」

ぼくたちへの清志《きよし》さんの問いかけに、ぼくは思わずそう答えたが、本音を言えば大分迷惑を被ったような気もする。

清志さんの言うとおり、広幸さんは本当に酒が好きだった。少しでも酒が入ると、すぐに酔いつぶれたのに飲むことをやめなかった。過度な酒は、あるいは身体を痛めつけていたのかもしれない。

「少しだけなら、迷惑をかけられたかな」

ぼくは、笑って訂正する。

「そうだろう、みんなが知っていることだよ」

清志さんも笑って茶を啜る。みんなもうなずきあって広幸さんのことを思い出している。

広幸さんは母方の従兄だ。昨年の夏に亡くなったが、初めての十六日になる。ぼくの村では、十六日は新暦で行うが、広幸さんの育ったM村では旧暦で行うのが慣わしだ。辺りを見回すと、多くの人々が墓前に青いビニールシートを敷き、重箱を広げてご馳走を食べながら酒を酌み交わし語り合い賑わっている。子どもたちもその周りで遊んでいる。ぼくの村と同じ光景だ。

広幸さんは酔いが早いだけではなかった。酩酊すると口が悪くなり、周りの者に見境いなく「バカヤロー」、「フリムン」「チンナミ（蝸牛）」などと、罵詈雑言を浴びせた。

ぼくは、座り込んで足腰が立たなくなっている広幸さんを何度かタクシーに乗せ、自宅まで送り届けたことがある。それでも広幸さんは、酒を飲むことをやめなかった。

母方の伯父伯母の中で、唯一戦争の犠牲者になったのが広幸さんのお父さんだ。福岡戸畑で召集され、満州で戦死したという。いや正確には、戦死したらしいと言われているだけで、遺骨は見つかってはいない。

広幸さんにとって、戦後は二人の幼い妹と寡婦になった母親との四人での生活が始まる。戸畑を引き揚げて郷里沖縄に帰っての生活とはいえ、全く新しい生活だ。そして、そのとき、広幸さんはまだ十三歳になったばかりだった。

広幸さんの母親は、少し手足が不自由だった。腰を折り、足を引きずって歩いていた。結婚後に患った病のためだというが、完治せず後遺症が残った。伯母には思うように身体を動かせないもどかしさを抱えながらの戦後の生活である。なお一層、母子の苦労が窺われる。

広幸さんは、高等学校を卒業すると、へき地の小学校での事務職員として働き始める。ぼくの父の薦めもあってのことだったようだが、やがて高等学校へ移り事務長職まで昇任して退職した。

清志さんも、戦後すぐに父親を病で亡くしていたから、二人にとっては義理の叔父に当たるぼくの父は、父親代わりの役を果たしていたのだろう。実際、二人は父を慕い、またぼくは充分に二人の従兄に可愛がられた。

「叔父さんが亡くなったときも寒かったねえ」

熱い茶を掌で包むように、従姉の一人の芳恵さんが言った。

「そうでした。皆さんには、大変お世話になりました」

「今ごろ、広幸と一緒に酒でも飲んでいるんじゃないかなあ」

「そうですね、そうだといいですね」

「おい、広幸！　お前は、少し早かったんじゃないか、まだ若すぎるぞって、叔父さんに怒られているんじゃないかな」

「でも、広幸さんよりも叔父さんの方が、もっと若かったんでしょう」

「そうですねえ、五、六歳は若かったかなあ」

「そうでしょう。やはり、叔父さんは若かった」

父は昭和五十二年の大晦日の晩、正確には新しい年が明けた昭和五十三年一月一日の午前二時三〇分に亡くなった。母が亡くなったのは、平成十年十二月三〇日の午前四時だ。父は六十三歳、母は八十六歳だった。二人とも期せずして年末の慌ただしさの中で亡くなった。

父が亡くなったとき、当然、ぼくらは父の死を無念に思った。父は病を患い、徐々に死に向かっていただけに、それを止めることができなかった自分たちの無力さを悔やんだ。

父は退職直前に、第二の人生を送るための精密検査だと称して病院へ入院した。そこで病に冒されていることが分かり、そのまま入院した。

ぼくたちは、それほど父の病を心配していなかった。父はいつでも元気だったし、そのまま入院しても精密検査の大がかりなもので、たいしたことはないと高を括っていた。実際、一月ほど過ぎると、父は笑って退院した。

しかし、それから三度入退院を繰り返して不帰の人となった。病名は「右座骨骨腫瘍」。悪性の癌で死の直前には癌細胞の転移が進んで腕や脳まで冒されていた。幻影に悩まされ、腰や臀部には床ずれができ、苦しみながら死んだ。

母と共に、ぼくたち六人の兄弟姉妹は、父のためにそれぞれができる努力を精一杯した。しかし、報われなかった。

茶毘《だび》に付した父の骨は、貝殻のようになって、ぼくたちの前に並べられた。箸で挟むとポロポロと音立てて砕けた。その骨を一つ一つ拾って骨壺に入れた。

「我が家の墓は、この隣にあったんだよ。いろいろと不便なんでね、今は引っ越して泡瀬《あわせ》の方に移してあるんだ」

清志さんは、近くの墓を指差して言った。

清志さんや広幸さんは、ぼくたちが育った村ではなく、隣のM村で成長した。母の二人の姉はM村に嫁ぎ、母は郷里の父の元に嫁いだ。だから、ぼくの父や母が納骨されている墓地とこの墓地とは、村一つ離れている。

清志さんが指さしたその墓は、入り口が開いたままになっていた。そこが清志さんのお父さんたちの遺骨を安置していた墓だという。今では空墓《アキバカ》になっている。

清志さんは、ぼくの父の元で教師生活をスタートさせていた。山間の小さな学校で、父と共に教育に力を注いでくれたのだが、父は実の子のように可愛がり、逆にぼくたちは清志さんに実の弟のように可愛がられた。

「私はね、遺書を書くことにしたよ」

「ええっ」

みんなは驚いて清志さんを見る。清志さんは笑顔を見せている。

墓前に座っていると、海辺から吹き曝しの風が、背後の斜面を駆けのぼっていくのが見える。風がとても冷たく感じられる。一月の中旬は、沖縄では一年の間で最も寒い季節だ。

清志さんは笑っている。しかし、寂しさは手に取るように分かる。広幸さんは清志さんと同じ歳の従兄弟である。ここ数年、次々と親族のだれかが亡くなっていく。

「遺書と言うと、ちよっと大げさだがね。私はね、私が突然死んだら家族が困るだろうと思ってね。やれ年金はどうなっているのか。預金通帳はどこにあるのか。印鑑の置き場所はどこだろうか。共済会へは、どのような手続きをすればよいのか。そんなことをメモにして残しておきたいんだよ。そのために、今からいろいろと身辺を整理しておく必要があると思うんだ」

「そうですね……」

周りの者が、少し寂しそうに相づちを打つ。

「実際、洋子さんは困っただろう？　広幸が亡くなって……」

「ええ、本当に困りました。何をどうしていいのか分からなくて……。今まで、いろいろと、年金などの手続きのことも含めて、みんなあの人がやっていましたから」

「そうだろう。そう思ってね」

清志さんの話には、何の嫌味もない。遺族を励まし、気の許せるごく親しい従兄姉《いとこ》同士が座っている場所での温かい言葉なのだが、寂しさは周りに吹いている寒風よりも骨身に沁みる。

昨年の夏は、ぼくより一つ年上の従兄が亡くなった。中学生のころに全国英語弁論大会で入賞するほど才能豊かで将来を嘱望されていた。大学在学中に結婚して男の子が生まれた。その男の子が自宅で目を離した隙に転んで脳挫傷の大怪我をした。後遺症が残り障がい者になった。

やがて若い二人は離婚して、男の子は従兄が引き取った。そんな状況の中でも従兄は、ぼくたちにはいつも優しく、同時にぼくたちの目標であり続けた。カラオケが上手で最高のエンターティナーだった。

その前の年は、一番下の叔父が亡くなった。二十数年前には、ぼくの父が死に、数年前には母が死んだ。母は八人兄妹の真ん中だった。不思議なことだが、戦争で死んだ人は、八人兄妹の夫婦十六人のうち、わずかに一人、広幸さんのお父さんだけだった。みんなが戦地を潜り抜けて生きてきたのだ。県民のの三分の一近くの犠牲者を出した沖縄では、珍しいことだった。

そんな幸運の星の下で生きてきたのに、ここ数年で次々と伯父伯母やその連れ合いが亡くなっていく。そういう時期だと言ってしまえばそれまでなのだが、何だか割り切れない。今では母より歳下の二人の叔母と、病院に入院している母の弟の叔父の三人だけになった。長く病院生活を続けていた上の二人の伯母も昨年の冬に亡くなった。

「いよいよ、俺たち従兄姉《いとこ》の番ということになるのかなあ」

「順序よくいけばね」

「順序よくいくのが、一番いいんだよ」

「そうすると、次はだれなんだ」

「お前か？　それとも俺？」

一同が顔を見合わせて、声をあげて笑った。

墓前に座っている従兄姉の話には屈託がない。しかし、本当に来年も、このように、ここに座っている全員が、一人も欠けずに再会できるとは限らない。いや、だれもがそう思っているだろう。もう、ほとんどの者が還暦を迎えるか還暦を過ぎている。

清志さんも、十年ほど前に還暦を迎えて、本島近くの離島K島の中学校長として教職を退いた。その後、腸に癌細胞が見つかったが、半年ほど入院をして治療した。退院してからもう三年になる。三年の期間を再発することなく過ごすことができれば大丈夫だと医者に言われていると、笑っている。

清志さんは、若いころ酒も煙草も大好きだった。今では、ぴたりとやめている。私たち従兄弟の中では、最も年長の兄なので、だれもが頼りにしている。また、だれにでも優しい思いやりのある従兄だ。

◇

清志さんより年上に、三人の従姉がいる。三人とも健在である。その従姉たちも墓前に座っている。三人のうち二人は、すでに連れ合いを亡くしている。

清志さんの言うように、確かに父や母たちの世代から、私たちの世代へ、死は引き継がれたと言っていいだろう。そして、やがて死のバトンは、子どもたちの世代へ引き継がれ、孫の世代へと渡っていく。これが生命《いのち》の法則なのだ。

「あの人が入院してから、初めて話してくれたことなんだけどね、驚いたことがあったよ。こんなことを、ずーっと考えていたのかと思うと、可哀想でね」

広幸さんの奥さんの洋子さんが、目を潤ませて遠慮がちに話し出す。

「義姉《ねえ》さんたちにも話したことだから、話してもいいよねえ」

洋子さんは二人の義姉の承諾を得た後に話し出した。

「広幸がね、満州で戦死した父さんの骨を捜しに行けなかったことが残念だったというのよ」

「そう言えば、戦死ということだが、どこで戦死したかは分からない。戦場で行方不明になったんじゃないか、という噂もあったと、広幸から聞いたことがある」

「そうなのよ、本当のことは、よく分からないの。ひょっこり、沖縄に戻ってくるのではないかって、終戦直後は、お義母《かあ》さんは何度も広幸さんにそう言っていたらしいの」

「そうか……」

「でも私が驚いたのはね、そのことではないの。その話はなんども聞いていたからね。特に初めて聞く話しでもなかったしね。私が驚いたのはね」

「うん」

洋子さんより前に、だれかが小さくつぶやいた。

「そう言えば……、お父さんの骨を探して叱りたい、と言っていたような気がするな」

一瞬、回りの空気が氷りついた。骨を叱るとは、ただ事ではない。

「そうなのよ、私は初めて聞くからびっくりしたけれど、お母さんが腰が曲がったり、脚を引きずって歩くようになったのはお父さんのせいだというのよ」

「どういうこと?」

「お父さんが、お母さんに苦労をかけすぎたからだっていうのよ」

みんなが固唾を飲んで耳をそばだてる。

「お父さんが戦地に征く前の話だけどね。休暇をもらって帰ってきたお父さんが、お母さんの前で、ひどく泣いていたのを見たって言うの。たぶん、戦争で命を落とすかもしれない、残される子どもやお母さんのことを心配したんだと思うけれど、あの人はそうは思わなかったのね」

「あの人は、お母さんが身体を悪くしたのは、結婚後のことだから、お父さんは自分のせいだといって謝っていたというのよ。詳しくは知らないけれど、そのことをお父さんは泣いて謝っていたというのよ。自分のことが原因で、腰が曲がり、脚を引きずるようになったって……」

「えっ？　信じられないな。そんなことはないはずだがなあ」

「そうよね、私も誤解だと思うけれど、あの人は、お父さんのせいで、お母さんは身体が不自由になったと思い込んだんだね。お母さんの戦後の苦労を見てきたからでしょうねえ。お父さんを許せないって、だんだんと強く思い込むようになったんだと思うの」

初めて聞く話に、皆は驚いた。広幸さんの二人の妹のうち、上の文代《ふみよ》さんが口を挟む。

「私たちも、聞いたことがなかったから驚いたよ」

下の妹の邦江さんが、うなずきながら文代さんの言葉を言い継いだ。

「酔っ払い広幸の作り話でないかと思ったけれど、ずっとそんなふうなことを考えていたのかと思うと、可哀相でね」

傍らで、だれかのつぶやくような声がする。

「お母さんの苦労を見ていただけに、だれかのせいにしたかったんだな」

「それを、一番身近なお父さんのせいにした」

「お父さんに謝らせたかった」

「うん、そうだと思う。でも、どこで死んだか分からないから、それができない。できないままに死んでいくのは悔しいって」

「なるほどね」

「でも、それって、広幸の優しさだよ」

「お父さんを憎んでいたのではなく、お父さんを忘れたくなかったんだよ」

「うん、そうかも知れないね」

「お父さんに肩車されたことがあったって言っていたよ。嬉しかったって」

洋子さんが、うなずきながら言葉を選ぶようにして続ける。

「そうだね、でもね、私は悲しくなってねえ、あの人に隠れて涙をぬぐったよ……」

「どこまでが本当なのかねえ、広幸が夢でも見たんじゃないかねえって、今では義姉《ねえ》さんたちと一緒に、三人で笑っているんだけどね」

三人の顔に少し笑みがこぼれた。

人は、死の間際で真実を語るのか。寂しさを吐露するのか。長く抱えていた悲しみを語るのか。ぼくには分からない。

「私たちにも、本当か嘘か、分からないけれどね、広幸はそんなふうなことを思って戦後をずーと生きてきたとしたら可哀想だと思ってね」

洋子さんが少し涙声でつぶやいた。

清志さんがうなずきながら言う。

「広幸はお父さんがいないから、少し寂しかったんじゃないかな」

「いや、だいぶ寂しかったと思う」

「広幸って名前にも、お父さんの思いが込められているような気がするな。広く、幸あれって」

「次に逝く人が、広幸に会って尋ねてみようか」

周りから笑顔が漏れてきた。だれかが言い継いだ。

「よし、そういうことにしよう」

「アリ、墓から広幸の声が聞こえるよ。チンナミ、バカヤロウって言ってるよ」

「お前たちへ、十六日の墓庭での話題を一つ提供したんだよってね」

「そうだな、そんな気がするな」

みんなは小さく声をあげて笑った。

◇

このごろ、爪の伸びるのが早く感じられる。早く感じられるだけなのだろうか、実際に早くなっているのだろうか。どちらかは、よく分からない。しかし、五〇代も後半を過ぎると確かに肉体には様々な変化が現れ始める。

例えば夜更かしが翌日に応える。読書を数時間も続けると、目がしょぼしょぼとして、焦点が合わなくなる。眉の中から一本の長い毛が飛び出してくる。歯茎から血が出て、硬いものが食べづらくなる。排泄することがやたらに億劫になり、大便も小水も緩んでしまう。

たぶん、このままの生活が数十年続いた後、あの世からのお迎えが来るのだろう。臨終の際に、考えることは何だろうか。これが私の人生だったのだと、だれでもが取るに足りない小さなことにでも、意味を見いだしたくなるのだろうか。

「叔父さんの二十五年忌は、まだだったかな？」

「いえ、実際には昨年でした。でも母の七年忌が来年になりますので、一緒にやろうかと思っています」

清志さんの問いかけに、私より先に、傍らに座っている兄が答えてくれた。

「そうか、うん、それがいいね」

清志さんが、兄の言葉に感慨深そうにうなずく。

熱い茶も、冷たい泡盛も、餅も豆腐も、昆布も振る舞われている。ぼくは少しだけ泡盛に口を付けた。

墓前のハカナー（墓庭）は、八畳ほどの広さだが、そこに青いビニールシートを敷き、その上に筵を敷いて、遺族と共に丸く輪になって座っている。若い者たちは、八畳の墓庭から離れて、立ったままで熱い茶を啜り、うなずき合ったり、笑い合ったりしている。ぼくたちからバトンを受ける次の世代だ。

墓の傍らには、クワディーサーの大木が何本も聳えている。クワディーサーの樹は大木になり、掌よりも大きな丸い葉をつける。その葉を持った枝が大きく横に広がり、たくさんの日陰を作る。

今は冬だ。クワディーサーの樹は、ほぼ裸木になり丸い葉を赤銅色に染めて、ぽたぽたと地面に音立てて落ちる。大きな葉は、風を受けて車輪のように遠くまで転がっていく。見上げると、数本あるクワディーサーの樹には、そのいずれにもまだ数枚の葉が残っている。冬の灰色の空に残った赤銅色の葉が、風を受けながら、必死にしがみついている。

ぼくは、それを見ながら、我が家の庭にあるプルメリアの樹を思い出した。クワディーサーによく似た性質を有しているが、生前の父の庭から移し植えたものだ。生命力の強い樹で、白い大きな花をつける。冬にはやはり大きな葉を落として裸になる。

「叔母さんも、亡くなってから、もうすぐ七年になるのね。早いわねえ。本当に、みんな、だれも例外なく、死んでいくのね」

従姉の文代さんが、ぽつんと漏らす。皆が苦笑する。

文代さんは、結婚して二人の子どもを授かった後、夫と別れた。その後は、女手一つで、小さな洋裁店を浦添市のN高等学校の前に構え、制服などの注文を受けて子どもを育ててきた。彼女も、もう還暦を過ぎたはずだ。別れた夫は、その後ベトナムに渡り、今は消息を絶っている。

「あの世は、あるのかねえ……」

「この歳になると、あの世があると思いたいねえ」

「また、苦労するかもよ」

「それも、そうだね」

「でも、楽しいこともあるかもよ。あの世で大金持ちになったりして」

「あの世にも、宝くじがあるのかなあ。あるのなら、今度こそ大量に買い込んで、一発、当ててみたいなあ」

「一発なんか当てなくてもいいわよ。真面目に働くのが一番よ」

「あの世でも、器量とジンブン（才知）だよね」

「器量と、ジンブンか……、あの世でも必要なのかね」

「あれ、私は器量は人並み以上にあると思うんだが、ジンブンが足りなくて、だあ、貧乏な父ちゃんと結婚して、父ちゃんに先に逝かれてしまったさ。あの世があるなら、もう一度、人生をやり直したいねえ」

「この世で、やり直したらいいさ」

「この歳で、貰い手があるかね」

「あれ、まだ結婚するつもりでいるの？」

「当たり前さ、女だもん」

みんなが声をあげて笑う。なんだか涙がにじんでくる。

母は、父が亡くなってから十年間は健気に振る舞っていたが、残りの十年間はぼけてしまった。今考えると、ぼけなければ生きていけないような辛いことが、母の周りでたくさん起こったような気がする。

◇

母は、父と結婚する前は、村の共同売店の売り子であった。売店主任から会計の一切を任せられるほど計算が得意だったという。それが母の自慢だ。しかし、それ以外の仕事を母は全く知らなかった。父と結婚した後は、ずっと家庭の主婦であった。

母は父から渡される給料で月々の食事等をまかなっていたのだろうが、公共料金や公共的な事務手続きは一切を父が行っていた。父の亡き後は、電気料金を催促する葉書一枚が届いただけでも母は対応できずにパニックになった。私は何度、呼び出されたか分からない。

「デージナットゥン（大変だよ）、すぐに来て」

それが母の口癖だった。慌てて行くと年金の手続き用紙であったこともある。

母は、炊事、洗濯、掃除などの家事以外のすべてを父に頼っていたのだ。そんな父が亡くなったので、さぞかし大変だったと思う。六人の子どもたちは、末弟が米国への留学中で、他の五人もすべて家を出て独立しており、所帯を持っていた。それぞれの家庭があったのだ。ぼくが母との最も近しい位置にいた。しかし、ぼくの職場も、母の住む浦添市の家から八十キロ余も離れた本島の最北端にあるH高校だった。

父の入院後は、週末の度にぼくは病院へ行き、父と母の闘病生活を励ました。もう見舞い客ではなく、みんなが看護人なんだと、姉や兄と相談して看護の輪番表も作った。両親との身近での生活が最も長かったからかもしれないが、父も母もぼくを頼りにした。結婚したばかりの妻をも取り込んでの看護表だったが、妻の看護を父も母も喜んでくれた。

その日もぼくは、土曜日の半日の仕事が終わると、すぐに八十キロ余の道のりを、自動車を運転して病院へ駆けつけた。父が亡くなる数週間ほど前だったと思う。カーテンが入口の仕切りになっている病室に入ると、父と母が、ベッドの縁に背中を向けて座っていた。肩を寄せ合って窓の外を眺め歌を歌っていたのだ。

ぼくは、思わず立ち竦んだ。父と母は、二人一緒に「ふるさと」の歌を歌っていたのだ。

「うさぎ追いし、かの山、小鮒釣りし、かの川……」と。

父と母は、ふるさとを出た後、一度もふるさとへ帰ることはなかった。父は、職場を五年ごとに異動しながらも、ずっと母と一緒の異郷の地での生活だった。遠くパラオの地にいる時も、本島北端の小さな学校にいる時も、きっとふるさとを思いだしたことだろう。

父と母の肩を寄り添った後姿を、ぼくはこの世で眺めた最も美しい光景だったと今でも思っている。迫り来る死の瞬間を必死に耐えていたように思うのだ。そんな父と母の姿が、ぼくに人生の厳しさと優しさを教えてくれたのだ。それから間もなくして、父は一気に、そして慌しく不帰の人となった。

父が亡くなってから二十数年後、ぼくたちは認知症と診断された母を連れて、家族皆でパラオに行ったことがある。パラオは、父と母が戦前に生活した場所だ。父と母が青春時代の六年間を過ごした場所である。

父と母は、昭和十六年の春、二人の幼い娘を連れてパラオに渡った。しかし、そこで生まれた一番上の兄は病をこじらせて亡くなった。その次の兄が、傍らに座っている兄だ。兄は、戦争の最中に生まれ、猿のように痩せ細りながらも生き延びたのだ。

父は、当時、現地の公学校で教鞭をとっていたのだが、戦争が激しくなると、その地で召兵される。ペリリュー島に渡り、コロールに戻り、ジャングルで日本軍の守備隊として戦う。だが、病に罹ったことが幸いして、九死に一生を得て生還したのである。ペリュリュー島の日本軍は全滅である。

◇

母を連れて、パラオに行くことを思いついたのは、そこに行けば、母が記憶を取り戻すのではないかという淡い期待もあったからだ。あるいは、父と母が二人の幼い娘の手を取って、夢を耕したパラオの地を見てみたかったからだ。また、みんなが、一人残った母への孝行をしたいという思いもあったように思う。

パラオには、姉たちの記憶を頼りに、かつて住んでいた官舎跡や戦時中に避難したアイミリーキ村などを訪れた。姉たちの言によれば、五十年前の時間が止まったかのように、パラオは当時の面影を残しているという。実際、官舎跡などには、建物はなかったが、屋敷の縁取りが明らかに想像できるほどの幾つもの縁石が、しっかりと残っていた。

しかし、母は何も思い出さなかった。母の頭の中では、ぼくたちがだれであるかさえ、すでに区別がつかなかったのだ。母は最後まで、パラオに居ることを理解することができなかった。

パラオの沿道には、いたるところにプルメリアの樹が植えられていた。可憐な薄紅色の花が咲いていた。プルメリアの花は、ハワイなどでは数珠つなぎにして観光客を迎える首飾りにするという。

突然、父がプルメリアの樹を庭に植え、大切に育てていたことを思い出した。思い出すと、父のプルメリアは、すべてパラオの地のプルメリアにつながった。

父がプルメリアの樹を庭に植えたのは、パラオの地での想い出の樹だったからではなかろうか。

そんな思いが、次々とあふれてきた。そう考えると、なるほどと思えるようなことが、幾つも思い出された。

もちろん、父のプルメリアに対する思いを尋ねることは、もうできない。また、プルメリアの樹にまつわるどのような思いがあったのかを尋ねることもできない。父は、一度もプルメリアの樹を庭に植えた理由を話してはくれなかったのだから……。

このことは、もちろん、ぼくの身勝手な想像かもしれない。旅先で見つけたプルメリアの樹に感傷的な気分をまとわらせて、父の人生を勝手に想像しているのかもしれない。プルメリアの樹は、子どもの成長や、パラオでの戦争や、あるいは教師としての苦い体験や淡い感情と共に父の脳裏に刻まれていたのでは、なかったかと……。

父は、戦争のことをほとんど語らなかった。しかし、プルメリアの樹が、父の戦争を語ってくれているような気がするのだ。

父の死後、都合で父が住んでいた家を処分することになったとき、ぼくは父の庭に植えられているプルメリアの樹を、父の形見として自分の庭に移しかえた。偶然なこととはいえ、たぶん、何かがそうさせたのだろう。人の命や運命を操る大きな力があるに違いない。ぼくはそんな思いに長く囚われた。

◇

「最近の新聞の記事を読んで、驚いたんだがねえ」

清志さんは、いつもと違い、饒舌になっている。やはり寂しいのだろう……。

「死んだ人は生き返ると思っている子どもたちが、たくさんいるんだってよ」

「えーっ？」

「それも、幼稚園生や小学校の低学年の子どもたちではないよ。高学年の五、六年生や、中学生がそう思っているらしいんだ」

「えーっ、本当なの？」

「本当だよ。私も驚いたよ。新聞に載っていたんだがね」

「そうなの？　そんな記事があったの、気づかなかったなあ……」

「数年前に長崎県の佐世保市の小学校で、六年生の女の子が、同級生の女の子に殺された事件があったよね。そのことに関連する記事なんだがね。記事によると、長崎県の教育委員会が、その事件の後、小中学生を対象に『生と死のイメージ』に関する意識調査を行ったんだそうだ。その調査によると、死んだ人が生き返ると思っている人は、小学校四年生で十四、七パーセント、小学校六年生では十三、七パーセント、なんと中学二年生ではもっと高くなって、全体の十八、五パーセントが死者は生き返ると思っているというんだよ」

「……」

　みんな、言葉を飲み込んでしまった。

「テレビや映画で、生き返るところを見たことがある、本で読んだことがあるからだそうだ」

「信じられない」

「本当なの？」

「なんだか……」

「なんだか、寂しいね」

「私もショックが大きくてねえ、それで、パーセントまでしっかり覚えているんだよ」

「教職に携わる者にとって、考えさせられる数字だよね」

「どうなっているんだろうね、今の子どもたちの世界は……」

「生き返るなら、みんな、あの世から戻して欲しいなあ」

「戻ったら？」

「まず、お疲れさまでした、と言うよ」

「なんで？　なんで、お疲れさまなの？」

「知らないよ」

　一斉に笑い声があがる。

「あの世は、どうでしたか、って尋ねるわけにもいかないだろうさ」

「実際に、生き返る時代が、やって来るのだろうか」

「まさか」

「嫌《いや》だね」

「嫌かい？」

「嬉しいことじゃないよ」

「そうかなあ」

「そうだよ」

「……」

プルメリアの花は咲き終わると、長い銛《もり》のような緑の鞘を作って地面に突き刺さる。何かに怒っているのだろうか。楔《くさび》を地面に打ち込むように落ちるのだ。

◇

寒風が、音を立てて墓のある裏山の斜面を登っていく。ここは、入り江になっていて、ちょうど海から吹く風を誘導するような地形になっている。目前には県立H高校が建っている。父がパラオから引き揚げてきて、数年後に再び教職に就いた学校だ。そして、大学を卒業したばかりのぼくも、この学校を振り出しに教師生活をスタートさせた。

全共闘世代のぼくは、闘い破れて、この地を「最後の流刑地」と呼んだ。教職に就いたとはいえ、ぼくはいまだに暗い青春を振り払うことができなかった。妻を都会の町に残し、一人だけで赴任した。当時、ぼくは、ぼくだけにしか関心のない生活を送っていた。妻は、そのために病を患い体調を崩したこともある。

「そろそろ、引き上げますか」

「フリユンタク（おしゃべり）をし過ぎたかな」

「いやいや、広幸も、喜んだだろう」

「みんなが久しぶりに集まったんだからな」

「待っていろよ、俺たちも、すぐ逝くからな」

「すぐじゃないよ」

清志さんの冗談に、皆が一斉に声をあげて笑い、笑いながら立ち上がる。

立ち上がって背伸びをすると、H高校の校舎が見える。ここで、ぼくは二十代の三年間を過ごしたのだ。あのころの生徒たちの顔が、ゆっくりと甦ってくる。生徒たちは、もう四十代を過ぎただろうか。いや五十代になっているかもしれない。歳月は、あっという間に過ぎていくのだ。

「おい」

「なんだ？」

「あの世にも十六日があるのかな」

「あの世のことだから分からないよ」

だれかの冗談に、みんなが声をあげて笑った。

日曜日のはずなのに、なんだか、校舎からは、高校生の笑い声が聞こえるようだ。

寒風を避けるために、ぼくは身を竦《すく》め、手をこすり合わせてコートの襟を立てた。兄はぼくの手を取って、立ち上がらせてくれた。見上げるその先に、クワディーサーの大きな葉が、風を受けて震えていた。

兄が順序よくでなく、二人の姉を飛び越えて亡くなったのは昨年の暮れだった。二十数年間も膵臓病の持病を抱えて闘っていた。十数年前から、自らの手で腿に注射針を突きつけてインシュリンを注射していた。

数年前からは糖尿病を併発し、人工透析を続けていた。昨年の初めには喉《のど》を切って声帯を失った。亡くなる数日前には右足を切り落とした。壮絶な病との闘いだったが、病には勝てなかった。父と同じように六十代の半ばにも達していなかった。やはり無念の思いは大きかった。

ここ数日、兄のことが頻繁に思い出される。兄は優しかった……。

パラオから帰る飛行機の中で、あのときの姉の興奮した表情も思い出す。

姉は母と隣り合わせに座っていた。上空を旋回した飛行機の窓から眼下にパラオの海岸が見えたとき、母が記憶を取り戻したかもしれないというのだ。母が「ふるさと」の歌を歌いだしたというのだ。母は精一杯の笑顔で、しかしうっすらと涙を浮かべながら、しっかりと歌いきったというのだ……。

兄は、不自由な身体ながらも、そんな母を見送って亡くなった。父母の十六日も、兄の十六日も、毎年確実に巡ってくる。

〈了〉

北京にて

1

大城川次郎《せんじろう》さんが北京で亡くなったのを知ったのは、郷里の先輩阿波連《あはれん》昌子さんからの一本の電話がきっかけだった。

昌子さんは、かつて私と職場を同じくした同僚だった。尊敬する先輩の一人で、職場では常に私のことを気にかけ励ましてくれた。今回の電話も、私が出版した新刊の小説作品を読み、感想を述べ、激励をする趣旨の電話だった。

そんな温かい心遣いの電話であったが、私は恐縮し赤面した。このこともあり、話題が脇道に逸れていった。その中で昌子さんのお父さんが戦時中北京で亡くなったことを知った。私は聞き耳を立てた。郷里の人々の戦争体験に関心があったからだ。

昌子さんのお父さんの名前は大城川次郎さん。初めて聞く名前だった。大城さんは戦争の緊張が高まっていく一九三九（昭和十四）年に北京に渡り、終戦を待たずに一九四二（昭和十七）年、北京鉄路病院で亡くなったという。

私はこの情報に強く心を動かされた。大城川次郎さんの奥さんは敏子先生。私の小学校二年生の時の学級担任だ。お世話になった恩師でもある。私が大学を卒業した後も、郷里での行事などで顔を合わせると、笑顔で近寄り、近況を尋ね激励してくれた。そんな笑顔の奥に、若くして北京でご主人を亡くした悲劇があったことなど思いもよらなかった。ご主人を亡くしたのは二十五歳のときだ。たぶん必死に郷里へ戻ってこられたのだろう。敏子先生は一高女を出たキャリアを生かして、戦後郷里で教員をしながら、三人の娘を育てたのだ。

それだけではない。私には一枚の写真の記憶がある。それは、敏子先生の娘さんの郁子さんと、私の姉が終戦後間もないころ、県の水泳大会に参加して優勝した時の写真である。たしか姉たちが大宜味中学校のころであったと思う。セピア色に褪せた写真であったが、二人の快挙を讃えて地元の新聞に掲載された写真だった。二人の娘の水泳着姿の背後に、にっこりと微笑んだ敏子先生の笑顔と私の父の笑顔があったのだ。

私は、いつの間にか、大城川次郎さんの人生や敏子先生の戦後の苦労に思いを馳せていた。やがて北京で亡くなった川次郎さんの思い出や資料があれば是非聞きたいし読みたいと懇願した。昌子さんは戸惑っていたが、川次郎さんの死を悼む当時の北京での上司の追悼文があることを思い出してくれた。その追悼文を読ませて欲しいと、お願いした。戸惑ったままで了解してくれた。

電話を切った後、やがて電話器のＦＡＸボタンが点滅して追悼文のコピーが送られてきた。私はさらに驚愕した。大城川次郎さんが亡くなったのはあまりにも若い。享年三十五。追悼文には将来を嘱望された優秀な科学者の死が悼《いた》まれていた。私は食い入るようにコピーを読んだ。

2

追悼文の出典は明かではなかったが、執筆は一九七八（昭和五十三）年四月十一日、今から四十三年余も前のことだ。執筆者は鈴木丙馬氏。大城川次郎さんと共に北京の公司（国策会社）で働いていた上司で、執筆当時は宇都宮大学名誉教授で林学博士の肩書きを持っていたようだ。追悼文のタイトルは「大城川次郎氏を想う」。

書き出しから温情にあふれた文章で一気に心を惹《ひ》かれた。その文章は具体的な経歴を述べながら次のように記されている。

小さな鋼鉄の塊のような君の姿は今も私の脳裏にとどまって離れない。

君は明治四十一（一九〇八）年四月十二日、沖縄県、本島の大宜味村字大兼久五八一番地で生まれたから、ご健在なら、本日で満七十歳であったはずである。私より二歳年下であった。

昭和三（一九二八）年三月、沖縄県立農林学校を卒え、さらに昭和六（一九三一）年三月、鹿児島高等農林学校林学科本科を卒業され、直ちに高知県小川村の小川営林署に勤務、ひたすらに国有林経営の実務を習得されること二か年、そのまじめさと忍耐強さに加え、すぐれた技能と才能とを買われ、四国全土の国有林の経営管理を本務とする高知営林局に勤務された。この三年間のすぐれた国有林経営の企画、運営の技能とその経営技術、とくに、その造林技術と研究とが認められ、昭和十（一九三五）年十一月、望まれて農林省の国立林業試験場勤務となり、農林省山林局兼務として、主として我が国の造林技術の基礎調査と試験業務を担当しながら、一方では全国の国有林、民有林を含めた全林野の経営技術の企画と指導も担当された。

君はこの本務遂行と共に、新しい諸外国の文献もあさりながら、ひたすら我が国の造林技術推進に渾身の努力を払われた。とくにその造林技術進展のための科学的な基礎技術の開発にも精進され、遂に「技術の研究」を大成されたが、これは現在でも高く評価されている。また一方、椎茸の人工栽培技術開発にもあたられ、今日の椎茸栽培の基礎を築かれたのであった。

鹿児島高等農林在学三か年は、西力造博士の限りない愛育を受け、専ら造林学を専攻されたが、また独英訳バイブルによる講義も受け、これが君の真理に対する敬虔な素養を培い、隣人愛の人間形成に役立ち、語学の習得にも効を奏したのであって、この修養、修業が君の国有林経営実務にも、また林業試験の研究にも大いに貢献していたことは疑う余地がない。（中略・引用者）

君が、もし、日本にそのまま長くとどまっていたならば、その技能と業績とは、早くも当時すでに、我が国の林業、林学界から高く評価されていたし、益々研鑽を重ねられ、必ずや立派に大成されたことであろう。そして佐多一至、麻生誠らの諸氏をもしのぐ、代表的な日本林業技術者の位置をも占められたことは寸毫の疑いももたない。しかし、君は、かつて、蔡温が全琉球の民と国土とを救うために、自ら先頭に立って、造林を実践し、そしてこの経営の万全を図ったように、昭和十四（一九三八）年八月、当時、四億の民が待つ、華北、蒙彊の無木の荒野の緑化を野望として選び、満鉄の分身として発足したばかりの華北交通公司（株式会社）の通州農業試験場に身を移し、本社資業局兼務で、華北、蒙彊全域に渡る林業基本調査とその造林試験実務の全責任を担って活躍された。もとより、そのすぐれたスタッフとしては、植生専門に義兄の天野鉄夫さんを、また造林試験の実務部門にはベテランの林亀次郎さんなどのたすけを得て、試験企画の基礎調査と試験実行との万全を期せられたのであった。

この成果は年々着実に実を結び、数多くの貴重なデータが報告されると華北交通公司首脳陣の認めるところとなり、通州農事試験場の機構の拡充となって表れた。農業、林業、畜産、農業経営、農芸化学、植物病理昆虫の六科制の総合試験場としての、本社資業局直轄の「中央鉄路農場」の新発足を促したわけであった。そしてこの新制中央鉄路農場の林産科長として、私が着任したのは昭和十五（一九四〇）年十二月十二日（北京で辞令を受けたのは翌春一月四日）であった。

また、そのころ新しく発足した北支那政府の華北産業化学研究所とも密接な連絡をとり、年二回の造林試験連絡会議をもって。試験成果の検討と実施項目の調整や新企画にあたったが、いつもこの中核となってその指導的役割を果たしてくれたのは君であった。そして、当時、日本林学界や華北林学界で、私が公表した数々の論文のすべては君の成果の賜であったのである。

このようにして、君は、試験実務と移転業務とに、不眠、不休、渾身の努力をされたので、いつしか、頑強そのものの体力にも、過重となったことであろう。遂にフトした風邪で寝込み、昭和十七（一九四二）年四月初めに、北京鉄路病院に入院加療する身となった。

主治医の診断で、右肺炎併発を告げられ、敏子夫人の愛の看護は奏功して約一か月でほぼ全快に向かった。ところが君は、本年度実行の試験業務に気をとられ、私のとめるのもきかずに、一旦自宅に戻り、試験設計草案を安永、林、両主任に示され、実施細目まで、細かに指示、指導されたのであった。今にして思えば、この君の仕事熱心と責任感とが、命とりとなったと思われ無念でならない。

病院に戻ると、また、再び発熱されたと聞き、私は急いで病院にかけつけて、君を見舞うと共に、主治医に詳しい診断の模様を尋ねた。何と、それは、左肺炎による発熱だった。右肺炎がほぼ全治しかけたばかりに、左肺炎の併発では、当時の医術では全く施す術がない。まことに残念だがあきらめていただきたい、と宣告された私は、万感交々胸に迫って断腸の思いであった。この時の私の感慨は三十六年後の今日、なおありありと脳裏に焼き付いている。このことをどうして私の口から敏子さんにお伝えすることができようか。私は主治医からお話し願うように頼んだのであった。

本葬の席で、加藤資業局長は「肺炎ぐらいで、この惜しい人物を死なせた責任はどうするのか」と、私をいたく叱られたのであったが、私は、只々これを天命と受けとめ、只一言、「まことに申し訳ありません」とだけ答えたのであった。

かくして君は、限りない大陸経営の野望をいだきながら勇途路についたばかりの昭和十七

（一九四二）年五月十八日朝六時、惜しくも三十五歳で昇天された。しかもいまだ若き二十五歳の愛妻敏子さんに、三人の幼い愛娘を託して、しかも異国の空で身まかったのだ。この君の心中を察して、私は君の枕辺で涙もかれて、只々心静かに、ひたすらに、安らかな昇天を祈ったのであった。

君亡きあとは、ご一家は故郷の沖縄に引き揚げられ、良妻賢母のような若き敏子未亡人一人の手で、三人のお嬢さん方は愛育され、お二人は琉球大学を了えられ、お一人は県外の大学を卒業し、それぞれ立派な伴侶に恵まれて、ご繁栄の途をすすめられていることは、せめてもの君の霊のお慰めであり、また私の心の慰めともなっている。

かつて私は、昭和四十二（一九六七）年の春、当時琉球政府の農林部長だった義兄の天野鉄夫さんの招きで、一か月間に渡って全琉球をかけめぐり、農村林業の推進を主題とした調査をしたとき、たまたま、その四月十二日、君の誕生日をトし、ご命日には一寸早かったが、敏子未亡人が主催した君の追悼慰霊の席に列席して、ありし日の北京の想い出を新たにし得たことは、せめてもの私自身の心の慰めともなっている。

大城君の人となりや林業技術、とくにその造林技術の業績についての追憶は、語れば尽きないが、ここに改めて、天にある君の英霊の平安とご遺族ご一同の限りない弥栄とを切に祈って筆を擱《お》くことにする。

一九七八年四月十二日　稿

心温まる追悼文である。たぶん掲載は林業関係誌だと思われるが、それにも関わらず、大城川次郎さんに対する筆者の思いがあふれている。無念さと愛情にあふれた文章だ。一部省略したが、本文はほぼ原文のままである。

私の、大城川次郎さんへの関心は一気に高まった。すぐにパソコンの前に座り、名前などのキーワードを打ち込んで検索した。あるいは無理かもしれないという思いが強かったが、数か所でヒットした。

私は心躍らせた。情報は少なかったが、画面を何度もスクロールしながら食い入るように見つめた。その一つ『日本林學会誌』（昭和十四年21巻8号）に、大城川次郎さんの論文の紹介があった。タイトルは「吾妻火山群の森林植生に就いて」である。執筆者は明確に「農林省林業試験場　大城川次郎」とある。

画面には論文目次や緒言が紹介されている。大城川次郎さんは確かに存在し、優秀な研究者であり、実践家であったのだ。嬉しさと同時に、無念さが重なって私の心に染み込んだ。

3

年老いると自らが体験した過去の記憶は、いくらか懐旧の情にも誘引されて美しく粉飾されることが多い。このことがまた、老いを慈しみ、明日へ生きる牽引力にもなるかもしれない。

こんなことを思い、苦笑しながら、私は大城川次郎さんが滞在した一九三九年から一九四二年の北京のことを想起した。この時代の日中関係はまさに最悪の様相を呈していたはずだ。大城川次郎さんが生きていたら、あるいは遺族には、過去の記憶として美しく甦るだろうか。それとも忘却の彼方へ押しやられるのだろうか。

大城川次郎さんが北京へ渡る二年前の一九三七年には、北京近郊の盧溝橋で日中両軍が衝突する事件が起こっている。豊台に駐屯する日本軍が，盧溝橋での夜間演習中に中国側から銃撃があったとして中国軍を攻撃したのだ。その後、小規模の戦闘を繰り返した後、日中両軍は停戦協定に調印した。

ところが日本軍はその後も兵を送り中国軍の行動を監視，蔣介石の率いる国民政府も国民の抗日運動の高まりにより出兵して緊迫した状況が続くことになる。この事件が、以後、八年間に渡る日中間の全面戦争のきっかけとなったとされている。

そして、この年の十二月に、日本軍は南京を占領し「南京大虐殺事件」を起こしたとされる。翌一九三八年には、日本国内においては「国家総動員法」が成立し公布される。この年にさらに日本軍は武漢三鎮を占領し中国内陸まで深く攻め入っていくのだ。中国戦線において日本軍は二十三個師団、約七十万人もの兵力を投入し、すでに全面戦争の様相を呈していたのである。

大城川次郎さんが北京に渡った一九三九年には、さらに戦線は拡大して満州と外蒙との国境付近ノモンハンで、外蒙軍と満州国軍との間で武力衝突が起こっている。関東軍は戦車約七十両、航空機一八〇機、兵員約一万五千人の大部隊を動員して攻撃を開始する。一時期優勢であった関東軍は、やがてソ連軍の参戦と猛反撃に遭い、第二十三師団と第七師団がソ連軍の包囲攻撃に遭い全滅に近い損害を被り、その年の九月には停戦協定が締結される。

翌一九四〇年には「日独伊三国同盟」が締結され、国内においては「大政翼賛会」が結成され、いよいよ開戦間近の様相を呈してくる。そして一九四一年十二月八日、運命の日がやって来る。日本時間午前二時、日本陸軍はマレー半島に上陸開始、同日午前三時二十分、日本海軍はハワイ真珠湾空襲を開始し、太平洋戦争へと突入していくのだ。

大城川次郎さんは、そんな状況の中で家族と共に北京に渡り、北京に滞在し、そして一九四二年五月十八日に北京鉄路病院で逝去するのだ。

ところで戦史を紐解くと、不思議なことに大城川次郎さんが逝去した五月以後に、戦争の形勢は一気に逆転してゆく。五月以前の二月には、日本軍はシンガポールのイギリス軍を攻撃し降伏させる。続いて、三月にはジャワの蘭印軍が降伏、五月一日にはビルマ北部のマンダレー占領、五月七日にはフィリピンのコレヒドール島要塞の米軍が降伏する。

ところが、六月五日のミッドウエー海戦で、日本海軍の主力航空母艦四隻が撃沈される。艦載機全機と熟練搭乗員の多数が死亡すると、日米間の海空戦力比が逆転するのだ。この後には日本軍が占領していた各諸島に米軍の上陸が開始され、敗退、玉砕の悲劇が次々と起こっていくのだ。

それにしても、大城川次郎さんとその家族は、いかにして異国の地北京で、ふるさとにつながる空を眺め、北京の土を踏みしめていたのだろうか。

　私は昌子さんから送られてきたＦＡＸでの追悼文を読み、時代の荒波を被りながら生き、そして斃れた大城川次郎さんのことを思い浮かべると気が気でならなかった。見知らぬ人だが生きていて欲しかったとさえ思ったのだ。大城川次郎さんについて、もっと多くのことを知りたかった。

　私は気持ちが高ぶるのを抑えながら昌子さんへ取材を申し込んだ。昌子さんは、またもや不思議な面持ちで答えてくれた。北京生まれの昌子さんは当時一歳で、北京での記憶は全くないとためらわれた。

　私は諦めなかった。お姉さんの郁子さんや泰子さんにも同席してもらっていい。他人から伝え聞いた話しでもいい、戦後の思い出話しでもいい、川次郎さんやお母さんのことについて何か記憶に残っていることがあれば聞かせて欲しいと述べると、やっと長女の郁子さんと相談してみるという返事をもらった。

　私の取材意図は明確だった。戦争の荒波に揉まれながら不条理な時代を生きた家族の姿を浮かび上がらせることだ。川次郎さんの顔さえ思い浮かべた。

4

　後日、昌子さんから姉の郁子さんが承諾してくれたと返事をもらった。私はすぐに、当時の北京や日本の状況を調べることに着手した。

昌子さんとの取材の約束を取り付けたものの、なかなか実現はできなかった。新型コロナの感染者が急激に増加し、沖縄県では一日に七百人もの感染者が出る異常事態になったからだ。第五波と名付けられた全国的な感染者の増加状況に、県では緊急事態宣言が出された。不要不急の外出や、四人以上の会食も控えるようにとの警告だ。それゆえに、取材日を取り決めることはなかなかできなかった。

そんな中で、私は再び一枚の写真を思い出した。私の姉が郁子さんと一緒に映っていた県水泳大会のプールサイドでの写真だ。

姉に電話をした。少しでも情報を得るためだ。姉の住居を訪ねると、姉は弾んだ声で答えてくれた。初めて聞くことも多かった。

「父さんはね、大城川次郎さんをとても尊敬していたよ。同じ農林学校の先輩だからね。パラオに渡るときも、川次郎さんと相談したとも聞いているよ」

父は一九四一（昭和十六）年、パラオにある南洋庁拓殖部農林課への就職先を得てパラオへ渡ることになる。

「父さんは勤めていた学校を辞めてパラオに渡るんだがね、随分迷ったみたいだけど、思い切って渡ったんだね」

父は当時、金武《きん》尋常小学校高等科の訓導として五か年間の勤務を重ねていた。川次郎さんは農林学校を卒業後、鹿児島へ渡ったが、父は併設されていた県立青年学校教員養成所で学び、教員免許を取得した。

父も川次郎さんも、郷里の尋常小学校高等科を卒業すると、すぐに郷里の先輩たちと共に漁船に乗り、ウミンチュ（漁師）として働いた時期を経ている。どちらも貧しかったのだろう。

父は門司を経由してパラオに渡る。一九四一（昭和十六）年のことだ。川次郎さんが北京に渡ったのは一九三九（昭和十四）年だから、その二年後のことになる。

私と母が編纂し、遺稿集として三年忌の法事に弔問客に配った父の手記がある。その辺りの事情について、当時佐世保に住んでいた次兄との別れから書き起こして次のように記されている。

海軍を満期除隊した次兄が門司まで来て、船室の世話、船中の注意などを受け、固い握手を交わしたが、それが最後の別れになるとは予想もしなかった。門司を出発して何日かしてサイパン島に着いた。赤道直下のヤップ島、ロタ島を経て、パラオ島に到着したのは五月十日であった。内地出発以来十日余りの船旅をしたことは生まれて初めての経験であった。即日南洋庁を訪問し、拓殖部農林課勤務月給五十一円給与の辞令を受けて新しい出発が始まった。

南洋群島は過ぐる第一次大戦で日本帝国の委任統治領になり、日本の南進政策の基地として軍事的にも経済的にも脚光を浴び開発が進められていた。南洋庁を中心にパラオ、サイパン、ヤップ、トラック、ボナペ、ヤルートと六つの支庁が置かれていた。南洋庁官吏の待遇はものすごくよく、俸給は内地勤務の二倍、勤務年数の加算（一倍半）があり、ボーナスが年四回支給され、特別休暇等で郷里訪問ができ、官吏天国であった。私も一〇二円の俸給で、赴任旅費が一、七六〇円支給されてびっくりした。パラオ島の勤務も束の間で六月十日付けでトラック支庁へ転勤を命じられる。（以下略）

父は男だけの四人兄弟で末っ子の四男。パラオには長兄がすでに渡っており、漁師として財をなし成功していた。生け簀を造って料亭などへの魚介類の搬出だけでなく、貸家業、養豚業、砂や砂利などの販売業など、手広く事業を営んでいたようだ。その伯父に招かれたこともあったようだが、身につけた技術を生かす公務員としての仕事を手に入れてパラオに渡ったのだ。

姉の言葉は懐かしさと寂しさが入り交じっていた。

「伯父さんもパラオに渡っていたからね。父さんには心強かったと思うよ」

「伯父さんの娘の貞子姉さんはね、コロールにあった南洋庁の事務職員だったが、カッコよかったよ。憧れの姉さんだった」

父は、やがて、伯父の世話でコロールの公学校の訓導として勤務することになる。農業技師のころと同じように官舎を与えられ、家事や掃除などをする二名のボーイもいたという。

「そうそう、貞子姉さんが、東京のタイピスト学校に一年間留学するときに、寄宿先に選んでお願いしたのが大城川次郎さんの家だった。たしか、父の母方の親戚に当たるはずだよ」

不思議な親族との縁を感じた私は、いっそう大城川次郎さんの人生に興味をもった。姉にも取材に同伴してもらう約束をした。

姉は郁子さんとは特別に親しい友人でもあると述べ、久しぶりの出会いを楽しみにしてくれた。

5

コロナの感染者数が三桁から減少して、二桁や一桁を示すようになった。九月の二十五日にやっと取材が実現した。泰子さんは都合で参加が叶わなかったが、郁子さんと昌子さん姉妹は喜んで参加してくれた。

会場は首里のノボテルホテルのティーラウンジにした。ホテルは感染対策も行き届いており、大きな空間をもつフロアは感染のリスクも低いと考えたからだ。

私は沖縄市に住む姉を迎えて車に同乗させ、ノボテルホテルへ向かった。九月とはいえ、暑い日差しがまぶしいほどの晴天だった。約束の時間は十一時、私たちが到着したのは二十分ほど前で、時間にはまだ少し余裕があった。

ラウンジには、どのテーブルにも数名の客が座っていた。家族連れの観光客もいる。一人で、じっと読書にふけっている若い女性もいる。地元の人だろうか。

私と姉は、ラウンジに設置された大型の体温測定器の前に身体を寄せて体温を測定し、空いている四人掛けのソファの席を見つけて腰掛けた。コーヒーを注文して郁子さんと昌子さんを待った。

時間どおりに郁子さんと昌子さんがやって来た。立ち上がって二人を迎えた。姉は郁子さんと、時折会っていたようだが、私は久しぶりだった。かつての同僚であった昌子さんとは一か月ほど前に電話で話していたが会うのは数年ぶりだった。学校長職で退職なさった昌子さんは、すっかり貫禄がついていた。一瞬人違いかと思われるほどだったが、笑顔が徐々に当時の昌子さんを思い出させた。

郁子さんは着物を着て、端正な服装で席についてくれた。私はお二人にお礼を述べ、お父さんやお母さんの思い出を自由に話して欲しいとお願いした。私は聞きたいことをメモした用紙を準備していたが、それを差し出すのは憚《はばか》られた。

逆にお二人に丁寧にお礼を言われた。二人ともためらいがちに話し出した。ほとんどは郁子さんが話してくれた。昌子さんは傍らで相づちを打ち、時々言葉を挟んだ。

郁子さんは、お父さんの川次郎さんの履歴を書いたメモを用意してくれていた。メモは川次郎さんが十九歳のころの一九二六年から一九四五年の終戦までの約二十年間のことだった。川次郎さんの履歴の傍らには、お母さんの敏子先生の年齢歴も付記している。有り難かった。そのメモを指さしながら郁子さんと昌子さんは話してくれた。

6

母はね、父のことを何も書き残していないのよ。

母は、私たち三人の娘を抱えて、戦後を生きるのに精一杯だったんだと思うよ。

父方の祖父は気丈夫な人でね。ヤンバルで農業をしていたんだけど、草を刈っているときにハブに左手を咬まれてね。毒が全身に回るのを心配したんでしょうね。右手でハッタナ（鉈《なた》）を持って、自分ですぐに左手を切り落としたっていうのよ。そんな剛毅な性格が父に遺伝していたのかね。そうでなければ、あの時代の北京に渡ることなど、なかなかできなかったんじゃないかなって思うよ。父は祖父の性格も、いくらか引き継いでいたかもしれないね。

祖父は左手がなかったからその後、まともに働けなくなってねえ。貧乏暮らしで、いつもフクター（つぎはぎだらけの服）を着ていたんだよ。

父はヤンバルで尋常小学校高等科を卒業した後、ウミンチュー（漁師）をやったようだけどね。一年足らずでやめたようだよ。身体も小さいし、泳ぎも上手にできなかったんでしょうねえ。

当時、大兼久の男の人たちは、ほとんどがウミンチューになったんだってよ。アギエー漁が中心で、それぞれの持ち場をしっかり守って、みんなで泳いで魚を網に追い込むんだけど、ウチの父はそれがなかなかできないわけよ。

「ヤーグトームンヒャー（なんて役立たずなんだ！）」

先輩からはそう言われてね。櫂《かい》で叩かれたという話しも聞いたことがあるよ。

それで、このままではいけないと思ったんでしょうね。勉強して沖縄県の師範学校と農林学校を受験して二つとも合格するんだけど、師範学校は身長不足で入学できなかったみたい。父は背が低くて一メートル五十五センチにも足りなかったみたいだよ。（笑い）

父が入学した県立農林学校は嘉手納にあったようだけど、師範学校に行けなかった悔しさもあって一生懸命勉強したんでしょうねえ。卒業時には特待生で鹿児島高等農林学校へ推薦されて入学することになったんだよ。今の鹿児島大学だけど、郷里を出て鹿児島に行くことになるんだね。今の言葉で言えば、県費留学生のようなものでしょうね。あなたの伯母さん、ティンバルヤー（富原家）のマツ伯母さんの話だと、村の人たちみんなに激励されて見送られたっていうよ。

鹿児島ではね、父は同級生より年も上だし真面目だったから先生の信頼も勝ち得たんでしょうね。級長をさせられたそうです。でも、ウチナーンチュに対する差別意識もあったんでしょうね、級長である父の指示はだれも聞かない。それだけではなく、教室でもいろいろと陰口を言われたんだと思うよ。それで父はワジィワジィーして（怒って）からね。机を叩いて立ち上がったんだって。そのとき大きな音がして机が割れたんです。それで周りの人はみんなびっくりしてね、父を見たんだって。父は身体は小さかったけれど空手を習っていたからね。空手で机を叩いて割ったんです。

「はあ、沖縄の人を怒らせたら大変なことになるよ」

そんなふうに周りの人は思ったんでしょうね。それからは父の指示をみんなが聞くようになって、父への陰口もいじめもなくなったそうですよ（笑い）。

父は、鹿児島高等農林学校を卒業すると、すぐに高知県にある農林省に就職したんです。四国全体を管理する職場だったようですが、今風に言えば国家公務員になったということでしょうね。それから三年後には東京の農林省に転勤するんです。

そのころに、父は母と結婚したんです。父は二十八歳、母は十九歳。母は一高女を卒業していたんだけれど、父に見初められたんでしょうね。若くして結婚したんだね。母の実家は大兼久の隣の饒波《ぬうは》だよ。饒波は当時、ウフヤー（大きな家）の多い金持ち部落だったんだよ。

母は、宮里悦先生の教え子でね。とても可愛がられたんだって。宮里悦先生は、戦後県婦人連合会の会長をなさった方で、郷里でも有名な方だけど、戦前の女子師範学校を卒業して郷里で教鞭を執っていらっしゃったんだね。母は悦先生の強い勧めで一高女へ進学して教員の免許を取得することになるんだね。

当時、郷里には「青年学校」というのがあってね、進学していない若い青年婦女子を集めて国家の意向の元で教育する機関のようなものだったと思うけれど、母は悦先生に頼まれてその学校で教える免許も取得して、そこで教師もしていたようよ。時代と重なって戦時色の強い学校でもあったようだけどね。

母は、戦前は青年学校、戦後は郷里の小学校や中学校で教師をしながら私たちを育ててくれたけれど、その時、取得した教員の免許が、とても役に立ったんだね。

母が言っていたんだけどね。母は父を亡くしてから、戦後、椎茸を見る度に父を思いだしたんだって。東京時代の父は、椎茸とか松ぼっくりとかを家に持ち込んで、しょちゅう睨んでいたって。椎茸の研究などをしていて、たぶんそんなことの研究論文なんかを書いていたんだと思うよ。資料やデータなども先輩たちに提供していたんじゃないかね。父の研究論文に学会誌に発表した「幼齢人工造林地の枝打ち」というのがあるよ。

その当時は、多くの研究者たちが家を出入りしていたみたいだけど、鹿児島高等農林学校の卒業生なんかではなかったかね。農林省は鹿児島閥の人たちが多かったんじゃないかねえって母は言っていたように思う。

そんな中で、北京とか、哈爾浜《はるびん》とかに行く話しが出たんだと思う。中国に渡ったら給料が三倍になるとか、待遇だけでなく研究も充分にできる環境にあるとか、そういう話しが出て先輩たちから盛んに勧められていたんだと思う。

父には南洋のパラオでウミンチュー（漁師）をしている兄さんとヤマトの紡績工場で働いている妹がいたんだけれどね、ヤンバルの両親のことも含めて家族はやはり貧しかったんでしょうね。そんな中で、両親や家族は頑張ってくれて、自分を鹿児島の高等農林学校にまで通わせてくれた。特待生ではあったけれど、兄と妹からも援助をしてもらっていた。両親や兄妹にも恩返しをしなければいけないという思いも強かったんでしょうねえ。北京に行くことを真剣に考えるようになったんだと思う。

やがて、北京に行くことを決意して、国策会社である満鉄（満州鉄道）に就職して、通州にある

「満鉄農林試験場」に就職することになったんです。予想どおり、給料は三倍になったんじゃないかな。私たちは小さかったけれど大名暮らしだったからねえ。

東京に居るときにね、パラオから、あなたの従姉の貞子ネエさんがやって来てね。我が家へ寄宿していたはずよ。貞子ネエさんはパラオの南洋庁に務めていたんだけど、タイピスト学校に通うといって東京にやって来ていた。吉郎おじさん（貞子ネエさんのお父さん）にお願いされたと思うんだけど、貞子ネエさんの世話を見たんだね。一年間だったけれどそんなこともあったよ。

父の家は川の近くにあり、男の子全員に「川」という名前を付けたようだけどね。でも、川という名前を付けるとみんな早死にするという噂もあってね。父の兄さんは川太郎という名前だったけれど、不吉だといって名前を変えて長太郎にしたってよ。父は川次郎のままだったから亡くなったのかねえ（笑い）。

父は肺炎だった。北京の病院で亡くなったんだ。一度退院したんだけど、すぐに仕事に戻ったからなのか、また再発したんだよ。

中国の人たちはねえ、ウチナーの人たちとは親しかったよ。ヤマトンチュの言うことは、なかなか聞かなかったようだけど、ウチナーンチュの父の言うことはよく聞いていたよ。

父は貧乏人だったからかねえ、中国の人の気持ちも分かりよったんじゃないかねえ。

父が亡くなった後は、女、子どもだけで外地に居てはいけない。すぐに沖縄に帰りなさい、と言われて帰ってきたんだよ。

特に記憶に残っているのはね、母の父、大宜味村の初代の民選村長をやった祖父の天野鍜助《あまのかすけ》が、わざわざ沖縄から北京まで迎えに来てくれたことだよ。祖父は師範学校を卒業した後、教員をして、学校長などの職にも就いていたようだけど、みんなに推されて初代民選村長になった。村長を勤めた後は、県会議員にもなったんだけどね。一高女で学ばせて嫁がせた娘や私たち孫のことが心配で心配でたまらなかったんだろうねえ。父が亡くなったと聞いてすぐに北京に飛んで来てくれたんです。

祖父には当時の中国の状況が分かっていたんじゃないかねえ。当時の中国に対する日本の対応には、不可解で不条理なところがあると感じていて、北京にいる私たちのことをとても心配したんだと思うよ。女、子どもだけで外地に居てはいけないとして、有無を言わさず沖縄に連れて帰ったんだ。もしこのとき沖縄に帰ってこなかったら、私たちは中国に取り残されて戦争孤児になっていたかもしれないね。祖父にはお金があったからそういうこともできたんだろうと思うけれど、親子のシナサケ（愛情）とか、人の運だよね。

母の兄の天野鉄夫さんも北京にいたからねえ。天野の伯父さんや満鉄の会社の人に、いろいろと便宜を図ってもらって帰ってきたんです。

北京から郷里に帰ってきたのはね、戦争が終わる数年前の一九四二年。父の遺骨を持ってみんなで帰ってきたんです。

みんなと言っても幼い私たち三人と母と、祖父の鍜助おじいちゃんの五人だよ。北京から列車で韓国の釜山《プサン》に行き、韓国の釜山から鹿児島へ、そして鹿児島から沖縄へ船で来たけれど、大変だったよ。沖縄へ帰るのが少し遅れていたらそれこそ海に沈んでいたね。

父は郷里のためにも、沖縄のためにも何も貢献していないからねえ、父のこんな話が、何か役に立つのかねえって思うけれど、いいの？　こんな話で……。

私はうなずいた。こんな話こそ聞きたかったのだ。私は、うなずきながら、さらに続きを催促した。だれにでもあるが、同時にだれにでも訪れない唯一無二の一度きりの人生だ。それは川次郎さんだけでなく、奥さんや子どもの郁子さんたちの人生でもあった。

7

北京から帰ってきた私たちはね、ヤンバルの人たちからイフウな目で見られたよ。着るもの、言葉遣い、生活スタイル、家族の持っている雰囲気など、村の人たちと違ったからでしょうね。

私はね、靴なんかも履いていたから、同級生からのいじめにもあったけれど、あなたの姉さんが、いつも味方になって助けてくれたんだよ。あなたの姉さんとは仲良しだった。一緒に県の水泳大会にも出て優勝したことがある。大宜味中学校のころだよ。

大宜味中学校の初優勝は一九四八年のことでした。プールは全島で「首里プール」のみの時代です。田舎の小さな学校の優勝とあって、沖縄タイムス社が写真入りで大きく紹介してくれました。

その主力メンバーは村のウミンチューの子どもたちでね、男女総合優勝でした。女子では私（郁子）とあなたの姉さんが出場全種目制覇。競技終了後に那覇在住の有志の皆さんや選手の親戚縁者の皆さんが優勝祝賀会を開催してくれたんだよ。

大宜味中学校への到着は日が暮れていたけれど、私たちの優勝を祝う準備が整っていてね。赤々と松明《たいまつ》を灯して、在校生や父母の皆さんが総出で迎えてくれてお祝いをしたことを今でも鮮明に覚えています。その後、私たちの二、三年後輩までずーっと優勝が続いて、大宜味中学校は水泳の強豪校として有名になったんです。妹の泰子や昌子も全島大会で活躍したんだよ。

大宜味中学校の水泳部の顧問は、母（敏子）が勤めてくれました。母は当時は小学校でなくて、中学校の教員をしていたんです。母は一高女時代に喜屋《きやん》武真栄先生に水泳を教わったようで、きれいなフォームで私たちの前で泳いでくれて、みんなが見とれたものです。村の子どもたちは海や川で自己流で泳いでいたけれど、母の指導でめきめき力をつけてきたんです。海や川での練習だけでは試合に勝てないということで、プールでのターンの練習は塩屋の海で板を沈めてターンの練習をしました。

大宜味校区の主力メンバーがそのまま地元の辺土名高校へ入学して水泳選手として活躍したんです。近隣校区からも数名加わって、辺土名高校は水泳の強豪校としての伝統を築いたんです。次女の泰子は背泳ぎで、三女の昌子はクロールと新種目のバタフライで全県の選手権で優勝、同期生の男子もほぼ全種目を制覇したはずです。

辺土名高校での水泳部の顧問も、村の先輩の山城得昭先生が担当されていて、学校にはプールがないので、比謝川に選手を連れて行き、練習をさせていました。得昭先生は数学の先生だったけれどスポーツが万能でね。生徒たちを激励し、温かく見守ってくれていましたよ。

あなたのお父さんもね、私たち家族には、いつも声をかけて励ましてくれました。

父が鹿児島高等農林学校に入学するときにはね、あなたのおじいさんが音頭を取って村の人みんなでお祝いをして見送ってもらったってよ。私もよくは知らないけれど、フェーウイゾー（南上門）のあなたのおじいさんと、うちの父方のおじいとは親戚関係にあるって言われているよ。

母の出身地は饒波だけど、当時饒波は大きな川沿いの裕福な村でね、山原船が上流まで上ったみたいだよ。父の出身のハニク（大兼久）は貧しい村だった。父も貧しかったね。

今考えると、ハニク生まれの貧しい父が、饒波生まれの裕福な家の娘と結婚できたのも、また東京の農林省に就職できたのも、何か人の縁故の力が大きく働いたのではないかと思うよ。若いころの父は、それこそ母の父、鍜助おじいに見込まれて娘を嫁にもらうことになるんだね。北京では追悼文を書いてくださった鈴木さんたちに見込まれて世話になった。それこそ人の縁に恵まれたんだと思うよ。

父が入院した北京鉄路病院は大きな病院だった。父は肺炎で亡くなったけれど、今の進歩した医学の技術なら治せたかもしれないね。

北京の家はね、周りをブロック塀《へい》に囲まれた中にあってね。とても大きな家で、女中さんが二人もいたよ。塀に囲まれた中には私たちの家を含めて五つほどあってね、日本からやって来た役人や他の企業の幹部の皆さんが住んでいたようでした。家も立派でトイレも水洗トイレでした。私が考えるに、この塀で囲われた屋敷はかつては中国政府の幹部役人たちが住んでいたんではなかったかね。それを日本政府が追い出したか、もしくは出て行った後を使ったんだと思うよ。当時の日本人は横柄なところもあったからね。

塀で囲まれた入口には、いつも中国人の守衛が立っていたよ。ウチナーンチュは私たち家族だけだったと思うが、正門と反対側には小さな裏門もあってね。物売りの中国の人たちもそっと出入りしていたけれど、母は中国の人とも仲良くしていたように思う。国が違っても同じ人間だからね、互いに気持ちが通じ合うところはあったんでしょうね。

父を亡くしてヤンバルに帰ってきたけれど、すぐに沖縄戦が始まったんだよ。一九四四（昭和十九）年十月十日にはヤンバルにも空襲があって爆弾が落ちたんだ。翌年の一九四五（昭和二十）年四月一日に米軍は沖縄本島に上陸したからね。

ヤンバルの戦争ではね、私たちも必死で山の中へ逃げたさ。女、子どもだけだったからねえ。心細くもあり、不安でもあった。でもね、山の中では北京に迎えに来てくれた母の父、天野鍛助や娘さんや小使いさんも一緒だったからね。何かと心強かったよ。祖母は病弱でね。山に入る前の三月に亡くなっていた。色も白くてとても上品な人でね、いつもきちんとしていて、私たちのことを気にかけてくださっていた。

祖父の天野鍜助は山での作業は何一つできなかったよ。村の人たちがいろいろと世話をしてくれたんだよ。私たちもとてもよくしてもらった。それで助かったんだよ。

戦後にもね、いろいろな人に助けられたよ。父方の本家の伯父さんは海に行った漁の帰りには、いつも魚を持ってきてくれた。母の姉の伯母さんたちにも随分助けられたよ。畑から取ってきた野菜をそっと台所に置いてくれた。母は戦後は学校で教員をしていたからね。野菜なんかも作る時間はなかったはず。私たちもまだ小さかったからねえ。

私はね、あなたの姉さんの結婚式には、友人代表の挨拶もしたんだよ。花嫁の付き添いもしたさ。北京での生活はね。ヤンバルとは違っていた。家のトイレも北京では水洗トイレだったけれど、ヤンバルに来たらどの家も豚小屋と一緒のトイレだったり、汲み出しのトイレだったりしたからね。子どもも心にもカルチャーショックは大きかったね。

ヤンバルに帰ってきてから、すぐにコンクリート造りの家に住んだんだけどね。父が亡くなったときの生命保険が下りたんだよ。父は、なんか、いろいろと考えることがあって、生命保険にも入っていたのかもしれないねえ。父だけでなく母や私たち三人の生命保険もあったからね、コンクリート屋を改築するぐらいのお金はあったんでしょうねえ。戦後のことじゃないよ、帰ってきてすぐだから戦前のことだよ。

当時は戦争前で国の統制も厳しくて、コンクリート造りの新築は禁止されていたようだけど、使用されていないコンクリート造りの二階建ての倉庫があってね、饒波の親戚筋の所有する「公産商会」の物件だったようだけど、それを土地ごと買い上げて、修理する名目で改築して住んだんだよ。窓などを新たに造ってね。統制は厳しかったはずだけど修理することは許されていたんだろうねえ。

改築も饒波にいる建築会社の親戚の人が請け負ったと聞いているよ。この建築会社は旧大宜味村庁舎を造った会社だよ。旧大宜味村庁舎は今も沖縄県で最も古いコンクリート造りの建物として残っていて国指定の重要文化財になっているけれど、腕は確かだったんだろうね。庁舎は大宜味大工の心意気と技術の高さを示したものと言われているよ。ちなみに、庁舎が建築されたのは祖父が村長をしていたころだよ。

北京から引き揚げるとき、父の遺骨も持ってきたんだよ。父の務めていた会社は満鉄だからね。いろいろと運にも恵まれて都合がよかったんだね。朝鮮までは満鉄で、朝鮮からは釜山経由で船に乗り鹿児島へ上陸したわけさ。父の周りの人々に、いろいろと便宜を図ってもらって、生き延びることができたんだね。父のマブイ（霊）が、私たちを守ってくれていたかもしれないね。

父の遺骨を納める墓も、父のドゥシビ（同級生）が土地を提供してくれて造ることができたんだよ。当時は、遺骨は村墓に納めるのが習わしだったけれど、母は思いきって個人の墓を造ったんだね。

北京にいた当時のことは、あんまり覚えていないけれど、鮮明に覚えていることが一つあります。父と一緒に、日曜日に列車に乗って通州の試験場に行くときのことだったがね。試験場は北京市内から少し離れたところにあったんだけど、当時、政局が不安定だったからね。列車が時々、止められることもあったんだよ。日本軍にだったか、中国軍にだったかは分からなかったけれど、ちょうど私たちが乗った列車も止められたわけよ。

父は私をすぐに座席の下に潜らせてからね。

「動くなよ。だれが何と言っても出てきては駄目だよ。いいか。お父さんの呼びかける声がしたときにだけ出てきなさい。いいか、分かったか」

父はそう言って席を離れたわけさ。私はうなずいたけれど、父はどこへ行ったか分からない。一人ぼっちになったその時は怖かったねえ。私は六歳ぐらいだったけれど不安で心臓が潰れそうだった。兵隊が、どかどかと乗り込んで来る足音も聞こえたんだ。怖くて目も開けられなかった。どこの国の兵隊だったかも分からなかったけれどね。当時、中国には蒋介石の軍と毛沢東の軍があったと思うよ。

通州の試験場で働いていた中国人も、反日感情が強かったということを聞いたことがあるよ。ヤマトの人は一人では試験場に行かなかったはず。また行けなかったはず。時代が時代だからねえ。でも、父には親しく接してくれたようよ。「リュウキュウ（琉球）だ」「リュウキュウ人だ」といってね。リュキュウとヤマトは区別していたんだと思うよ。かつて琉球王国は中国と親しく交易もしていたこととか、琉球処分によって琉球王国は滅ぼされて日本国に併合されたこととか、そんな歴史も分かっていたんじゃないかねえ。

戦後はね、宇都宮の大学に勤められていた鈴木さん、満鉄で父の上司だった人だけど、鈴木さんだけでなく、鈴木さん家族にも随分励まされたよ。北京でもお世話になったけれど、戦後も父の元に線香をあげにいらっしゃったこともあったよ。母は手紙も何度か書いていたはず。

私もね、東京に行った時に鈴木さんの家に泊まったこともあるよ。とても親切にしてくれてね。息子さんにも親切にしてもらったよ。

私は大学を出てから結婚して那覇の繁多川に住んでいたけれどね、県の緑化運動などの推進で講師として招待されて鈴木さんが沖縄にいらっしゃったときなどにね、私の家を訪ねてきて激励をしてくれたこともあったよ。

鈴木さんは北京でも、父を見舞いに病院にもよくいらっしゃってくれたけれど、父が亡くなった後にもね、家族皆で気を遣ってくれてね。女所帯だけになった私たちが心配だといってね、鈴木さんのご長男の息子さんが私たちの家に泊まりに来てくれたよ。当時、十五、六歳ぐらいだったんじゃないかね。戦後もその息子さんにもいろいろとお世話になりました。人の縁って嬉しいよね。

母は長命で、九十六歳で家族に見守られて亡くなりました。父の分まで生きたんだね。母は命がけで娘三人を守り育て、苦労の多い人生であったはずなのに、泣き言ひとつ言わずに常に笑みを浮かべて前向きに生きていたように思う。何事にも挑戦する心も忘れずに気骨ある生活を送っていた。思い切りが良かったんだね。

改築した家も和洋折衷の造りにしてね。当時には珍しいベッドも置いてあったよ。もっとも米軍の払い下げのベッドでね、畳を敷いて和風ベッドにしていたんだよ。そんな母を、娘として尊敬もするし、感謝の思いもいっぱいだよ。老後は多くの孫たちに囲まれて幸せに過ごせたと思うよ。

母とのヤンバルでの戦後の生活でも、思い出すことはたくさんあるよ。例えば祝い事とか法事とかがあるとウサンデー（お土産）といってお菓子とかお餅とかを家に持ち帰るよね。母がウサンデーしたお菓子とかを持ち帰ったときはね。私たちは四人家族だから四等分して食べるわけさ。これが（妹の昌子さんへ向かって）まだ小さいときだったけれどね。正確に四等分しているか、いつも身を乗り出して真剣に見つめていたね。そして、自分で分けるときは、自分の分は少し大きく分けていたよね（笑い）。

戦後は食べるものも何もなかったからねえ。みんなひもじくしていた。私たちも食べ盛りの子どもだったからねえ。

米も配給で、母がもらってきたと思うけれど、米びつは空になっていることが多かったねえ。

父が北京病院で亡くなるときにね、私とすぐ下の妹の泰子は、母と一緒に父の枕元にいたんだけれど、昌子は家で留守番だったの。小さかったからね。二歳になるかならないかだったんじゃないかな。母の妹に当たる叔母さんも北京に来ていたから一緒に留守番をしていたわけさ。叔母さんは北京でタイピストの仕事をしていたみたいだけどね。父は昌子の姿が見えないので、「昌子はどうした。昌子、昌子……」って、昌子の名前だけを呼び続けて亡くなったんだよ。

父は、戦争が身近に迫ってきているのが分かったんでしょうねえ。家に残って留守番をしている昌子のことが心配だったと思うよ。戦地でもどこでも、またいつの時代でも親子の愛情は変わらないよね。昌子、あなたはこの話、聞いたことがあったねえ?

郁子さんはそう言って、少し泣き笑いの表情を浮かべて、傍らの昌子さんを見た。

8

大城川次郎さんの北京滞在は四年間だった。一九三九(昭和十四)年から一九四二(昭和十七)年までの激動の時代の北京だ。異郷の地で幼い三人の娘を育て、その愛娘と奥さんを残して亡くなったのだ。さぞ無念のことであっただろう。

北京の空の下で夢と希望と絶望の交錯する苦悩を抱えての四年間であったように思う。林業技師、科学者としての夢や誇りが北京郊外の荒地を緑豊かな緑野に代える夢につながったのだろう。日本の国策が研究者の夢を耕し、同時に夢を奪ったように思われる。

翻って考えるに、私の父もまた、国策に夢を重ね、夢を断念した一人のように思われる。父は、パラオにある南洋庁拓殖部農林課勤務が決定されて農業技師としてパラオに渡る。門司を経由してパラオに渡ったのは一九四一(昭和十六)年であった。以来終戦で帰郷する一九四六(昭和二十一)年二月まで六年間のパラオ滞在だ。

大城川次郎さんは終戦直前に病で亡くなったが、父は兵士として徴兵され病に冒されてジャングルの野戦病院で終戦を迎える。パラオで生まれた兄(私の長兄)を病で失い、終戦直前の一九四四

（昭和十九）年に現地で生まれた次兄と、幼い二人の娘を抱えて帰郷する。次兄は一歳の誕生日を引き揚げ船の中で迎えたという。

父は当時のパラオの状況を、出発の様子から始め、記憶を紐解きながら書いたであろう手記の中で次のように記している。

門司を出発して何日かして、サイパン島に到着した。（中略）（それから）家族四名、六月の末にトラック支庁のある夏島へ赴任した。波止場から支庁のサンバン（はしけ）が出迎えに来て荷物を運んでくれた。

トラック諸島は小学校の教科書で教材として扱われ、四季七曜島と日本の代表的な花の名前を付けられた多くの島々から成り、支庁は夏島にあった。向かいの竹島には飛行場が完成し海軍の大部隊が進駐していた。

宮下町の官舎に旅装を解いたが、近くに小学校があったので、教師をしていたころの思い出が甦り、感慨無量の思いを抱いた。トラック島は、群島で一番島民の多いところで二万人の島民がそれぞれの島々に散在し、各島に駐在所が設置されていた。

殖産課の仕事は食料の増産が至上命令で、生産物は駐留日本軍隊に納入された。

昭和十六年十二月八日その日の未明、日本帝国海軍はハワイの真珠湾を奇襲し、ついに日本は米英に対して宣戦を布告した。太平洋戦争の幕が切って落とされたのである。この運命の日、私は中島技師と水曜島に出張中であったので急いで帰庁した。

支庁へ着くと開戦のニュースがラジオを通して流されていた。戦火は次第に拡大し、マニラ、シンガポールなど東南アジア等の大戦果のニュースばかりであった。

戦況が次第に様相を変えつつあった昭和十七年八月十日、「任南洋庁公立学校訓導給月俸五六円コロール公学校訓導ニ命ズ」の辞令を受けた。南洋庁地方課の所属官で教員人事を担当しておられた沖縄県宮古島出身の高里景行氏が長兄の懇願によって尽力し実現したものであった。その前にも再三嘱託で教育界に復帰するように要請を受けていたが辞退し続けていた。

危険な状況での転勤には不安であった。万一の潜水艦攻撃に備えて幼い娘二人を連れてトラックの波止場で海中に投げ出し、水泳訓練をした。死に物狂いになってもがく子どもたちが少しでも自力で浮くことができたらとの親心であった。溺れる者、藁をも掴むとの心境であった。二人は成長して中高生になり、水泳の選手として活躍したのは、そのころの影響ではなかったかと思う。

サイパン島まで家族全員無事に到着、支庁職員の配慮によってパラオ島までは家族分散して赴任することにした。まず次女と二人でパラオ島に渡り、無事到着したのは十二月二日であった。途中グァム島に上陸したが、すでに日本軍の占領下で、島民は愛国行進曲等を歌って日本人化されつつあった。

サイパンに残留した家族三人も翌年二月ごろ無事にパラオコロール島の官舎に着き、久しぶりに親子団欒の生活ができた。

私の父や母は、パラオで戦争を迎え、息子を失ったが、家族五人が生きて帰ってきた。生きて帰ってきたがゆえに、父と母の命を引き継ぎ、私は今、ここにいる。パソコンのキーボードを叩き、画面を見つめ、父や母のことを思い出している。

他方、大城川次郎さんは異郷の地で病に斃れ、三人の娘と奥さんが、戦火が激しくなる直前の北京を引き揚げ、鹿児島経由で郷里に帰ってきた。四人の母子は、帰郷の時期を躊躇すれば過酷な戦乱に巻き込まれていたであろう。あるいは命を落としていたかもしれない。郷里では女所帯で山の中へ避難する。戦争のさなかを生きることの冷酷さを思い知らされたはずだ。

生きるということは、たぶんいつの時代でも、今ここを生きるということだろう。そして、今を生きるということは、例外なく時代の不透明さを背負って生きるということなのだろう。改めて生きることの残酷さと敬虔さを思い知らされた。

9

私は、自らが書いた読書ノートを読んでいる。もう十年ほども前から書き続けてきた読後感を記したノートだ。ノートと言ってもパソコンの画面上のノートだが私の記憶を甦らせる貴重な手がかりになっている。

ノートに記された言葉は、二〇一五年のノーベル文学賞受賞作家スベトラーナ・アレクシェービッチの『戦争は女の顔をしていない』（二〇一六年、岩波書店）からの引用だ。次のような言葉が記されている。

「戦争では何でも速い。生きていることも、死ぬことも。あの二、三年で一生を生きてしまったような気がする」

「死人は語らない。死んでしまった人たちが語ることができたら……、私たちは生きていられるだろうか？」

「私は言葉を見つけたい……、すべてのことをどうやって言い表したらいいの？」

「戦争のことを思い出す必要はありません。思い出ではなく、ずっと自分の戦いを続けているんですから……」

「あたしたちのことは書かなくてもいいよ……、憶えていてくれたらそのほうがいいよ……、こうやってあんたと話をしたってこと。一緒に涙を流したってこと」

アレクシェービッチは、ベラルーシの作家で、『チェルノブイリの祈り』を読んだときも新鮮な衝撃を受けた。作品はチェルノブイリでの原発事故で犠牲になった人々や、その家族にインタビューをした証言を集めたものだ。

『戦争は女の顔をしていない』は、アレクシェービッチの第一作にあたるという。戦争に従軍したソヴィエトの女性兵士五百人余の証言を集めた作品だ。戦争が男の側から語られてきたことに違和感を覚えたアレクシェービッチは、女の側から戦争の声を集めてその悲劇を記録したのだ。

巻末の解説によれば、先の第二次世界大戦で、ソヴィエト軍兵士として従軍した女性は百万人を越えるという。狙撃兵、通信兵、戦車兵、運転手、医師、看護師、賄い婦、高射砲兵など様々な任務に就いたというが、どれだけの人々が生きて故郷へ帰れたのだろうか。語れない人々は死者たちである。もちろん、証言者の五百人余の人々は生きて故郷に帰れた人々である。しかし、悲惨な戦争体験は心身共に傷ついた女性たちの困難な戦後を浮かび上がらせている。

先の大戦での日本人の死者は三百万人余だと言われている。ナチスによって殺されたユダヤ人は六百万人から九百万人だとも言われている。沖縄県の人口が現在百四十万人余だと言われているから膨大な死者の数だということがすぐに分かる。

もちろん命の重さを量《はか》るのは死者の数ではない。一人ひとりの命は、何ものにも代えられないかけがえのないものだ。

大城川次郎さんの家族にも、父親の命は絶対無二のものであったはずだ。それが奪われたのである。父親のいない戦後を生きることは、それこそ、アレクシェービッチの作品に登場する女たちの人生のように苦渋な日々が重ねられたのだろう。

インタビューの終了後に、郁子さんから土産にと渡された品は高級な食パンであった。なんだか

376

多くの思いが、このパンに込められているような気がして、感謝の思いと同時に熱い思いもあふれてきた。

10

かつて私は北京へ旅したことがある。一九八〇年代末のことだ。沖縄県教職員組合が募集した「第二次日中教育交流団」に応募したものだ。二十代の終わりに迎えた旅だった。北京から西安を経由してシルクロードへ入り、敦煌《とんこう》、ウルムチへ至り、上海から帰沖する。夏期休暇を利用した二十日余りの旅だった。

この旅では、すべてのものに圧倒された。至る所でカルチャーショック、ネイチャーショックを受けた。悠久な歴史と数奇な景観に言葉を失った。

北京では主に紫禁城と天安門広場、王府井《わんふーちん》通りと北京郊外八達嶺の万里の長城を見学した。

紫禁城は朱色の美しい城だった。外敵からの侵入を防ぐために周囲を高い壁で取り囲んでいた。中庭は、トンネルを掘っての地下からの敵の侵入を防ぐために巨大な石畳を隈なく敷き詰めていると言われて驚いた。紫禁城前の天安門広場では剃髪をした年齢不詳の男がサングラスを掛け、喜々として凧揚げをしていた。ここは彼らの栄光の広場だ。一九四九年十月一日、毛沢東はこの天安門楼上で「中華人民共和国、今天成立了」と高らかに宣言したのだ。

散歩道のポプラの樹の下では乳母車を押した母親が奇妙な微笑を投げかける。幾つもの歴史があり、幾つもの夢が飛び交い、そして幾つもの夢が潰えたのだろうが、この夏にも天安門広場はすべてを呑み込んで静かに佇んでいた。

王府井通りは人々があふれていた。歩く人々は蠢く繊毛のようだった。槐《えんじゅ》の花を踏みしだいて「メイクァンシー（没关系・気にするな）」と、笑っているのか怒っているのか、私にはよく分からない。「シェンマトゥイン（什公都行・なんでもよい）」と、泣いているのか悲しんでいるのか、私には分からない。分からないままに「チースイ（氷气水）」を買って飲む。ジュースと思ったらサイダーのように泡が立った。

八達嶺、万里の長城入口では一人の氷棍（ピョングヮ）売りの姿が忘れられない。その娘は怒っているようでもあった。今にも泣き出しそうでもあった。娘であるかどうかさえ定かでない。顔に刻まれた深い皺、浅黒い顔、かさかさに渇いた手の甲、着古した灰色の長ズボン、長袖の白いブラウス。よく見ると三十歳は優に越える年齢のようにも見えた。しかし、伸びきった肢体は娘のそれであり、「ピョングヮ、ピョングヮ」と呼び寄せる声は甲高く、透き通って華やかであった。「氷棍」とは「アイスキャンディ」のことで、カマスを被せられた大きな木箱に納められている。一つ一つ、丁寧に白いセロハン紙で包まれている。氷棍売りは他にも数人居たが彼女らは皆涼しい木陰に座っていた。が一人、木陰を出た氷棍売りの甲高い声は周囲の喧騒と雑踏の中で規則的に繰り返され、いつまでも止むことがなかった……。

悠久な歴史と併せて、個々の人々の生死の姿も浮かび上がってくる。西安から出発したシルクロードの途次、トルファンの地にあったアスターナ古墓区《こぼく》を訪れた。地下に造られたドーム型の墓窟には夢がありロマンがあった。動物や植物の絵が壁いっぱいに描かれている。それらは皆、死者たちが生前に好きだったものだという。オシドリやキジや砂鶏がおり、スズランや鬼百合やタンポポが描かれていた。それらの絵に見守られて、ミイラ化した遺体は二体ずつ並んでいた。いずれも夫婦のミイラだという。頭を枕の上に置き、手足をしっかりと伸ばして寄り添っている。二体のミイラは、生前の姿を彷彿させ美しかった。トルファンでは現代でもこのような墓窟を造り埋葬するという。死者は風呂に入れ服を着せ布を巻き副葬品を添えて葬られるというのだ……。

アスターナ古墓区の死後の時間は美しく彩られていた。埋葬には夢があった。死してなおロマンがあった。死が身近にあり夢や願いが人々を安らかな眠りに就かせている。この世よりも死後の世界が数段も美しく思われた。夢を見る。ただそれだけでいいのだ……。

中国という国には、様々な夢や死や人生が湧出《ゆうしゅつ》していた。激動の時代に翻弄されながらも、人々は静かに永遠の眠りに就いていた。死をも生きるシルクロードの人々の姿へ魅了されたのだ。

私の四十年前の記憶が甦り、その年からさらに四十年前の大城川次郎さんの家族の姿に飛んでゆく。この異国の地で、大城川次郎さん一家は生きたのだ。

大城川次郎さんは北京の路地を歩いただろうか。王府井通りの人混みを歩いただろうか。高い壁を巡らした大きな家に住んでいたと郁子さんは語っていたが、八達嶺は訪れただろうか……。

沖縄の地にも様々な歴史が刻まれている。琉球王国の時代から、薩摩に侵略され、琉球処分によって明治政府の傘下に組み込まれ沖縄県が誕生する。さらに沖縄は先の大戦で地上戦に巻き込まれ、県民の三分の一から四分の一の人々が犠牲になる。戦後は日本国から切り離され亡国の民としての米国統治下の沖縄を生きる。復帰後も、自衛隊基地が建設され、辺野古には米軍基地が新たに建設強化される……。

沖縄は戦後七十六年、今なお様々な矛盾を抱えた基地の島だ。それでも私たちは生きている。生き続けることで命をつないでいく。

私には大城川次郎さんの笑顔が見える。苦しみの顔ではない。幼い娘たちの手を引き、家族を見つめる温かな笑顔だ。生きていく場所は「今、ここだ」と微笑んでいる。

〈了〉

【注記】作品の初稿執筆年

遠い空	1994年
二つの祖国	2004年
カラス（烏）	2006年
やちひめ	2017年
十六日	2007年
北京にて	2021年

【付録】大城貞俊略年譜

西暦	年齢	できごと
1949	0	4月　沖縄県国頭郡大宜味村大兼久に生まれる。
1956	7	4月　大宜味小学校入学、その後、楚洲小、楚洲中、三原中、宜野座高校で学び琉球大学入学。
1973	24	3月　琉球大学法文学部国語国文学科卒業。
1974	25	4月　大宜味村立塩屋中学校勤務、その後県立辺土名高校、石川高校、北谷高校、開邦高校、県教育センター、県教育庁学校教育課、昭和薬科大学付属中高校を経て琉球大学教育学部に採用される。2015年定年退職。
1975	26	11月　詩文集『道化と共犯』出版（私家版）。
1980	31	8月　「第二次日中文化教育交流団」参加、北京シルクロード訪問（県高教組）。
		8月　詩集『秩序への不安』出版（私家版）。
1984	35	12月　詩集『百足の夢』出版（オリジナル企画）。
1987	38	10月　全国教育研究集会（北海道大会）国語分科会報告者「郷土文学の教材化」（日教組）
1989	40	4月　詩集『夢・夢夢街道』出版（編集工房・貘）。
		11月　評論『沖縄戦後詩史』出版（編集工房・貘）。
		11月　評論『沖縄戦後詩人論』出版（編集工房・貘）。
		11月　第29回沖縄タイムス芸術選賞文学部門奨励賞受賞、（対象―評論『沖縄戦後詩史』）。
1990	41	12月　同人詩誌『ＥＫＥ』に参加。

1991	42	1月　沖縄タイムスコラム「唐獅子」担当（半年間）。 3月　大城貞俊個人誌『詩と詩論・貘』創刊号発行（てい芸出版）。 3月　『高校生のための副読本／近代・現代編　沖縄の文学』出版（沖縄県高等学校障害児学校教職員組合編、編集委員会事務局長） 6月　現代文学と思想を考える会「グループZO」結成に参加。 10月　詩集『大城貞俊詩集』出版（脈発行所）。 11月　「国際シンポジウム『占領と文学』」にて「沖縄戦後詩史」報告（主催：国際シンポジウム「占領と文学」実行委員会、於・沖縄国際大学）
1992	43	1月　「フェリックス・ガタリ来沖記念講演会」実行委員。 4月　『沖縄文学全集　評論I』巻末解説執筆、タイトル「文学論の周辺」、（国書刊行会）。 10月　大城貞俊個人誌『詩と詩論・貘』第4号（終刊、てい芸出版） 11月　全国公募懸賞小説「具志川市文学賞」受賞（主催：具志川市、作品「椎の川」、選考委員＝大城立裕、井上ひさし、吉村昭）。 11月　琉球放送テレビ「報道特別番組。地域活性化と文学」出演。 11月　朝日新聞「ひと」欄にて具志川市文学賞受賞者紹介。
1993	44	1月　具志川市文学賞受賞者紙上対談「読む、書く、生きる」（沖縄タイムス社）。 2月　講演「読書の力・文学の力」（沖縄県高等学校図書館協議会総会にて） 6月　小説『椎の川』出版（朝日新聞社）。
1994	45	6月　「椎の川」RBCラジオにて朗読開始半年間、朗読者・新屋敷二幸）

		7月　朝日新聞社コラム欄「作家の肖像」にて紹介される。 9月　詩集『グッドバイ・詩』出版（てい芸出版）。 11月　評論『憂鬱なる系譜ー沖縄戦後詩史増補』出版（ZO企画）。
1995	46	3月　「椎の川」舞台化。具志川市民芸術劇場「（現）うるま市民芸術劇場」こけら落とし公演（作・大城貞俊、脚本・知念正真、演出・幸喜良秀）。 8月　「椎の川」、NHKテレビにて舞台化録画放映。 11月　「沖縄文藝年鑑評論賞」選考委員（沖縄タイムス社）。
1996	47	8月　小説『椎の川』朝日文庫出版（朝日新聞社）。
1997	48	3月　『高校生のための郷土の文学―近代・現代編』出版（沖縄県教育委員会、編集委員会事務局長）。 4月　沖縄タイムス社「詩・時評」担当執筆（〜1998年3月まで）。 4月　沖縄タイムス紙上にて鼎談「復帰25年の文学状況」（又吉栄喜、崎山多美と）。 12月　「第1回沖縄市戯曲大賞」受賞（全国公募／主催：沖縄市文化協会、作品「山のサバニ ーヤンバル・パルチザン伝」）。
1998	49	6月　小説『山のサバニ』出版（那覇出版社）。 7月　『山のサバニ』上演開始（沖縄市、那覇市、具志川市）。 12月　『山のサバニ』東京公演（前進座にて、平成10年度文化芸術祭参加作品）
1999	50	6月　「てんぶす文芸大賞」選考委員長、全国公募（宜野座村）。
2000	51	3月　詩集『ゼロ・フィクション』出版（ZO企画）。
2001	52	1月　沖国大第104回シマ研究会コメンテーター、テーマ「現代沖縄文学の状況」（主催：沖国大

		シマ研究会、於・沖縄国際大学）。 4月 小説「サーンドクラッシュ」で第31回九州芸術祭文学賞佳作（主催：九州文化協会、『文學界』二〇〇一年四月号に掲載、文藝春秋社）。
2002	53	4月 「宜野湾市市政40周年記念戯曲大賞」選考委員長、全国公募（宜野湾市）
2003	54	5月 『沖縄文学選』（勉誠出版）で詩の項目解説執筆。 9月 「文学座談会―山之口貘生誕百年」仲程昌徳、高良勉と（沖縄タイムス社）。 10月 「沖縄市戯曲大賞」選考委員。
2004	55	11月 詩集『或いは取るに足りない小さな物語』出版（なんよう文庫）。 11月 第28回山之口貘賞受賞、対象詩集『或いは取るに足りない小さな物語』。
2005	56	10月 「第2回文の京文芸賞最優秀賞」受賞（全国公募、文京区主催、作品名「アトムたちの空」）。 10月 小説『アトムたちの空』出版（講談社）。 10月 小説『記憶から記憶へ』出版（文芸社）。 10月 「感謝状」受賞（沖縄市文化協会）。 11月 シンポジウム「沖縄の詩の現在　詩人たちの島　沖縄について東京で考える」報告者（主催：沖縄文学研究会／代表・松島浄。於・明治学院大学） 12月 第6回碧天文芸大賞受賞（作品名「G米軍野戦病院跡辺り」、主催：碧天社）。
2006	57	2月 新風舎出版賞優秀賞受賞、（作品名「運転代行人」主催：新風舎）。 2月 小説『運転代行人』出版（新風舎）。 2月 第40回沖縄タイムス芸術選賞文学部門（小説）大賞受賞。

		4月 講演「やんばると文学」（主催：名桜大学北部地域フォーラム、於・名桜大学） 7月 小論「沖縄の文芸―近・現代の文芸と韻律」（『短歌往来』7月号収載、ながらみ書房） 10月 県立美術館ボランティア育成講座第一期文学・思想にて「沖縄の文学」講話。 11月 琉球新報夕刊小説「ウマーク日記」連載開始（2007年11月まで）。 12月 「九州芸術祭文学賞」沖縄地区選考委員（～現在）。
2007	58	2月 基調講演「沖縄現代詩の軌跡と挑戦」（主催：日本現代詩人会、西日本ゼミナール・in沖縄、於・那覇市）。 3月 第44回沖縄タイムス教育賞受賞（沖縄タイムス社）。 7月 『沖縄県ハンセン病証言集　沖縄愛楽園編』出版（編集委員会委員長）。
2008	59	4月 小説『G米軍野戦病院跡辺り』出版（人文書館）。 12月 「表彰状・文化功労賞」受賞（大宜味村）。
2009	60	2月 講演「やんばるの自然と文学」（名護市立図書館10周年記念講演、主催：名護市教育委員会）。
2010	61	3月 小論「沖縄現代詩の軌跡と挑戦」（『琉球大学教育学部紀要第76集』収載） 6月 演劇「椎の川―じんじん」上演（脚本執筆、戦後65周年記念、平成22年度文化庁芸術文化振興基金助成事業、主催：沖縄芝居実験劇場、沖縄タイムス社、於・国立劇場おきなわ、うるま市民芸術劇場、名護市民会館大ホール）。 6月 シンポジウム「65年目の沖縄戦　骨からの戦世」パネリスト参加（主催：海邦市民文化センター、於・県立博物館美術館講座室）。 8月 シンポジウム「沖縄の文学を語る」パネリスト参加／目取真俊、平敷武蕉と（主催：高教組教

			育資料センター、於・教育福祉会館3階ホール）。
		11月	「文字・活字文化の日」記念フォーラムシンポジスト／テーマ：伝えたい想いを文字にのせて（主催：沖縄県教育委員会、於・県総合福祉センター）。
		11月	講演「言葉と読書」（主催：金武町立図書館、於・金武町）。
2011	62	6月	小説『ウマーク日記』出版（琉球新報社）。
		7月	『現代沖縄文学作品選』に「K共同墓地死亡者名簿」収載（編者・川村湊、講談社）。
		8月	小論「『詩の島』の詩人たち―沖縄現代詩の軌跡と特質」（『詩と思想』通巻298号収載、土曜美術社）。
		10月	講話「沖縄文学の特質」（「アジア・リーダーシップ・フェロー・プログラム」研修会にて、於・琉球大学）。
2012	63	1月	「沖縄タイムス文芸時評」担当執筆（2013年12月まで）。
		3月	『やわらかい南の学と思想』第4巻出版。（編集委員長、琉球大学、2013年第5巻終巻まで）。
		10月	沖縄復帰40年企画映画「ひまわり」全国にて上演開始（脚本・大城貞俊、監督・及川善弘、出演・長塚京三など、制作・桂壮三郎、本村初江、制作支援・「映画『ひまわり』を成功させる沖縄県民の会」）。
		12月	シンポジウム「コンタクトゾーンとしての文学」コーディネーター参加（主催：琉球大学国際沖縄研究所、於・県立博物館美術館1階美術館講座室）。
2013	64	3月	第21回やまなし文学賞佳作（小説「別れてぃどいちゅる」）。
		3月	『教師が学び、生徒が活きる国語科授業作りの視点と実践（中学・高校編）』編集出版、編者＝

			大城貞俊、田名裕治（沖縄タイムス社）
		4月	「又吉栄喜・角田光代の文学対談」司会進行（主催：九州文化協会、於・県立博物館美術館講堂）
		9月	座談会「山之口貘生誕１１０年、琉球新報創刊１２０年記念企画・貘さんありがとう「山之口貘は今」出演（主催：琉球新報社、於・琉球新報ホール）。
		12月	大城貞俊作品集（上）『島影―慶良間や見いゆしが』出版（人文書館）。
		12月	第18回県中学校総合文化祭演劇「とびら」上演（脚本執筆）。
2014	65	2月	小論「伝統と記憶の交差する場所―文学表現に見られる記憶の言葉と伝統文化の力」（『沖縄から考える「伝統的な言語文化」の学び論』収載、村上呂里他編、渓水社）。
		4月	大城貞俊作品集（下）『樹響―でいご村から』出版（人文書館）。
		4月	演劇「でいご村から」上演（演劇集団創造53周年記念公演、脚本・大城貞俊、演出・幸喜良秀、於・うるま市民芸術劇場、国立劇場おきなわ）
		6月	「６・２３対談　嶋津与志と／テーマ：沖縄戦と想像力」（主催：沖縄タイムス社、於・沖縄タイムス社）。
		7月	「大城貞俊作品集上下巻、書評」週間読書人掲載（執筆者・黒古一夫）。
2015	66	3月	琉球大学ブックレット１『「沖縄文学」への招待』出版（琉球大学）。
		5月	教育講演「伝統の力を教育の力へ」（主催：大宜味村学力向上推進委員会、於・大宜味村農村環境改善センター）。
		6月	「国立劇場おきなわ芸能文化フォーラム」パネリスト参加、（主催：国立劇場おきなわ、於・国立劇場おきなわカフェ）。

		6月「沖縄愛楽園交流会館記念シンポジウム―ハンセン病歴史資料館をひらく」パネリスト参加（主催：沖縄愛楽園自治会、交流会館企画運営委員会、於・愛楽園交流会館）。 6月 久留米大学公開講座講師「現代沖縄文学―言葉の力・言葉との闘い」（主催：久留米大学地域連携センター、於・福岡市）。 7月 講演「沖縄文学を読む楽しさ」（主催：沖縄県図書館協会、於・県立図書館）。 10月「感謝状」受賞（屋良朝苗顕彰事業推進期成会会長山内徳信）。 12月 シンポジウム「『沖縄問題』と『複合アイデンティティ』」登壇参加（主催：京都産業大学世界問題研究所、於・京都産業大学／佐藤優らと）。 12月 演劇「沖縄偉人劇　屋良朝苗物語　一条の光を求めて」上演（脚本・大城貞俊、演出・平田太一、主催：屋良朝苗顕彰事業推進期成会、於・読谷村文化センター）。
2016	67	2月 シンポジウムコーディネーター「沖縄文学の可能性を探る」（主催：KUUの会、於・沖縄国際大学）。 3月 対談コーディネーター「第46回九州芸術祭文学賞表彰式・記念対談　青来有一×松村由利子」主催：九州文化協会（於・県立美術館博物館講堂）。 5月 演劇「沖縄偉人劇　屋良朝苗物語」再演（於・那覇市民会館）。 6月『奪われた物語―大兼久の戦争犠牲者たち』出版（沖縄タイムス社）。 7月 シンポジウムコーディネーター「詩を書くということ・読むということ」（主催：名桜大学、於・名桜大学学生会館／天沢退二郎、以倉紘平らと）。 8月 鈴木智之著『死者の土地における文学―大城貞俊と沖縄の記憶』（めるくまーる）刊行される。

		8月　座談会「沖縄文学の言語表現を考える」報告者（主催：Kｕｕの会、於・沖縄国際大学）。 9月　シンポジウム基調講演「副読本『沖縄の文学』『郷土の文学』の出版事情」（主催：奄美沖縄民間文芸学会、於・沖縄国際大学」）。 12月　小論「土地に寄り添う文学の力」（『名桜大学やんばるブックレット1「文学と場所」』に収載、名桜大学）。
2017	68	5月　シンポジウムパネリスト参加。テーマ・子どもの本で平和を描く（主催：日本児童文学協会沖縄支部、於・浦添社会福祉センター）。 7月　シンポジウム「戦争と文学・沖縄」登壇参加（主催：日本ペンクラブ平和委員会、於・東京堂書店東京堂ホール／浅田次郎、川村湊らと）。 9月　演劇「椎の川」再演（主催：うるま市教育委員会、劇団創造、於・うるま市民芸術劇場）。 9月　「２０１７年平昌韓中日詩人祭」に招待参加（主催：韓国詩人協会、後援・大韓民国政府、於・韓国平昌）。 12月　第34回さきがけ文学賞受賞（作品「一九四五年　チムグリサ沖縄」）。 12月　小説『一九四五年　チムグリサ沖縄』出版（魁新報社）。 12月　同作品を琉球新報社が紙面連載（11月29日〜12月13日）。 12月　司会・コメンテーター「東アジアの記憶と記録―人々の思いを読む」（第39回南島文化市民講座、第Ⅰ部「文学」で参加。主催：沖縄国際大学南島文化研究所）。 12月　「K共同墓地死亡者名簿」韓国語訳出版（訳者・趙正民）。 12月　「琉球新報短編小説賞」選考委員（〜現在）。

年	年齢	月	事項
2018	69	2月	シンポジウム「文学と場所―〈切っ先〉としての『やんばる』」報告者として参加。講話題「言葉の力・沖縄文学の可能性」（主催：名桜大学総合研究所、於・県立博物館美術館講座室）。
		3月	小論「沖縄文学の特異性と可能性」（『沖縄文化研究』45号収載、法政大学沖縄文化研究所）。
		4月	小説『カミちゃん、起きなさい！　生きるんだよ』出版（インパクト出版会）。
		5月	「人　生きゆく島　沖縄と文学／日本ペンクラブ第34回『平和の日の集いパネルディスカッションー沖縄と文学』」（沖縄県開催実行委員会事務局長&パネリストとして参加。日本ペンクラブ主催、於・沖縄コンベンションセンター劇場棟／浅田次郎、落合恵子、ドリアン助川らと）。
		6月	「沖縄文学の道しるべ」琉球新報・沖縄タイムスにて8回連続掲載（共同通信社全国配信記事）。
		6月	「宮森小事故60周年事業平和メッセージ詩作品選考委員。
		8月	小説『六月二十三日　アイエナー沖縄』出版（インパクト出版会）。
		8月	小説『椎の川』コールサック小説文庫出版（コールサック社）。
		9月	講演「人間が人間らしく生きるために―いのちと向き合う文学の力」（主催：中城村、於・吉の浦会館）。
		9月	講演「文学の力・文学の面白さ」（主催：宜野座村文化センター図書館）。
		10月	韓国沖縄文化交流団参加「沖縄の文学」を講話（主催：円光大学）。
		11月	小論「『悲の器』の蘇生力」（『高橋和巳の文学と思想』収載（太田代志郎他編、コールサック社）。
		12月	講演「『沖縄詩歌集―琉球・奄美の風』に関連して」（主催：コールサック社、於・東京中野サンプラザ）。
		12月	「憲法と平和―どう考える9条」提言者として登壇（主催：日本ペンクラブ平和委員会、於・

		東京文京シビックホール／中島京子、金平茂紀らと）。
2019 令和元年	70	2月 講演「家庭の力・読書の力・教育の力」（西原町教育委員会）。
		4月 講演「抗う文学—沖縄文学の軌跡と挑戦」（琉球・沖縄セミナー／主催：立憲民主党沖縄県連合会、於・八汐荘会館）。
		5月 小説『海の太陽』出版（インパクト出版会）。
		5月 評論『抗いと創造—沖縄文学の内部風景』出版（コールサック社）。
		5月 朗読劇「にんげんだから」上演（原作・大城貞俊、朗読演出・うおの会、出演：上江洲朝男、高宮城六江、於・自治会館　その他）。
		5月 小論「幻想のノンフィクション—勝連敏男詩世界の照射力」（『脈』第１０１号収載、脈発行所）。
		6月 講演「子どもの想像力を高めるために」（主催：今帰仁村教育委員会）。
		8月 エッセイ「奥多摩湖と沖縄文学」（『社会文学第50号』収載、「日本社会文学会」編）。
		11月 「国際学術会議」招待参加「基調講演・言葉の力を求めて—沖縄文学の近代と現代」（主催：韓国キョンヒ大学グローバル琉球・沖縄センター、於・韓国ソウル）。
		11月 ワークショップ「東アジアの歴史とどう向き合うか」にて提言。演題「沖縄文学の特質と可能性」（主催：韓国キョンヒ大学グローバル琉球・沖縄センター、於・韓国済州島）。
		12月 「東アジア平和国際会議」招待参加。提言「沖縄に於ける集団自決」（主催：韓国文芸家協会、於・中国上海）
2020	71	4月 小説『記憶は罪ではない』出版（コールサック社）。
		4月 小説『沖縄の祈り』出版（インパクト出版会）。

		9月 小説『椎の川』韓国語訳出版（翻訳者・趙正民）。 11月 第15回済州フォーラム文化セッション、オンライン参加。提言「文学が持つ普遍的な力」（主催：済州特別自治道、国際平和財団、東アジア財団）。 12月 NHKテレビきんくる「作家・大城立裕ー沖縄を問い続けて」出演。
2021	72	1月 講演会&ワークショップ「沖縄とポスト植民地主義—崎山多美と〈シマコトバ〉というバクダン」（オンライン開催に参加）。報告題・「沖縄戦後小説史1　四人の芥川賞作家と沖縄文学の特質」「沖縄の戦後小説史2　多様な文学・多彩な作家たち」（主催：東京外国語大学国際日本研究センター。後日、二〇二一年報告書に収載）。 2月 講演「沖縄で創作することの意味」（名桜大学リベラルアーツ機構FD研修会、於・名桜大学）。 3月 評論『多様性と再生力—沖縄戦後小説の現在と可能性』出版（コールサック社）。 3月 小論「沖縄現代文学と琉球諸語」（『琉球諸語と文化の未来』、収載、岩波書店）。 4月 エッセイ「青春期の夢と挫折—大城立裕著『朝、上海に立ち尽くす』」執筆。（共同通信社依頼原稿「読書日和」で全国配信）。 6月 小説『風の声・土地の記憶』出版（インパクト出版会）。 7月 トークイベント「又吉栄喜・大城貞俊新刊出版記念対談『書くこと、読むことの楽しさ—沖縄文学の可能性を求めて』」（於・ジュンク堂那覇店）。 7月 座談会「沖縄文学の力」参加（主催：東アジア共同体研究所琉球沖縄センター、於・同センター）。 9月 トークイベント、ミニ文化講座「私の小説作法『沖縄をどう描くか』」講師（主催：南涛文学、於・ジュンク堂那覇店）。

		10月	シンポジウム「地方出版の現状と課題」にて記念講演、演題「沖縄文学の特質と可能性」（主催：沖縄出版協会、於・沖縄空手会館）。
		10月	大城立裕追悼記念シンポジウム「大城立裕の文学と遺産」実行委員会事務局長&コーディネーターとして参加（主催：実行委員会、於：県立博物館美術館講堂）。
2022	73	2月	講演「復帰と文芸」（沖縄ナビー知るための10冊）主催：沖縄タイムス社／於・県立図書館。
		3月	小説『蛍の川』出版（インパクト出版会）。
		3月	小説『この村で』出版（インパクト出版会）。
		3月	市民団体「ノーモア沖縄戦命どぅ宝の会」発足呼びかけ人に参加。
		4月	韓国にて『大城貞俊作品集』翻訳刊行。（収載作品「チムグリサ沖縄」「彼岸からの声」「慶良間や見いゆしが」。翻訳者・金在湧、朴智英）。
		4月	講演「琉球芸能文化の力」（主催：県芸能協会、於・沖縄タイムス社）。
		5月	『大城立裕追悼論集―沖縄を求めて沖縄を生きる』刊行。（編集委員会事務局長、インパクト出版会）。
		5月	「アジア文学フォーラム」オンライン招待参加、報告「文学の力・文学することの意味」（主催：韓国地球的世界文学研究所、沖縄文学研究会、後援：韓国文化芸術委員会）。
		6月	講演「抗う言葉を求めて」（主催：ノーモア沖縄戦・命どぅ宝の会、於・教育福祉会館）
		9月	小論「抗う言葉を求めて」（『詩と思想　9月号』掲載、2022年9月1日、土曜美術社）。
		9月	鼎談・ドリアン助川、田場裕規「ハンセン病と文学の力」（主催：愛楽園自治会、於・愛楽園交流会館）。

		9月　鼎談「復帰50年　浦添から文学の力を考える」（又吉栄喜、小嶋洋輔と。主催：浦添市立図書館、於・浦添市立図書館） 10月　中国北京語言大学オンライン講座講師：演題「沖縄文学への招待—沖縄文学の特質と可能性」（主催：中国北京語言大学、対象：北京語言大学学生、沖縄文学研究者） 10月　沖大土曜教養講座「沖縄文学シンポジウム」オンライン基調講演。演題「言葉の力を求めて—沖縄文学の特質と可能性」（主催：沖縄大学地域研究所、於・沖縄大学）。
2023	74	2月　琉球新報短編小説賞創設50周年記念座談会「沖縄を（で）書くこと」（出演・又吉栄喜、八重瀬けい）と。 2月　第45回琉球新報活動賞（文化・芸術部門）受賞。 2月　小説『父の庭』出版（インパクト出版会）。 3月　小説『ヌチガフウホテル』出版（インパクト出版会）。 5月　『なぜ書くか、何を書くか—沖縄文学は何を表現してきたか』編集出版。編者・大城貞俊、又吉栄喜、崎浜慎（インパクト出版会）。 11月　大城貞俊未発表作品集第一巻『遠い空』出版（インパクト出版会）。 11月　大城貞俊未発表作品集第二巻『逆愛』出版（インパクト出版会）。 11月　大城貞俊未発表作品集第三巻『私に似た人』出版（インパクト出版会）。 11月　大城貞俊未発表作品集第四巻・朗読劇、戯曲『にんげんだから』出版（インパクト出版会）。

大城貞俊　未発表作品集　第一巻　解説

現代と対峙する文学

小嶋　洋輔

大城貞俊という書き手の存在をどのように定義することができるか。もしかしたらこの問いは、今という時代において文学がどのように機能しているかを語る上できわめて重要な問いであるかもしれない。

本巻に付された「大城貞俊略年譜」からその文学者としての活動を改めて見直すならば、その出発点は、一九七五年一一月、二六歳の年に第一詩文集『道化と共犯』（私家版）を刊行したことといえる。以降『秩序への不安』（私家版　一九八〇）、『百足の足』（オリジナル企画　一九八四）と詩集を刊行しており、大城貞俊はまず詩人としてあったわけである。それに変化が見られたのが、大城が不惑を迎えた一九八九年、元号が平成に変った年ということができる。この年大城は、詩集『夢・夢夢街道』（編集工房・貘）から刊行する一方で、沖縄の戦後詩の評論集である『沖縄戦後詩史』（編集工房・貘）、『沖縄戦後詩人論』（編集工房・貘）を刊行する。とくに『沖縄戦後詩史』は同年一一月に第二九回沖縄タイムス芸術選奨文学部門奨励賞を受賞することになり、ここで大城は沖縄戦後詩の評論家ともなる。

そして大城は小説家という肩書きを、一九九二年、具志川市文学賞を「椎の川」で受賞したことにより手に入れる。具志川市文学賞は、竹下登内閣が発案したふるさと創生事業を活用して、具志川市（現うるま市）が全国公募した一千万円懸賞小説賞である。審査員も大城立裕、井上ひさし、吉村昭であり、全国規模の文学賞であった。この「椎の川」は、一九九五年、具志川市民芸術劇場（現うるま市民芸術劇場）のこけら落とし公演で、脚本知念正真、演出幸喜良秀で舞台化されるのだが、大城はこれにより舞台芸術にも興味を持つ。そのあらわれといえるのが、一九九七年に第一回沖縄市戯曲賞を受賞した「山のサバニ―ヤンバル・パルチザン伝」である。これは翌年一九九八年に那覇出版社より小説化されることになり、このことから戯曲、小説と異なる表現メディアにおいて自作を適応させることができる書き手として大城を見ることもできる。

大城の歩みについて、「略年譜」を利用し一九九〇年代まで見てきたわけだが、文学といういわゆる「言語芸術」が有する表現手段を、縦横無尽に活用する書き手としての大城貞俊像が浮び上がる。そしてそれを支えたのが、沖縄という場所であった。文学賞は文学という「言語芸術」を評価し、新たな書き手を育成するものであるが、それが他地域に比して多いのが沖縄の特徴である。また沖縄は、発表媒体としての同人誌の数も一地域としてはかなり多い。そうした他者の眼による評価が、大城貞俊を詩人、文芸評論家、小説家、舞台作家としてつくり上げていったのである。以降も大城は、二〇〇一年に第三一回九州芸術祭文学賞佳作（「サーンドクラッシュ」）、二〇〇四年に山之口貘賞（詩集『或いは取るに足りない小さな物語』（なんよう文庫））と沖縄県内公募の文学賞を受賞する。そして、この時期以降の小説家大城は、沖縄以外の他者の眼を求め、そしてその眼からも評価されるようになる。東京都文京区主催の全国公募文芸賞である文の京文芸賞の最優秀賞を「アトムたちの空」で二〇〇五年に受賞し、同じく全国公募型の地方文学賞であるやまなし文学賞では、「別れてぃどぃちゅる」で二〇一三年に佳作となり、そして秋田の全国公募型の文学賞、さきがけ文学賞を「一九四五年　チムグリサ沖縄」で二〇一七年に受賞している。沖縄という自分の郷里を描きつつ、沖縄県以外の地域主催の文学賞を受賞する大城貞俊の存在は、二〇〇〇年以降の「沖縄文学」、「日本近代文学」を研究する際に、捉え直すべきもののように思う。

では、大城貞俊は何を書いたのか、ということになるが、小説というジャンルに限定しても、それを既成の何かに結びつけることは難しい。鈴木智之は『死者の土地における文学―大城貞俊と沖縄の記憶』（めるくまーる　二〇一六）において、その「はじめに」で大城貞俊の文学について次のようにまとめている。

しかしこれまで、大城貞俊の文学について多くの論考が重ねられてきたわけではない。少なくとも沖縄ではよく知られ、広く読まれている作家でありながら、一部の文芸時評的な言及を除けば、批評や研究の対象には据えられてこなかった、と言ってよいだろう。その理由の一端はおそらく、大城文学の作風にある。わかりやすく明快な文章。登場人物の心情を率直に語りながら筋を展開させていくような作品構成。物語性の高さ。主題の大衆性。読み手を選ぶことのない、テクストの接しやすさと読みやすさ。こうした性格は、大城作品の多くをどこか「中間小説」的なものとして位置づけさせてきたように見える。また大城は（中略―本解説で先に見た大城の受賞歴を鈴木は上げている）を受賞しているが、これまでのところ、「芥川賞」や「直木賞」のような「中央文壇」（日本文学の場）において大きな注目を集める「正統化」の回路には乗っていない。他方、「沖縄文学」に期待されがちな政治的ラディカリティも、「日本文学」の秩序を転覆させるような前衛的先鋭性も、大城文学の個性からはかけ離れたものとしてである。大城の作品（特に小説や戯曲）はとても読みやすいものであるが、いざこれについて何かを語ろうとする時には、思いのほか「言説の場」を見いだすことが難しいのである。

「日本文学の場」における「正統化」の回路にも乗らない、それどころか「沖縄文学」の文脈からも外れ、「言説の場」を見出することが困難な大城文学という特徴は、鈴木の著から七、八年が経過した現在も変らない。だが、見てきたように大城の作品は他者の目から評価されている。それはなぜなのか。この問いに対して鈴木は大城に伴走するようなかたちで、「死者たちとのつながりの中で生の可能性を追求」するという大城文学の主題を見、「自然」に「沖縄を語る作家」になってゆく道行きを追うことで答えようとしている。

この問いへの答えとして、本解説ではもうひとつの可能性を示しておきたいと思う。それは大城の文学を「日本近代文学」に接続する可能性といえる。鈴木の著書の刊行から二年後に刊行された書に寄せられた、大城貞俊の文芸評論がその可能性を思いつくヒントとなった。その書とは、太田代志朗・田中寛・鈴木比佐雄編『高橋和巳の文学と思想—その〈志〉と〈憂愁〉の彼方に』(コールサック社　二〇一八)であり、そこに大城が書いたのが「「悲の器」の蘇生力」である。結論を先に述べるならば、大城貞俊の文学は高橋和巳的な文学への接続が可能なのではないだろうか。

高橋和巳は、全共闘世代から、彼らを先導する「知識人」としてスター化された作家といえる。その作品は、桶谷秀昭が高橋を論じた「述志—運命への問い」(『文芸』一九七一・七)の言葉を借りれば、「述志」の文学といえる。高橋の作品は志、つまり観念性や論理性が優先される。これはリアリズム重視の「日本文学の場」の「正統化」の回路には乗らないものであり、その志を伝えるものとしての小説はある意味でわかりやすい。先に鈴木が大城の文学の作風、性格として述べた、「わかりやすく明快な文章。登場人物の心情を率直に語りながら筋を展開させていくような作品構成。物語性の高さ。主題の大衆性」といったものは、そのまま高橋和巳の文学にもあてはまる特徴といえる。

大城が「「悲の器」の蘇生力」のなかで、まず語るのは「団塊の世代で全共闘世代」である自らの大学生活である。「政治の季節のただ中」において、大城は高橋和巳と「悲の器」に出会い、卒業論文の対象としたという。学生時代の大城は、高橋を「当時全共闘世代の運動にも理解を示してくれていた」存在と認識し、「京都大学教授の高橋和巳と正木典膳が私を救ってくれるかもしれない。「悲の器」はそのような予感を漂わせる一条の光明であった」とまで述べる。まさに大城は、多くの全共闘世代と同様に、先導するスター「知識人」、高橋和巳を受容していたわけである。

そして大城は、自身の卒業論文で「悲の器」について、「作者高橋和巳が現実から目を逸らすことなく真摯に時代と向きあっていること、メビウスの輪のようにたえず考え続けていること、現代という魑魅魍魎とした時代と対峙し人間としての戦いを辞めない誠実な生き方を示していること、などについて論じた」と語る。そしてその印象は四八年ぶりに再読しても変らなかったという。そして大城は「悲の器」から感じた「文学の力」について以下のように語る。


翻って文学の力とはどこにあるかと考えてみる。どのような言葉が読者に届くのかと考えてみる。それは現実を忘れない作中人物の生活に拠点を置いた言葉にあるように思われる。情愛や愛欲も日常の生活の場所から発せられる言葉や行動であれば、私たちの心に届くのだ。文学の力とは、このような言葉を探し私たちに届けてくれる営為にあるように思われるのだ。

大城の小説は、一人の主人公に寄り添う語り手によって担われることが多く、主人公とした人間を小説のなかで生かそうという強い意志を感じる作品といえる。そして「時代」を描こうという意識の強い作品が多い。こうした特徴もまた、高橋和巳の影響を受けた結果と考えることができるだろう。しかし、この大城の「文学の力」への言及は、単に高橋和巳を評した言葉ではない。「悲の器」との出会いから四八年の間、大城が高橋和巳作品との対話を繰返し、自ら創作し続けることで達した大城の文学観ということができる。

大城の文学を高橋和巳に接続して考えることは、大城の各作品を読み解くなかでこれから考えていかなければならない。さらにいえば、この高橋和巳とそれに付随する文脈と沖縄という問題は、これまであまり考えられてこなかった問題といえる。大城貞俊と高橋和巳を軸にして、「戦後沖縄」、「復帰後の沖縄」、「現代の沖縄」を考える視点が今後求められる。

今回刊行される『未発表作品集』全四巻は、これから活性化が期待される大城貞俊研究に資するものであることがまずいえる。また、既発表の作品をつなぐ欠けていたピースのような作品群ということで、大城貞俊文学の全体像を把握するために必要であるということもできる。だが、何より強調しておきたいのは、どの作品も面白いということである。収載された作品すべてが、

「作中人物の生活に拠点を置いた言葉」で紡がれ、その意味でリアルであり、「真摯に時代に向きあって」、「現代という魑魅魍魎とした時代に対峙」した小説である。
第一巻の表題作である「遠い空」の冒頭にある、「生の意味を問う」文言は、高橋和巳作品の影響を指摘できるものである。

ゆっくりと辺りの風景に目を凝らす。すべてのものが蠢き息づいている。いくつもの魚が泳ぎ、何羽もの鶏が羽をばたつかせている。自然は、みな目前にあり震えながら生きている。そして……、やがて死ぬ。魚も死ぬ。鶏も死ぬ。樹も死ぬ。しかし、空や海や、風や太陽は死なない。この自然の中には、死ぬものと死なないものとが截然と分けられている。／人間は必ず死ぬ。自然界の中で死んでいくものの側に存在する。それなのに、なぜ、人間は生き続けようとするのだろうか。生の意味を問うことは、死んでいくものの側の特権なのだろうか。

本作品集に収載された小説はすべて、読者に伝えるべきはっきりしたメッセージを持っている。大城作品にある読者に訴えかける直接的なメッセージに、高橋和巳の観念的とも、「述志」ともいわれた小説との近接を感じるのである。以下、第一巻に収められた小説について、順に詳細に見てゆこう。

一九九四年に執筆された「遠い空」は、「椎の川」による具志川市文学賞受賞の後、初めて書かれた小説である。正木大介という主人公の人生を通して、戦後を描いた作品である。大介は、沖縄出身であるが、父不明という出自であり、母の没後は沖縄と距離を置いている。東京の大学在学時に「学徒動員」され満州で戦い、その後ソ連によりシベリア抑留された。過酷な抑留生活を終え、帰国、光恵という伴侶を得、同時にキリスト教の信仰も手に入れる。その後、通っている教会の牧師から教会のない沖之島へ教会建設のための移住を打診され、二〇年かけて教会建設を成し遂げる。こうした大介の人生を、大介がアルツハイマー病を患ってから三年が経過した現在から振り返るというのがこの小説である。

時代の流れに翻弄され続けた大介の人生を、語り手は大介に寄り添い語る。とくに興味深いのはアルツハイマー病、つまり記憶への障害が大介を襲う点である。消えゆく記憶、自身の異常に気付きながら、表面に浮び上がってくる戦争に関わる恐怖の記憶と戦う大介をも「遠い空」の語り手は寄り添い語る。病に冒され現実と幻覚が入り交じる大介の脳内を、小説家大城貞俊が、想像力を駆使して描写してゆくのである。そして大介が、脳内で最後にイメージするのが、イザヤ書の一節「わたしが、あなたを忘れることは、決してない」であり、「あの人」、イエスとの同化である。この「同化」により、キリスト教徒である大介の魂は救われたように見える。

だが「遠い空」は、キリスト教作家の作品のようにその大介の救いの描写でもって作品を閉じない。大介の苦難の記憶が、誰にも伝わらず、本人自身が忘れてしまうことで完全に消えてしまうことへの無念さが、作品から滲み出てくるように思う。その無念を「遠い空」では、作品の冒頭では義理の息子大田圭司に寄り添いその心中を語り、巻末では大介の妻光恵に寄り添い心中を語ることで描いている。

正木大介が過ごしてきた六十年余の人生とはいったい何だったのだろうか。この地点がゴールだとするなら、人生は余りにも悲し過ぎる……。／大田圭司は、義父正木大介のことを考えるといつも冷静でいられなくなる。人の世の哀しさに囚われて身動きができなくなる。

大きな楔が、あの戦争で、あるいは大介自身が歩いてきた人生の中で、大介の心の奥深くに打ち込まれてしまったのだ。だれも、その楔を取り外すことはできない。大介自身以外には……。そして戦争体験者のだれもが辛い記憶を引きずったままで生きているのだ。戦場を体験した者には、戦後はなかったのだ。／光恵は、以前にもこのようにして病院の待合室で大介と何度も会ったことを思い出した。

主語が判然としない文と「圭司は」、「光恵は」と主語がはっきりする文が入り乱れたこの引用から、圭司、光恵の思いは、語り手であり、大城貞俊の思いであることがわかる。正木大介の人生が、大介の記憶が失われることによって消失してしまうことに語り手、大城は憤っているのである。そして、逆説的ではあるが「遠い空」は、こうした時代に翻弄されながらもまぎれもなく生きた個人の記憶を残し、伝えることを目的とした小説ということができる。大城貞俊は小説を、記憶を継承するメディアと考えているのではないだろうか。

二〇〇四年、大城が山之口貘賞を受賞したこの年に書かれた「二つの祖国」もまた、戦争と戦後を生き抜いた個人の記憶を継承する小説といえる。主人公は我那覇輝人＝テルヒト、「ハワイに移民した沖縄人の子孫」で、二世兵士、三世兵士を集めた第一〇〇歩兵連隊の兵士として太平洋諸島の戦線に配属され、父母の国である沖縄に上陸した人物である。テルヒトは、壕で投降せず「集団自決」する沖縄の人々を見、衝撃を受ける。その後テルヒトは、その壕で生き残った少年ミノルからウチナーロを習い、ウチナーロで投降の説得を試みるが、その最中ミノルは殺されてしまう。ミノルの死後もテルヒトはウチナーロで投降の説得を続ける。こうした輝人の戦時中の記憶を、七四歳となり沖縄での謝恩会に招かれた輝人の感慨ではさむ、いわゆる入れ子構造の物語形式をとった小説である。

「二つの祖国」で描かれるのは、死者の記憶を、いかにして生者が継承するか、ということである。それは「コウゾウにも、ヒデキにも、テルヒトにも、それぞれの戦後があったのだ。だが死んだユウジやミノルには戦後がないのだ……」というテルヒトの感慨を見ても理解できる。生者にも死者にも、それぞれの人生があり記憶がある。死者たちの記憶を、生き残ったテルヒトが記憶していること、その重要さを説いたのがこの「二つの祖国」ということができる。

また「二つの祖国」で興味深いのが、テルヒトとウチナーロの関係である。とくに、ミノルとのウチナーロの練習の場面を描くことで、テルヒトの沖縄に対する思いに変化が生じたように思う。テルヒトは「祖国をアメリカだと信じて」、第一〇〇歩兵連隊に志願したのだが、それが「揺らいでいくのを感じ」る。そして、「沖縄こそが祖国のように思われた」ともいう。だが、その上でテルヒトは、「一人でも多くの人々を救いたいという思いに素直になろう」とする。「祖国は、二つあってもいい」のであって、「祖国を問う」のではなく「目の前に生きている人々の命を救う」、「命を問う」ことを自身の「任務」と考えるようになるのである。テルヒトは自身のアイデンティティを、ウチナーロの練習によって再認識することで、それらを越える「命」こそが至上であることに気付くといえる。

「カラス（烏）」は二〇〇六年に書かれた作品である。本巻に収載された作品の中では、この作品だけ色が違うように思う。いや大城貞俊の小説全体から見ても、この作品ほど怒りに満ちたものはないように思う。この作品の主人公は、「ガラサー隊（烏隊）」を自称する沖縄戦による戦争孤児の五人である。「ガラサー隊」の犯罪は作中エスカレートして行く。朝鮮から連行された女性に暴力をふるう日本兵を殺害したことで、「ガラサー隊」は「この日を境に、さらに獰猛に、狡猾に」なり、「戦場で銃を持ち日本刀を持った少年盗賊隊」となる。子どもという弱者が、純粋であるがゆえに暴力と結びついてゆく。そうした沖縄戦の側面を大城は描出しているのである。

とくに「ガラサー隊」の子どもたちの寄って立つものの揺らぎをこの小説は描いている。彼らが信じようとする答えは「大人」、「日本」、「大和魂」、「アメリカ」と変化する。沖縄戦が終りに近づき、周囲が変化してゆくことに子どもたちは敏感に反応しその「信じるもの」を変えてゆくのである。そして、つくり上げてきた五人の空間を、大切に思う余り、子どもたちは次のように感じる。

ナカンガラサータイは、むしろ、戦争が終わったら、どうなるのだろうか。生きていけるのだろうかと、こちらの方の不安が大きかった。戦争は続いてほしかった。ただ、今を精一杯生きること。そんなふうに自分たちを納得させていた。そういう意味では、大人たちよりも誠実だったといっていいだろう。

この引用は、「G村の収容所」に「ガラサー隊」が入所してからの場面で語られたものである。子どもたちは、自らの暴力が効果を持ち、自分たちの満たされた空間が維持される戦争の継続を願っているのである。子どもたちは、自分たちが戦争のためにこのような境遇に陥ったというのに、その戦争の継続を願うという矛盾を理解していない。そして「G村の収容所」で彼らが行うのが、「ガラサー隊」の一人、健太の兄の恋人だった純子ネエの殺害である。純子ネエは収容所で米兵トムの恋人となっており、「ガラサー隊」の論理からすると許されたものではなかった。だが、子どもたちの行っていることは、弱者の中でさらに強者、弱者を作り続けることでしかない。子どもたちはそれに気付いていないが、戯れに米兵トムに打ち落とされるカラスの描写が、彼らの行く末を暗示している。小説の最後、子どもたちは「アメリカー」も「ヤマトー」も「タックルス」＝「叩き殺す」といって逃げ出す。一見、子どもの可能性に賭けるような、ある種の希望さえ感じるクライマックスであるが、彼らの行く先は「闇の中」でしかないのである。

次に、二〇一七年に書かれた「やちひめ」である。作中「サダトシ先生」とされる「私」が主人公の作品で、小説家大城貞俊が書く作品であることを前提に読むことを要請するような作品となっている。「私」の四十年前の様子は、自伝的小説である近作『父の庭』（インパクト出版会二〇二三）に描かれたものと重なる。さらにいえば『父の庭』であまり描かれなかった、辺土名高校在職時代の大城貞俊を知れる小説といえる。また、郷里である大宜味村大兼久の人々の戦争体験を、大城がインタビュアーとして集めた、『奪われた物語―大兼久の戦争犠牲者たち』（沖縄タイムス社　二〇一六）とも表裏を成す作品といえる。「やちひめ」では、「私」の「奥島菊江さん」へのインタビューの場面が描かれるが、その奥島さんの戦争体験の語りが収められたのが『奪われた物語』である。『奪われた物語』の「奥島菊江さんの思い」が事実そのままであるとすれば、「やちひめ」は幾分虚構の度合いが強い作品といえるだろうか。

奥島さんの、「やちひめグループ」は大宜味村大兼久の婦人会員でつくられた「村のアイドル」であるが、彼女たちの会話から成立する後半部は圧巻である。大城の小説の魅力の一つに「おばあ」たちの会話があるが、こうしたインタビューなどの経験の賜物であることが理解できる。

おそらく大城が「やちひめ」を書いたのは、奥島さんの人間性に惹かれたことに由縁しているように思う。戦争体験以外の奥島さんの記憶を残す必要があると考えたのかも知れない。このことについて「私」は、「過去の戦争体験の記憶」を悲劇という見方からのみ見るのではなく、「悲しみの体験を乗り越え、明るく生きてきた人々」の「思いや生き様を少しでも理解したい」と述べている。

小説の終わりにある「大きな人類の歴史」と「やちひめの歴史」に差はなく、どちらも「土地に刻まれ、土地の声となる。」という「私」の感慨は、ちっぽけな個人の記憶を残すことを重視する小説家大城貞俊の姿勢と重なる。「やちひめ」もまた個人の記憶を残し、伝えることを目的とした小説なのである。

二〇〇七年に執筆された「十六日」もまた、『父の庭』に書かれた挿話の原型のようなものが見られる作品である。長篇小説である『父の庭』を軸にして、本作や「ヌジファ」など大城貞俊が自分の父母親族を描く作品群を全体的に見直す必要がある。

「十六日」に描かれるのは、「ぼく」と親族との関係である。「墓の正月」とも呼ばれる村の風習で、毎年一月一六日に行われる「十六日（ジュロクニチ）」を舞台に、「ぼく」はその「墓前での懇談」で亡くなった親族を回想しつつ、「門中」の親族と会話を行う。親族の死を思いながら、「ぼく」が考えるのは「老い」と「死」である。「墓前での懇談」という特殊な空間であるからこそ「ぼく」は、死者たちの生き様、死に様を思い出し、自分自身の生き様とこれから来る「死」

を想像する。
大城貞俊の小説の特徴を、またひとつあげるとしたら、沖縄県、または「やんばる」独自の文化を伝える表現が上手いということがいえる。「十六日」という空間を写すこともその一例である。墓の前で「青いビニールシートを敷き、重箱を広げてご馳走を食べながら酒を酌み交わし語り合い賑わ」う様は、経験がないと想像が難しいものであるが、大城の小説はそうした文化の紹介役となる。そうした文化紹介的な要素の強い場面でありながら、「十六日」において、普遍的な美しさを感じることができるのが次の場面である。

長男の伯父は、特に父を可愛がっていたように思う。父の通夜には、父の遺体を抱いて寝た。娘たちが帰ろうと手を引っ張るのを、振り払って父の遺体の横で、同じ蒲団を被りながら、すがるように一晩中、父の遺体をさすっていた。／ぼくと兄は伯父の言葉に従って墓内に入った。長い時間をかけて築かれた骨の山に父の骨をこぼした。父の骨は、さらさら、さらさらと優しい音を立てながら、その骨の上に重なり、山の頂点を築いていった。ぼくはその音を聞きながら、涙がこぼれそうになった。／その数年後に伯父も亡くなった。伯父に言われたとおり、伯父の骨を父の骨の上にこぼした。やはり、さらさら、さらさらと優しい音を立てて、伯父の骨は父の骨に重なった。

いわゆる日本的な墓のかたちしか知らない読者からすると、このような墓内の描写は想像できないものであろう。だが、大城が描くとその空間はわかりやすく読者に伝わる上に、父と伯父の関係、そして彼らの骨を受け入れる死者たちの様子が、「さらさら、さらさら」と重なり合う骨の描写を通して伝わってくる。大城は「死者たちの骨もまた、笑顔を浮かべて父を抱き締めるかのように応えていた」とも書いている。

本巻の最後に収載されている、「北京にて」は二〇二一年に執筆された作品である。「やちひめ」同様、大城貞俊を思わせる「私」が語る形式の小説である。そしてこれもまた「やちひめ」同様、大宜味村大兼久出身者の戦争体験を残す「私」の取材の様子が描かれる小説となっている。「北京にて」で「私」の取材対象となるのは、「大城川次郎さん」である。大城さんは「戦争の緊張が高まっていく一九三九（昭和十四）年に北京に渡り、終戦を待たずに一九四二（昭和十七）年、北京鉄路病院で亡くなった」人物である。「華北交通公司（株式会社）の通州農業試験場」で働き、「華北、蒙疆全域に渡る林業基本調査とその造林試験実務の全責任」者となった科学者であった。

こうした大城さんの人生を「私」は、自身に引きつけつつ追ってゆく。ときに「北京での上司の追悼文」を資料として引用しつつ、ときに「パソコンの前に座り、名前などのキーワードを打ち込んで検索し」つつ、ときに大城さんが滞在した「一九三九年から一九四二年の北京のことを想起し」つつ、「私」の取材は行われてゆく。戦争という時代の流れに巻き込まれ翻弄されつつも生きた個人の、その人生の記憶を小説家である「私」の取材によって、浮び上がらせようという意図を持った小説である。巻末の「私」の感慨にもそれはあらわれている。「私」は四〇年前の自身の北京旅行を思い出し、「私の四十年前の記憶が甦り、その年からさらに四十年前の大城川次郎さんの家族の姿に飛んでゆく」という。中国という大きな国の中で生きた個人の連なりを「私」は感じている。その上でその歴史は沖縄にも刻まれており、そこで生きた人々の連なりに「私」は思いをはせる。「沖縄は戦後七十六年、今なお様々な矛盾を抱えた基地の島だ。それでも私たちは生きている。生き続けることで命をつないでいく」と「私」は語るのである。

だが、同種の作品とここまで述べてきた「やちひめ」と異なるのが、その証言のまとめ方である。「やちひめ」が『奪われた物語』と同じ、カギカッコの連続で生のままの証言者の声を残そうとしたものに対し、「北京にて」は節を分けて、郁子さんと昌子さんの姉妹の「私」語りで書かれている。「北京にて」は、短編集『この村で』(インパクト出版会　二〇二二)に収められた「北霊の塔」などの語りに近いといえる。『奪われた物語』以降の大城が、個人の記憶をどのように伝えるのかという方法の問題に積極的に挑んでいるさまが見て取れる。

以上、本巻に並べられた順にしたがって、掲載作品について見てきた。どれも、大城が高橋和巳を評する際に使用した、「作中人物の生活に拠点を置いた言葉」で紡がれ、その意味でリアルであり、「真摯に時代に向きあって」、「現代という魑魅魍魎とした時代に対峙」したという表現が意識され、実現された作品といえた。大城が小説を用いて伝えようとしているのは個人の記憶を残し、伝えることの重要性である。
だが近年、大城貞俊の表現に変化が見られることも本巻を通読することで気づかされた。大城貞俊と思われる「私」が作中登場し、資料を駆使し語るという方法は、高橋和巳よりも、自らのルーツについて史料を駆使して辿るスタイルを『流離譚』以降採った、安岡章太郎との近接を感じる。さらにいえば、晩年の大城立裕の「私」語りとの関連を考える必要があるだろう。大城貞俊は、毎年新しい小説を刊行する多作の作家でもある。大城貞俊はこれから何を書くのか、期待したい。

（名桜大学国際学部教授）

大城　貞俊

（おおしろ さだとし）

一九四九年沖縄県大宜味村に生まれる。元琉球大学教育学部教授。詩人、作家。県立高校や県立教育センター、県立学校教育課、昭和薬科大学附属中高等学校勤務を経て二〇〇九年琉球大学教育学部に採用。二〇一四年琉球大学教育学部教授で定年退職。

主な受賞歴

沖縄タイムス芸術選賞文学部門（評論）奨励賞、具志川市文学賞、沖縄市戯曲大賞、九州芸術祭文学賞佳作、文の京文芸賞最優秀賞、山之口貘賞、沖縄タイムス芸術選賞文学部門（小説）大賞、やまなし文学賞佳作、さきがけ文学賞最高賞、琉球新報活動賞（文化・芸術活動部門）などがある。

主な出版歴

詩集『夢（ゆめ）・夢夢（ぼうぼう）街道』（編集工房・貘）一九八九年／評論『沖縄戦後詩人論』（編集工房・貘）一九八九年／評論『沖縄戦後詩史』（編集工房・貘）一九八九年／小説『椎の川』（朝日新聞社）一九〇三年／評論『憂鬱なる系譜―「沖縄戦後詩史」増補』（ZO企画）一九九四年／詩集『或いは取るに足りない小さな物語』（なんよう文庫）二〇〇四年／小説『記憶から記憶へ』（文芸社）二〇〇五年／小説『アトムたちの空』（講談社）二〇〇五年／小説『運転代行人』（新風舎）二〇〇六年／小説『G米軍野戦病院跡辺り』（人文書館）二〇〇八年／小説『ウマーク日記』（琉球新報社）二〇一一年／大城貞俊作品集〈上〉『島影』（人文書館）二〇一三年／大城貞俊作品集〈下〉『樹響』（人文書館）二〇一四年／『「沖縄文学」への招待』琉球大学ブックレット（琉球大学）二〇一五年／『奪われた物語―大兼久の戦争犠牲者たち』（沖縄タイムス社）二〇一六年／小説『一九四五年 チムグリサ沖縄』（秋田魁新報社）二〇一七年／小説『カミちゃん、起きなさい！生きるんだよ』（インパクト出版会）二〇一八年／小説『六月二十三日 アイエナー沖縄』（インパクト出版会）二〇一八年／『椎の川』コールサック小説文庫（コールサック社）二〇一八年／評論『抗いと創造―沖縄文学の内部風景』（コールサック社）二〇一九年／小説『海の太陽』（インパクト出版会）二〇一九年／小説『沖縄の祈り』（インパクト出版会）二〇二〇年／評論集『多様性と再生力―沖縄戦後小説の現在と可能性』（コールサック社）／小説『風の声・土地の記憶』（インパクト出版会）二〇二一年／小説『この村で』（インパクト出版会）二〇二二年／小説『蛍の川』（インパクト出版会）二〇二二年。／小説『父の庭』（インパクト出版会）二〇二三年／小説『ヌチガフウホテル』（インパクト出版会）二〇二三年

大城貞俊　未発表作品集　第一巻
『遠い空』

二〇二三年十月三〇日　第一刷発行

著者……大城貞俊
企画編集……なんよう文庫
発行人……川満昭広
発行……インパクト出版会
装幀……宗利淳一
印刷……モリモト印刷株式会社

〒九〇一－〇四〇五　八重瀬町後原三五七－九
Email:folkswind@yahoo.co.jp

〒一一三－〇〇三三　東京都文京区本郷二－五－一一服部ビル二階
電話〇三－三八一八－七五七六　ファクシミリ〇三－三八一八－八六七六
Email:impact@jca.apc.org
郵便振替〇〇一一〇・九・八三一四八